Everyone in the world
is interesting

世界上每个人都有意思

黎荔——著

Billson International Ltd.

Published by

Billson International Ltd

27 Old Gloucester Street

London

WC1N 3AX

Tel:(852)95619525

Website:www.billson.cn

E-mail address:cs@billson.cn

First published 2023

Produced by Billson International Ltd

CDPF/01

ISBN 978-1-80377-063-5

Hebei Zhongban Culture Development Co.,Ltd
Wanda Office Building B, 215 Jianhua South Street, Yuhua District, Shijiazhuang City, Hebei province, 2207

导言
世界上每个人都有意思

观察世界上匆匆而过的每个人，是特别有意思的事情。

为什么同一片天空下，人类会如此千姿百态，人与人的区别会这么大？

有的人会过日子，有的人不会过日子。有的人夜夜笙歌，有的人却在冷然思考。

有的人收入不算太高，但很会理财；有的人收入不低，但财务上一塌糊涂。

有些人习惯于规律作息，记忆效率在早晨六七点钟最高；有的人习惯于挑灯夜战，到了夜间思维才活跃兴奋。

有的人对某一事物不可谓不熟悉不了解，但形成的认知却一塌糊涂；有的人对某一事物了解得并不充分，但却能形成独到而深刻的见解。还有的人，他的思考方式，除了常规路线以外，有一种灵性的直觉，一种对氛围、细节，乃至其他微妙之处的把握，这些东西就像空气中飘浮的灰尘一般，看不见却又真实存在，而他的"脑电波"就能敏锐感知到这些，从而"窥一叶而知秋"，从一瞥而过的细节而知全貌。

有的人朝九晚五，上班下班，做一个谨小慎微的小公务员，每一天的日子重复地排队到来，人生的道路笔直向前延伸，一眼可以望到尽头；

而有的人迫不及待地推进着星球移民计划，试图为人类寻找新的出路；还有的人打算创造另一个宇宙，把希望寄托于虚拟世界的数字永生。

有的人在十八岁就未老先衰，有的人九十岁仍然年轻，时间有时只是一个人们自我预设的概念而已。人生就像一场马拉松，有的人很早就迎来力量的爆发，有的人则选择匀速前进；有的人是先盛后衰，而有的人，前半生路走得坎坷，但到了人生后半段，反而得到了命运的馈赠。有的人浮沉飘零一生，涓滴积累，到老方悟。而有的人少年天分，刹那洞明。

有的人清浅如同一条小溪，澄澈见底，不管有水中多少沉渣和腐草，也不掩其整体的清澈。而有的人，其内心未必如外表那么简单，他们很有可能隐藏了"一整片森林"。很多时候，他们宁可外表显得平庸，也不愿轻易说出自己的见解和想法。他们时常在试探，倘若不是自己最为亲近的人，他们都很难展现其城府极深的一面。有些人的隐秘人生，比小说更波澜壮阔。可能许多人都过着双面人生。

每个人的勾兑比例略有不同：有的人保留的单纯和美好多一些，有的人则欢快地迎向最世俗庸常的新天地；有的人还坚持有所为有所不为；有的人觉得，无所不用其极也不是什么坏事，而有的人，可能只是犯了点小错，但他良心敏感，连小错也无法原谅自己，因为他有道德洁癖，对善良有着更高的要求。

每个人都像一本书，有的人每一页看着都还不错，但连成一本书看，就是一本品味不高的通俗文学，急功近利，不耐看；有的人一页一页看，有一页张牙舞爪，有一页不合规范，有一页古灵精怪，但装订到一块看，就完全不同，是一本杰作，让人读得津津有味。

世界上每个人都有意思，因为每个人都是一个世界。那些平凡的人，全有一个不平凡的世界——自己的初雪和日出，自己的初吻和相思，自己的爱恨情仇，自己的秘密国土。因而，一个人的离去，带走的是一个完整的世界。

想推开千门万户，打开一扇扇陌生而黑暗的门，想知道人类无所不在的生存之艰难与欢乐。想了解那一扇扇门后面，人们如何喜怒哀乐，如何爱与恨，如何背叛与承诺，如何成长，如何沮丧，如何默默颓败。不同的生命体，其生命底色的相互晕染，需要某种命运机缘或内在契合，有时，一个生命对另一个生命的靠近不需要别人认可，它就这么发生了，如同必然。但是，一个生命要被他人穷尽也几乎是不可能的，无论它曾怎样热闹过，寂寞过。因为每个人都是一个独立的世界。

世界上每个人都有意思。当我写下这个句子的时候，这一刻，也许有的人正在阅读思考，互相倾诉着各自的心声；也许有的人正全神贯注地探索着宇宙的奥秘，计算着仙女座离我们究竟有多远；还有的人，在某一个角落，相爱着。

目录

057　如何理解复杂人性

153　千姿百态的人

201　穿越人性之海

人性的每一侧面

人性博物馆之细腻

有时豪放，有时细腻。

细腻的感觉，是江南民歌轻盈婉转，"低头弄莲子，莲子青如水。置莲怀袖中，莲心彻底红"。

细腻的感觉，是写一首小诗，笔迹秀丽，情意细致悠长，似水温柔倾泻在纸面上。是情感让人产生奇妙的第六感，与心爱的人在一起，不需要言语，也能感受到她的气场变化。

细腻的感觉，是抚摸一块古玉或是女孩的肌肤，蓝田日暖，软玉生烟，抚摸过去，细润而光滑，如丝缎般，毫不滞手。

细腻的感觉，是静静地听一首乐曲，小弦切切如私语，大珠小珠落玉盘，明澈的琴音点抹出一个远离尘嚣、静谧空灵的世界，清亮通透的乐声流转如水，令人不禁产生许多联想，沉浸于"离别肠应断，相思骨合销"的情调，幻觉中的美妙和情欲的漂泊，那种极致的抒情，刹那之间，把人的内心最细致的地方缠绕起来。

细腻的感觉，是用80度的温水，用晶莹剔透的玻璃杯，泡一杯头采龙井茶，释放出来那一片嫩叶在阳光雨露、春风沃土里所得到的最美；是以"一期一会"的珍惜之心，细细品尝一份如艺术品般格外精心的料理，不仅外形精致美观，口味也是丰富婉转，回味悠长，每一口下去，犹如初恋般难忘。

细腻的感觉，是对自然美具有一种细致精微的感受力。一条小溪，一泓清泉，一杆翠竹，一棵苍松，都会流连忘返，乐而忘归。比如，沐浴在月光下，无端端觉得月光是有气味的，那是一种流水样潺潺、幽深的气味，光凭嗅觉，也能辨别出夜莺啼叫的月夜——那些洋溢润泽气息的朗夜。

我去过许多散发着细腻气质的城市。比如上海，跟许多美丽的城市一样，上海临水，黄浦江让它别有一番摩登气质。不仅如此，上海还是一个能让人安静走路的城市。秋日，无论是去淮海路，还是南京路，走走那窄窄的小巷，可以体验到上海细腻的市井生活，聚拢来是烟火，摊开来是人间。细火慢炖的上海菜，是细细的小鸡毛菜，吊出小火慢熬的葱油来拌面，是用一个下午的慢工来做的"韭菜炒河虾仁"，半个手指肚大小的河虾被一个一个剥开取仁，一盘菜需要数百个上千个虾仁——也只有上海人会吃得这么精细，这么执着，这么从容不迫。

还有成都，蓉城一个蓉字，已足够千娇百媚，百转千回。每个人来到成都，无不被它的典雅和闲适所迷住，这座花月风流、水雾迷濛的城市，有着永远难以说尽的富饶温柔。成都人享受生活的细腻，体现在那些年代悠久的林立的茶铺茶馆，体现在每一道经典菜肴中。回锅肉要选多嫩的蒜苗，麻婆豆腐要用哪里的花椒，一点儿也不能马虎，这是千百年锤炼出来的、信手拈来而又极其讲究的精细味蕾。

想起方文山在中国风著名歌曲《青花瓷》，说到瓷器的声音，要强调这一句："极细腻犹如绣花针落地"，这是上好的青花瓷敲击时，如同绣花针落地所发出的细微清脆的声音，绘声绘色，形容妥帖。隔着千里山水，遥遥眺望江南的袅袅炊烟，隔着茫茫人海，默默想念回忆中那一抹淡淡的背影，隔着重重历史，静静观赏传世青花瓷不变的美丽。可以欣赏，可以玩味，也可以守望，芭蕉帘外雨声急，匆匆而过的是时间，比山高、比海深的情感，却只如月光般细碎地流露，如鹅毛般轻盈地的落下。这就是内敛而细腻的东方美学，美得惊心动魄，也美得似有若无，美得无可奈何。

　　在这个世界上，有的是细腻至极的人。他们喜欢张开身体的每个毛孔，感受生活中的细枝末节，当事过境迁，令人刻骨铭心、怀念不已的细节，经历了精雕细琢，以缓慢持久的渗透方式一点一点酿出来，总有着无所不在的精致和悠长的余韵。对他们来说，过去的一切皆可构成记忆，当时的风月、晴雨、温度，都会像曲折回转的纹路一样，被细致地雕刻在记忆的木匣里。味道、气息，顺着掠野的风，流入鼻腔，刺激感官与神经，被身体记忆下来，在时光的催化下，酿成一首首美丽的诗。

　　求不得、爱别离又怎么样呢？众生皆苦，回忆也是一种美丽的心情。在未来某一个特定的时刻，因某种气息、某个温度，一触即发，曾经惊鸿一瞥的际遇，便将重启记忆的大门，再次轻柔和缓地，流散在时空中，极细腻犹如绣花针落地。

人性博物馆之豪放

有时细腻，有时豪放。

豪放的感觉，是北朝民歌质朴雄豪，"敕勒川，阴山下。天似穹庐，笼盖四野。天苍苍，野茫茫，风吹草低见牛羊"，南朝民歌哪来如此恢弘大气？

豪放的感觉，是听一曲声如裂帛、响遏行云的高音歌唱，一如脱缰野马，驰骋万里。如帕瓦罗蒂，卡雷拉斯，多明戈，卡拉斯，萨瑟兰，卡芭莱，这些名动四海的高音歌唱家，无人能及的演唱力度，一泻千里，畅快淋漓，短时间内高能量的激情喷发，转瞬间又会转至人声的极其幽暗之境。演唱狂放到极限又细腻到极微，豪情、生命感、无法遏止的生命强力，带你直入磅礴天地万物的光辉明亮、壮阔无垠。

豪放的感觉，是遍地的烽火、弥天的狼烟、生锈的铠甲、甲光向日的孤城、关山月夜的羌笛、婉转低回的雁阵、缚龙伏虎的苍鹰……是时空激荡的豪迈与峭拔之文，王勃《滕王阁序》、陈子昂《登幽州台歌》、李白《梦游天姥吟留别》、杜甫《望岳》、崔颢《登黄鹤楼》、范仲淹《岳阳楼记》、岳飞《满江红》……

豪放的感觉，是男人为曾允朋友一诺，慨然独行万里，是女人不惜"拼将一生休，尽君今日欢"。是一代又一代任侠江湖、慷慨悲歌之士，铁肩担道义，"风萧萧兮易水寒，壮士一去兮不复还"。是豫让、是荆轲、是聂政、是专诸、是李白，是秋瑾，大浪淘沙，风雷激荡，家仇国难，炮火弦歌，其间回响着的嘶哑而悲壮的呐喊，叠印着的踉跄而执着的足迹……是"银鞍照白马，飒沓如流星。十步杀一人，千里不留行。事了拂衣去，深藏身与名"，是"不惜千金买宝刀，貂裘换酒也堪豪"，是"道之所在，虽千万人吾往矣；义之所当，千金散尽不后悔；情之所钟，世俗礼法如粪土；兴之所在，与君痛饮三百杯"。

　　大多数人对东北人的印象，就是豪爽，性子直，能喝酒。东北菜总是大锅大炖，一口大锅就可以烩天下做出质朴的美味！——这里面已透露着一股豪爽，但与陕西面食一比，还是不够气势，八百里秦川和黄土高原的风尘，造就了西北汉子的豪爽与大度。陕西汉子吃饭总是满口红油，一脸大汗。陕西女子做饭个个倾其全力，大汗淋漓，何以这般轰轰烈烈，何以这般惊心动魄？就是因为陕西人有红油辣子和一斤多重的老碗。这便是陕西乡土饭的精髓，这便是陕西乡土饭的魂魄。但到了辽阔的草原戈壁，牛粪冒着青烟，煮熟的奶茶和篝火边冒着油的全牛全羊，这里大碗喝酒，骑马摔跤，当地人技术娴熟，先是切割羊的咽喉部分的皮，然后整个剥开来，一点血都没有流。然后他们把羊切成大块，丢到大铁桶里，直接在篝火边上烤肉喝酒，这可以叫豪迈，也可以叫残酷，非常接近于自然律，就是在大自然中和野兽搏斗的过程，一种人类勇搏于天地之间的物竞天择。

　　豪放怎能少得了烈酒呢？豪爽激情之时，开怀痛饮，以酒助兴；忧思沉郁之际，小酌月下，独与酒伴。借一壶酒把生命放到旷野上去冒险，去试探自己生命的极限，去出走和流浪，看一眼风起云落的天涯。以个人去面对自己的孤独感，同时也激发出自己生命的巨大潜能。中国人的生命豪迈、能量、谋略、胆魄和激情，似乎惟在举杯撞盏的刹那才石破天惊地迸溅出来，似乎只有在酒精的升腾中方可抵达人生的沸点。

　　今天，现代女性抢着臂膀冲在生活的第一线，我们是行走江湖的女汉子，我们是有泪不轻弹的纯爷们，各种兵荒马乱，各种奋不顾身。骨头软、头发软、身体软、心也软，却总是一副很硬的样子。时时切换着频道，有时心怀猛虎，有时细嗅蔷薇，有时"日日花前常病酒，不辞镜里朱颜瘦"，有时"明月出天山，苍茫云海间"，角色的转换实在有趣。

记得苏轼曾推崇"清雄"的风格倾向，提倡让两种互相对立的风格融为一体，也是为了防止人们对某一种风格过于偏爱而走向极端。苏轼曾称赞诸葛亮的《出师表》"简而尽，直而不肆"，又赞扬闻复的诗"雄逸变态，放而不流"，又说"豪放太过，恐造物者不容人如此快活"，可见他一再提倡"清雄"，就含有以"清"来矫正过于"雄"，或以"雄"来矫正过于"清"的风格缺陷。也就是说，苏轼是想以阴柔之美的风格因素来防止阳刚过甚，或以阳刚之美的风格因素来防止阴柔过甚，从而避免执于一偏、各趋极端的风格缺陷。

再看看李白，"天风浪浪，海山苍苍。真力弥满，万象在旁"，他能将任侠、饮酒与诗仙的精神气质融于一身，但是，他既写《关山月》这种充满阳刚气魄的诗，也写过《长相思》这种非常柔情、抒情的诗。其实我们都是多元的，并非那么单一，既可以豪情万丈地闯世界，也可以对世界温柔以待。

有时细腻，有时豪放。明天清晨背上行囊，拿一支画笔当剑上路。

人性博物馆之天真

　　每个人的一生，都是从"天真"迈入"现实"的过程，一旦入世渐深，我们就很难在身上再保持曾经的天真，举目四顾，看见了社会里的种种虚伪骄矜，成人大都已失本性，只有年少时的天真烂漫，人格完整，才那么接近真正的"人"的本质。一只脚踏进成人世界时，对纯真时代地回头一望，轻快的眼泪变成了沉重的眼泪。轻快的眼泪是少年的眼泪，少年不识愁滋味，却有那么多无由的感伤；当脚已经踏进了成人社会，时间突然开始加速度了，越来越快，越来越快。浓情年月再不回头，纯真的心早经蜕变，从前旧片断已飘远。

　　你的狂热与天真也早消失了吗？在郁郁的岁月中。

　　散场是时间的悲剧，少年时代一过，就被逐出伊甸园吗？但是，成人世界里我们总会见到逆流而上的孩子，抱守着单纯和天真，诉说着不愿长大的愿望。是的，有的人一辈子都是少年，少年不是外貌的青春，而是骨子里的一派纯真。我见过许多这样极其天然本色的人，活泼不失温柔，坦率兼具天真，眼睛忽闪忽闪，那种对万物的爱，那种对生活的肯定和修复态度，那种对美的义务，那种对灵魂的许愿，不依赖任何条件。

　　天真的李白，天真的海子，天真的顾城，觉得诗人是最孩子气的大人。像个儿童一样，诗人看见的是隐藏在事物背后的另一种"真实"。比如雪化了，在诗人眼里不是水，而是春天；又比如银河里的星星，诗人会觉得，那是天空的河的原野上，咕噜咕噜的碎石子；再比如遇到水花四溅的喷泉，诗人会活泼泼地抒发内心的感受："水，站起来了!"诗人总是越出世俗的眼界，流露天真的心灵，欣赏山水的灵秀。他们目光清澈，性情烂漫，他们讴歌自然神，他们是大地的信徒，他们拥有最古老和神秘的品质——"清晨"的品质。诗人不同于其他人，他的童年从未结束，他终生都在自己身上，保留了清澈的目光、干净的心脏、敏感的皮肤。

然而，梦想是一个天真的词，实现梦想是一个残酷的词。有一个天真和世俗迎面相撞的故事，关于海子。有一次，海子走进一家饭馆，对老板说："我给大家朗诵诗，能不能给我酒喝?"老板回答："我可以给你酒喝，但你别在这里朗诵。"湖水是他的眼神，梦想满天星辰，据说这是海子走向山海关卧轨自杀的原因之一。

> 有些时候　你怀念从前日子
>
> 可天真离开时　你却没说一个字
>
> 你只是挥一挥手　像扔掉废纸
>
> 说是人生必经的事

马克思在论述希腊艺术时曾经说过："一个成人不能再变成儿童，否则就变得稚气了。但是，儿童的天真不使成人感到愉快吗? 他自己不该努力在一个更高的阶梯上把儿童的真实再现出来吗?"我愿意去理解那些清晨一般的人，那些很少很少的人。

我们每个人都是从天真烂漫的时光中走过来的，美得像天上的云朵儿一样洁白亮丽，像满天飞舞的肥皂泡一样多姿多彩，像随风飘扬的蒲公英一样自由自在。看《西游记》的重播，突然觉得唐僧遇见了妖怪，每次都说贫僧是从东土大唐而来，去往西天拜佛求经。他其实已经被妖怪伤过很多次了，知道妖怪喜欢吃他，但还是没有提防之心。唐僧是天真的，我不禁落下泪来，这是圣徒般的人物，纯洁得一塌糊涂，多少次迎着冷眼与嘲笑，从没有放弃过心中的理想。

人生是复杂的，一切都搅合在一起，因此我们必须有成熟的头脑；人生又是短暂的，人类的一切智力活动最终都是可笑的，因此天真的心也许可笑，却更可依凭。

我们都曾有过一张天真而忧伤的脸，手握阳光我们望着遥远，轻轻的一天天，一年年，长大间我们是否还会再唱起心愿？

人性博物馆之果敢

在日常生活中，我们常常能感觉到，有一些性格特质往往会被打上"男性"的标签，比如坚强、果敢、理性；而另一些性格特质则会被打上"女性"的标签，比如温柔、犹疑、感性。其实，女性为什么就不能果敢呢？人类更高文明层次的发展，最终要指向的目标，恰恰就是打破任何性格特质的性别标签，迎来一个真正性别平等的社会，一个女孩可以自由选择当"假小子"或者"乖乖女"，一个男孩也可以自由选择当"娘炮"还是"硬汉"，没有任何性别的刻板观念，可以制约人的全面自由发展。

也有人说，性格特质总是具有一定地域色彩的，南方偏温柔，北方多暴烈，果敢女子出现在北方，或有可能，在南方出现，罕之又罕。其依据是，北方古代是游牧文化主宰，逐水草而居，争夺地盘，人性骁勇豪爽，即使有农耕，又因地广人稀，耕作也是粗放的——所谓"广种薄收"。这样的生存环境，人的性格就豪爽且好斗，多慷慨悲歌。南方是农耕文明，居有定所，人民很少迁徙（除非战乱）。由于土地珍贵，人们往往精耕细作，手工业的发达，也培养出南方人的细致温柔的性情。——其实，此说也是刻板印象。刻板印象是指人们对某个社会群体形成的一种概括和固定的看法，任何简单粗暴地将人群类型化、贴标签的做法，都是不妥的。

21世纪是一个崇尚个性的时代，"千人一面"的历史一去不复返，一个更加自信、宽容、开放的中国正在与这个世界亲密接触。试图打破性别刻板印象的各种美的形态，正在时代的画卷中被一点点勾勒出来。我真渴望看到中国女性除了"勤劳、善良、忍耐、奉献"这些传统标签之外，还可以呈现出果敢突破、追求个性以及内心强大的全新美丽形态。每个人都呈现出自己的气场，或坦率直白，或浪漫多变，或豪爽大气，或狂野激荡，或温婉大方，或贤惠淳朴，或心胸宽广，或弹性内敛，或自然纯真。在时代的多样性和开放性中，女性如千姿百态的花朵得到极致的绽放。给她们一个舞台，就会创作一台精美绝艳的演出，无所谓成功与失败，重要的是机遇和过程。只要是真实地袒露自然生命力，每个人皆有可爱之处。

中国女性不是一步就走到今天的，事实上，经历了百年的艰难穿越。新式教育使女子的面貌和以前的闺阁女性相比有了很大的不同。新女性的性格养成，无疑是受民主和女权思想的影响，办女学、开女智、兴女权的热潮，改变了很多女性的人生轨迹。她们坚定地要上学，要逃婚，要做职业女性，董竹君、吕碧城、萧红、张爱玲、谢冰莹、萧红、关露、白薇、毛彦文等等，都是逃离旧式女性轨道，怀着兴奋和迷惘奔向远方的勇敢者。她们甚至漂洋过海，代表人物秋瑾、林徽因、黄逸梵、冰心、张幼仪等等。留洋对当时的女性来说，不止是开天眼，学文化，更是寻出路。在这些果敢女性先驱们以身试法、探路求索之后，中国女性的独立、坚韧一脉相承，在光阴荏苒、岁月变迁中愈加鲜明。

今天，我们身边这样的果敢女子更多了，面对社会转型期的价值迷失，关于女性的社会议题前所未有的混乱，女性的社会角色史无前例地驳杂，她们没有妥协，没有畏葸不前，没有自我贬损，而是勇敢地担当和选择自己的命运，并把磨难谱写成一曲欢乐之歌、坚毅之歌。她们不是金钱、名望的奴隶，不想把青春花在脸庞上、衣装上，也不想坐在哪个男人的副驾上，她们只想活得本质一点、洋溢一点、勇敢一点。因为，别人的眼光终究是一闪而过的浮云，让它静静飘走，继续过好自己的人生就好。女人不必活得完美，但要活得完整。女人生来敏感细腻，喜欢张开身体的每个毛孔感受生活中的细枝末节，看起来仿佛脆弱易碎，实际却比男人更能够勇敢而坚强地面对生活，更懂得生活。

正如英国著名历史学家汤因比所发现的，每一个文明都是在异常困难而非异常优越的环境中降生的。挑战越大，刺激越强。在一个处于突变状态的环境中，多数成员被训练成机械的随波逐流者，唯有少数分子，敢于自我清零，勇于破坏和冒险突围。在转型时期，只有勇敢地去做一个少数派。我想，这批少数分子是不分男女的，他们／她们一定是时代最果敢的那批人。这个世界上有太多人不够勇敢，他们从未活出自己，只是局限于各种条条框框，活成社会所规定的那个样子。而当他们想要尝试诚实地活着的时候，却已受限于生命本身。生活是一场真正的战斗，有信仰的勇者才能得救。

勇敢的本质是生命之无穷可能性的冒险，信仰的本质则是坚信可能性的存在。我希望自己成为的样子是：风风火火，落落大方，做事干练，大气包容。有一个敞亮的心怀，情感丰沛，思绪跳跃，有活力，有热力。不造作，不扭捏，说话快言快语非常利落。没有低迷，没有畏缩，没有懈怠。对美的追求、对未知的求索、对困难的不屑，以及对低级趣味的鄙视、对美好情感的尊重、对人的价值的拱卫呵护，都是直接的、明确的、勇敢的、毫不含糊的。即使前进得很慢，我愿每天进步一点点，每天进行着新鲜的轮回，并且把这些新鲜的养分疏导给他人，为社会奉献力所能及的一点正能量。

女性一般内心会给自己设限，碰到新机会内心会退缩，所以，女性要向前一步，首先要正视社会对女性的成见。女性之所以缺乏果敢的人格特质，不是由性别本身决定的，而是在性别社会化过程中被文化环境监制并塑造而成。沈从文想造希腊小庙供奉人性，我希望造一座人性博物馆，在其中放入形形色色的人性特质，让它们永不褪色。今天此篇，想放入果敢，以果敢来自我期许。

有真正的勇敢，生命才会饱满充盈。周旋于家庭和职场之间的当代女性，如果选择不欺骗自己的内心，对自己的尊重，不放弃自我价值呈现，有时真如一叶扁舟在无所依托的浩瀚大海中求生，是一重重波峰浪谷让她们如此勇猛果敢。

人性博物馆之热烈

发现少数民族都是很热烈的，也许因为许多民族的历史都不算长，生活环境相对宽松，没有那么多陈规陋习束缚、历史阴影笼罩。正如一个人尚处于生命旺盛的青春期，还多情如斯，载歌载舞的，过得热烈而张扬。还没有伤痕累累，入世渐深，进入哀乐中年，已学会无情防备，变得冷淡拘谨，他们坦坦荡荡地展示着生机勃勃的模样，一如阳光下迎风招展的向日葵铺开一片片灿烂的金色世界。

如果你曾在大草原的篝火烤肉烈酒中醉得不分东西，在西双版纳的泼水节中被泼得酣畅淋漓痛快无比，在吐鲁番维吾尔族的歌舞中感受过生命汇成的热气蒸腾，在那一群用热情和强烈情绪面对日常生活的人们身上，你必然能感受到那种洋溢在整个生命中的开朗与豪迈、奔放与自由。

少数民族在服饰上都喜欢鲜艳明亮、锦绣烂漫，他们的生活并非没有艰苦困厄，但只要有机会，一定尽其所能地华衣艳服、鲜花烈酒、歌声欢宴，如此深情热烈地去爱。哪怕只有一个牛角杯来轮流分享一杯马奶酒，也要踢踢踏踏、手铃腰鼓地欢歌狂舞，抒发那种发自本真的快乐，因为，没有一点儿疯狂，生活就不值得过。他们招待客人，毫无保留，碗碗盆盆、各式各样的全摆出来，世俗得让人多么欢喜。餐桌上常常都是野趣横生的食物，天上飞的就打，地里长的就挖，树上生的就掐，水里游的就抓，你想想，有的民族就连牛大肠里未消化的草也能拿来做道菜，多么原始而有趣，多么具有想像力。就算你分不清那些调料都应该怎么用，还有叫不上名字的、酒精含量不低的各种饮料酒水，那满目缤纷、眼花缭乱的餐桌，围坐着吃饭喝酒的满满当当的一大群人，看起来就让人满心高兴，这就是所谓红尘烟火，这俗世中最真切的慰藉。让人想起动力火车的那首歌曲《当》："让我们红尘做伴活得潇潇洒洒，策马奔腾共享人世繁华。"当酒、肉、歌舞、朋友聚集在一起的时候，只能用热烈和旺盛来表达。

在少数民族地区，我经常迎面遇到陌生人投过来的明亮笑容，发亮的饱含着笑意的眼睛，比天山上融雪积成的湖水还要清澈耀眼。他们的民歌和抒情诗，给人一种炽热感，率性，真挚，野性十足，而且百分之九十以上和爱情有关，像刀郎民歌"你那黑羔皮做的帽子，我戴行不行？你那玫瑰似的嘴唇，我吻行不行？"伊犁民歌《黑眼睛》，第一句话上来就是"你是我生命中的太阳，你是我生命中的月亮"，表达就是这么直接率真，和汉人的含蓄、隐晦、曲里拐弯是不一样的。

中国幅员辽阔，民族众多，各民族之间是有差异的，但少数民族比较相近的性格是：感性、热烈、达观、心眼大、经得起大风大浪。很多少数民族歌曲正体现着这种文化性格，绚烂之极的急弓和快板，男女声部热烈的轮唱，比如那首《青春舞曲》："太阳下山明朝依旧爬上来，花儿谢了明年还是一样地开。我的青春一去无影踪，我的青春小鸟一去不回来，我的青春小鸟一去不回来。别的那样呦 别的那样呦，我的青春小鸟一去不回来。"不断反复，不断丰厚，乐声人声，越汇越大，直至无比壮阔。随着人声渐远一代人渐远，幽幽的变奏，很多岁月就这么过去了。火热的时候很火热，忧伤的时候也很忧伤，但这首歌依然唱得热烈而酣畅，如同人类辉煌的颂歌。

我喜欢这种单纯的热烈（并非没有忧伤的阴影），这些马背的、边境的、高山的民族，那么善于今朝有酒今朝醉，从不为明天忧虑，因为明天自有明天的忧虑。一个人完全可以无视灾厄、无视逆境、无视重荷，心智永远如鸽子般自由飞翔度过一生。

人性博物馆之自卑

　　什么才是一个人的存在感呢？我想，那是一个人对自身存在的感知：想在每一个地方都感受存在，并且发现自我的价值。最低要求是被人注意，至少被需要的人所关注。既然目标是被关注，当获得关注时，一个人的价值就得到了体现；反之，即使再优秀的人，也会怅然若失，找不到自己固定的位置。这种被忽视的感觉会产生自卑，同时也会助长内心脆弱的情绪。因此，可以说自卑感是存在于人性深层的。

　　事实上，要成为人就意味着时刻感到自卑、方方面面表现出自卑行为特征，这是一切人共同具有的，谁都逃不掉。真实的情况是，每个人都有自卑感或者自卑的行为，只是表现的程度和方式不一样。有的人自卑感和行为特征明显，自己就知道比别人矮半截；有的人会做很多与自己内心愿望完全背道而驰的事情，不知道是自卑的表现；更有一种人，永远不知道自己优越感超强背后是掩盖自卑的行为。

　　自卑的种子，往往在童年时代就被撒播在我们生命的底层。成长的过程中，童年是塑造人格的重要时期，每个人的童年都或多或少有缺陷，时间能让我们淡忘曾经痛苦，却无法改变这些经历在我们人格中投下的阴影。小时候的我们，极其渴望母亲的一个拥抱，父亲的一句赞美，可父母要忙于工作，不懂我们的爱的祈求。于是我们的心受伤了，便以哭来索爱，不曾想，哭没有让我们把爱索到，还让父母不耐烦。从此后，我们便收敛了哭，有了某种隔膜和距离，不再能酣畅淋漓地向父母表达爱意。对于爱的表达，变得矜持，充满了试探与防卫。因为，勇敢表达爱，需要内心的爱极其充盈。心里装满实实的爱，我们才有自信去表达自己的爱，让爱外化。我们大部分人自小内心的爱是不充盈的，内心充满了不安全感。童年虽然有很多快乐的回忆，但没有感受到备受宠爱的滋味，与父母的关系是有距离的、少点温度的亲子关系，也许是因为父母的亲密陪伴太少，也许是因为父母总拿自己与别家的小孩比较，在各方面有严苛的要求，甚至每次不听话或犯错的时候，得到的是爸爸的拳头和妈妈歇斯底里的怒吼。越是心思细腻的孩子，越注定在那样的年代是要受伤的了。这种隐隐的创伤，生出了自卑的根芽，在成长的岁月中，在别人不可见的幽微曲折中反反复复。某一天蓦然回首，已成为我们心底深处的一处幽暗森林，内里小心翼翼地护着我们的心，是一颗没有安全感的心，没人保护它，只有自己用壳把心保护起来，深深地把自己保护起来，让别人看不见我们的脆弱。

有的成年人看似强大，实质内心脆弱如纸，在他或她光鲜亮丽、飞扬跋扈的背后，有一片源自童年的小小的幽暗森林。童年渴望的父母之爱得不到，长大后的他们想要逃离心中的无助感，而逃离的方式就是让自己变得强大，表现得非常强势。在人前表现出什么都能解决，唯独不敢面对自己内在的小孩。他们不允许那个无助的自己泄漏出来，他们极其在意别人对自己真心与否，这洁癖其实就是对感情的不信任，他们害怕自己的爱得不到回应，害怕付出了全身心的爱后会失去。一个童年缺乏爱的人，往往自我认同感不强，长大后的他们可能有着冰冷高傲的外表，里面隐藏着的却是一颗极其敏感自卑的心。

还有许多从内在生起的强烈自卑感，是被外部的社会评价挟持所致。古老悠远的乡村在高楼林立的大城市面前，尘土满面的行人在疾驰而过、掀起漫天尘土的豪车中人面前，坐在路边摊吃一碗麻辣米线的人，在玉堂金马吃鲍翅燕窝鹅掌的人面前，大多都充满了自卑感和危机感。跳出输赢和计较，谈何容易。在人类的内心中，只要认为自己比别人优秀，就会产生一种优越感。反之，如果感觉自己不如别人，就会怀有自卑感。人类是群居的社会动物，大部分人终其一生都要在和他人作比较的过程中，进行自我评价，确定自己的社会价值。比较的对象可能是任何人，比如上司、身边的人等。另外，比较的内容也非常广泛，不仅包括学历、收入、职位等可比性比较强的内容，也包括和恋人之间的感情、亲子关系等很难区分优劣的内容。总之，就是想到什么便比较什么。心中怀有自卑感的人，总是过分在意别人的眼光。对比较的结果，有时他们自己就直接说出了自卑的评价，但有时，如果是别人作出否定自己的评价，那么就会激起他们的对抗意识，以过度自尊的方式进行自我防卫，而且会和对方一直比较下去。自卑有时是一种不能自己帮助自己的无奈；自卑有时是自己实力不够时的软弱；自卑有时是遇到强势对手的害怕；自卑有时是面对挑战的逃避和退缩；自卑有时是羡慕强者轻视自己的沮丧。活在这个人人竞争的社会的麻烦之一，就是无法克服的自卑行为和自卑感。

有一种异常苛刻的社会评价是针对女人的年龄。我觉得这是男人一种自卑的表现，他们可能在同年龄的女人面前很自卑，永远的幻想对象是 18 岁的少女。似乎只有在 18 岁的未经人事的少女面前，他们才有自信。就算是年龄很大的那种男人，还会威胁妻子说"跟你离婚，去找个年轻的"。这只能说明男性的审美是很狭隘的，只喜欢胶原蛋白满满的白幼瘦秀小女孩，而不能欣赏如大江大海一样自由而广阔的女性，生动、鲜活、泼辣、才华，其灵魂的迷人远在皮囊之上，因为，那是他们驾驭不了的、驯服不住的。男性追求爱情要一劳永逸，不需要格外经营，对他们而言，最好就是选择一个平淡易驯的配偶，"作"是最大的麻烦，他们不过是想要一个居家的良伴而已。有着旺盛生命力的女性被男性贬斥，讽刺，挖苦，因为他们容不下不符合他们单一枯燥的审美标准的人。因为这种目盲，年轻时，男人看女人，只能看见白幼秀这些择偶标准的体现——跳不出天下所有雄性动物的梦想；年龄大了以后，男人看女人，看见的只是勤劳朴素、持家能手这些黄脸婆的优点。于是，在我们的社会中，充斥的都是"男人三十一枝花，女人三十烂茶渣""大龄剩女"这些很恶毒的流行语，这些话语的流行和天经地义，让每个女人都怕老，觉得自己的社会价值越活越走低。女人的自卑哄抬了男人自我感觉良好的市价。老婆天天防火防盗防老公出轨。被老婆保卫得严，男人忘了自己姓甚名谁，就算没有尝试过，但也幻想勾搭别的女人如探囊取物一般轻松，其实完全是假象！

两千多年"男主外，女主内"的思想已经成为一种模式。这种文化模式和旧观念不仅为男性所肯定，也深深影响女性对自身的估量，沉淀为女性一种深层的自卑心理意识，被女性内化为自己的行为准则。不少女人也认为男人就是比女人强，甘做配角，自动放弃与男性的竞争。正如刘晓庆所感慨："中国女人放弃自己太早了。年过二十五不再谈青春，年过三十不再谈年轻，年过四十不再谈姿色。见到人形象好评价就是：呦，都这岁数了，真不容易。在传统观中，女人年龄稍长，就不该美好了。女人自己也接受这样的心理暗示：老啦，不行了……"我欣赏刘瑜有句话："一个30岁以上的女人为自己的年龄而自卑，本质上是在迎合男人的世界观和审美观。我不能让他们得逞。"一个女人的气象，是从拥有高级的年龄观开始。其实，只要具有旺盛的生命力，身上就一点也没有年龄感。因为，一直做自己喜欢的事情的人，无所谓哪个年龄感。对于眼角的皱纹和初生的一茎白发，没有太惊慌，也不想拼命掩饰，本来，没有自卑感的人，对于别人的厚爱或摒弃，没有那么在乎，不拧巴，也不逢迎，就是自自然然地生活在这个自己必须要生活的世界上，唱好自己的歌，做好自己的事，可不就开心了么？

当然，不管平时多么自信满满，在这个世界上总是有人让我们变得自卑。你越不喜欢一个人，你越能够信心百倍，轻而易举地吸引他。强烈的欲望和患得患失，会使人丧失了爱情游戏中必不可少的一种漫不经心，你如被人吸引，就会产生自卑情结，因为我们总是想把最完美的品质赋予我们所深爱的。连一代才女张爱玲也逃不过，因对一个人心生爱慕而"卑微"，这个傲视天下的女人自从遇见了胡兰成，就变得很低很低，一直低到尘埃里，但心里是欢喜的，并且在那里开出一朵花来。当才女芳心被情场浪子所俘获，她"自卑"到甚至在与胡兰成的相处中，退而求其次，压根不谈名分，甚至对胡说出"你将来就只是在我这里来来去去亦可以"这样的话，张爱玲一腔柔情、真心爱过胡兰成无疑。这就是佛经里所说的"由爱故生忧，由爱故生怖"吧？无论是爱情亲情，挖到深处，都有一重自卑又恐惧的底色，这重底色在特定的情境里被触发，它使人痛苦又依恋，互相折磨又互相不舍。

长期以来，我们一再被叮咛：个体是渺小的、微不足道的，任何重视或放大个体的做法皆自私可耻，惟国家和集团利益至高无上，为了"大"，必须时刻准备牺牲"小"……"皮之不存，毛将焉附？"作为"毛"的个体天然就披覆着一种自卑。我又作为并不那么年轻的女性，自卑感当然也是我时常能够体验到的一种人性特征。不过，当揭开人性内在深层的行为特征，我发现，人类中的每一个人，不管是排斥拒绝还是躲避逃跑，人人具有这种隐藏很深、伴随一生的人性特征，只是很多人没有深刻意识到或者完全不知道而已。不自卑，也不自大，而是拥有与自身相符合的自信。说来容易，做起来何其之难。

哲学家叔本华曾有一句名言，说"生命是一团欲望，欲望不能满足便痛苦，满足便无聊，人生就在痛苦和无聊之间摇摆。"我觉得可以套用这个句式，来结束这篇文章，"人总是看不清自己，有时自负，有时自卑，人生就在自负与自卑之间摇摆"。

人性博物馆之自负

很年轻的时候，我们都如高智商的年轻动物一样活力、生猛、自负、桀骜。阳光之下，疯狂生长，历经梦想与人性、与世界的短兵相接，凶猛青春一如热带雨林的藤蔓，遮天蔽日，却掩藏着某种的失落与惶恐。越是从幼稚走向成熟，越是没有被提供一个广阔舞台，可以尽情展示自己的风采，越激渴着能够获得别人的理解和肯定。

中国当代文学史中有一位全力冲击文学与生命极限、年仅 25 岁就卧轨自杀的诗人海子，就因长期不被世人理解，而表现出一种突围搏杀般的极端自负。海子的内心深处，有一种凌驾于万物之上的骄傲，他曾经在《秋》中这样写道，"秋天深了，王在写诗"，诗人以诗歌之王自比，其自负可见一斑。凡是美的东西，都希望别人投来认可和赞许的目光，自负美丽的更是如此。可惜在活着的时候，海子并没有得到多少世人的理解，这使得他的自负更趋向于一种宣战式的狂狷与虚妄。

越是鲜明强烈的"个体性"，自我的存在历历分明，那么，越可能带着自负，因而不得不承受某种孤独痛苦，怀着对于世界的不屑和不满。自负是人性不可或缺的一部分，人总不免高看自己一眼。可以说，我们大多数人都很骄傲，会夸大自己的能力和素质——例如自己的驾驶技术、聪明才智和异性魅力，我们身上充分自我认可的一些闪光点。这种现象被称为"乌比冈湖效应"（Lake Wobegon Effect，也称沃博艮湖效应），该词来源于盖瑞森·凯勒（Garrison Keillor）虚构的草原小镇，即乌比冈湖镇上"所有的女人都强壮，所有的男人都长得好看，所有的孩子的才智都在平均水平之上"。社会心理学借用这一词，指人的一种总觉得什么都高出平均水平的心理倾向，即给自己的许多方面打分高过实际水平。

有些自负的表现形式，恰恰是一种刻意的自嘲。比如，清华国学四大导师之一的梁启超，上课的第一句话是："兄弟我是没什么学问的。"然后，稍微顿了顿，等大家的议论声小了点，眼睛往天花板上看着，又慢悠悠地补充一句："兄弟我还是有些学问的。"头一句话谦虚得很，后一句话又极自负，他用的是先抑后扬法。西南联大中文系教授刘文典与梁启超的开场白有得一拼，他是著名《庄子》研究专家，学问大，脾气也大，他上课的第一句话是："《庄子》嘛，我是不懂的喽，也没有人懂。"传说刘文典每回讲《庄子》，都会说这话。其自负如斯。这且不说，他在抗战时期跑防空洞，有一次看见作家沈从文也在跑，很是生气，大声喊道："我跑防空洞，是为《庄子》跑，我死了就没人讲《庄子》了，你跑什么？"轻蔑之情溢于言表。好在沈从文脾气好，不与他一般见识。

自负，某种意义上源于对外界的钝感，所谓"无知者无畏"。等到我们不断扩大视野，博采众长，能够认知他人真正的能力，能够认知且正视自己的不足，我们才能变得理性谦卑，具有自知之明，因而静水流深。但讽刺的是，我们当中技能最匮乏的人反而最易于过度自信，即所谓的"达克效应"（Dunning–Kruger effect），这是一种认知偏差，能力欠缺的人有一种虚幻的自我优越感，误以为自己比真实情况更加优秀，因欠缺自知之明而自我膨胀。这种自我拔高似乎表现得极端甚至荒谬，但是个中人根本不能自我觉察。中国人称之为"一桶水摇不响，半桶水响叮当"，意思是：一个真正有水平的人是不声不响的，很谦虚谨慎，而那些一知半解的，自以为是的人才会响呱呱，不沉着，不虚怀若谷。或者说，真正明白事理的都很低调很沉默，那些懂一点的人才乱咋呼，好像自己很懂一样。

　　其实今天的现代人普遍是很自负的。为什么呢？因为近一百多年来人类的技术进步，让我们在"时间神话"中以"新人"的自负登场，不由得有"天翻地覆慨而慷"之感，自以为可以傲视古人。其实，任何历史片段，都包含着通向现在和未来的轨道与索引。若不能客观地正视历史，即无法正视今天的处境；若不能体察前人的难度，即无法预测自身的荒诞。站在历史的尽头，我们将一切历史都解读成了当代史，以当前的现实生活作为参照系，我们中的许多人，甚至会以一种致命的自负，认为今日之生活方式与价值观，可以秒杀过去无数世代累积的习俗传统。

　　现代人的自负还体现在，过于相信自己理性的计算能力。现代人之所以大胆地做一切违反习俗的事情，就是因为他们相信，自己可以清楚地计算自己行为的成本、收益。但是，人的理性的能力其实是非常有限的。一个人或许可以感知自己的行为的收益，但很难清楚地计算自己的行为的成本，包括自己未来要承担的成本，及可能对他人产生的成本，而这种成本很可能又反弹回他自己的身上。我们还很自负地认为自己拥有自由意志，一切行为都出自于自我选择。不过受弗洛伊德的影响，我一直觉得人绝大部分时间是受自己的"潜意识"支配的，或者只是随大流而已，只有极少数时间例外。当然，独立思考的人是有的，不过这样的人凤毛麟角。

　　在光怪陆离的时代舞台上，我见过那么多性情自负、骄傲激烈的人物，如果要建一座人性博物馆，在其中展陈种种人性标本，那么，自负肯定是其中不可或缺的一种。人自负地以自身为万物的尺度，随着现代社会信仰的缺失，人类越来越被自己过度傲慢、自负的情绪所欺骗，傲慢到以为能征服地球，甚至征服宇宙，老是想用征服者的心态去面对大自然。登山者真的征服珠穆朗玛峰了吗？不过是渺小人类中极少数的一部分人，曾从那儿跨过而已，当一代代人变成一盒盒骨灰的时候，珠穆朗玛峰依然在那儿屹立不倒。

人性博物馆之倔强

逆风的方向，更适合飞翔

我不怕千万人阻挡，只怕自己投降

我和我最后的倔强，握紧双手绝对不放

下一站是不是天堂，就算失望不能绝望

我和我骄傲的倔强，我在风中大声地唱

这一次为自己疯狂，就这一次我和我的倔强

这是五月天演唱的一首歌曲《倔强》，由阿信作词、作曲，收录在五月天2004年发行专辑《神的孩子都在跳舞》中。这首歌在当年，真的撼动了无数青年一颗奋而前进的心。谁的青春不轻狂，谁的青春不狂妄，谁的青春没有倔强。青春是挽不回的水，转眼消失在指间，用力的浪费，再用力的后悔，用力的倔强。

记得还很年轻、很年轻的时候，体重还是44KG、腰围还是55CM的时候，我有一张倔强的脸。那时瘦到面无三两肉，眼型飞翘上扬，眼神清冷锋利，从眼神到嘴角都倔得淋漓尽致，透着与你何干的倔劲儿。那时的我，留很短的头发，甚至板寸，独来独往，走路大步流星，睥睨万物。一个人背上行囊，漫游荒凉西部，讨论哲学，创作诗歌，交笔友，访古墓，听重金属摇滚，激渴地寻找那些小众电影，很认真写一些现在看起来非常装的文字。——每一代的青春成长都是这么过来的吧？

不服输的，野性的，执拗的，赌气的，充满反抗意味的。倔强，是青春的必然情绪，历经挫折却依然执着，只因为年轻，所以才这么嚣张跋扈，极尽青春的可为。就如五月天的另一首歌中所唱："就算是这个世界／把我抛弃／而至少快乐伤心我自己决定／所以我说／就让他去／我知道潮落之后一定有潮起／又什么了不起"。

后来，历经分离，亲人离世，职场立足，建立家庭，小小的生命的到来，使曾爆裂的摇滚青年学会了温柔。卸下了盔甲，如同无数普通的母亲一般，一脸温柔地守护着孩子。再后来，世界平和，人生碌碌，一切仿佛安静下来。于是某天，忽然幽幽地想起那些年不知天高地厚的青春韶华，那些暴怒的、嚣张的、昂然的、倔强的、纯粹的青春时光，早已一去不复返如东逝的流水。镜中的自己，也早已眉眼弯弯，眼眸温柔，不复当年的眼神锋利如刀。人能对抗很多事物，但最难对抗的恐怕就是自我，以及岁月。

当年做过的傻事，如今回想起还会低声笑骂自己的愚笨，可若给你一次回到从前，你定当如那时一样，义无反顾。当年的你，是棱角分明的倔强女孩，那份横冲直撞，那些生硬青涩，原来都是青春的模样啊！从倔强的年轻时代走过，知道每个人都有自己的个性，也有自己的不容易，所以愿意让每个人都按照自己的心意去生活，如今的你是一个很好相处的人，身上有一种过来人的谅解和柔和。面对风浪和是非，处理人情与世故，也有了更广阔的余地，而不是像年轻时候一样，先撞上去再说。

青春曾经很倔强，却被丢在了那再也回不去的地方。生活的沧桑收起了你的棱角，磨平了你的锋利，可你知道，自己还有内在的这股劲，还提着这口气，有些东西已在日积月累中生根落地。你幽幽的眼神，五分柔和，可还有三分倔强，还夹了两分笃定。如果有人问你：谦卑和倔强，你要哪一个？你会这样回答：不想要"邪恶的谦卑"，那是一种生存的技巧，看似和善，实则是狡黠的利己主义，没有价值标准的坚持，仅仅是一种策略上的攻守。这种人，一定是对上点头哈腰，对下颐指气使的。你想要的是一种"善良的固执"，看似执拗、顽固，实则是最大的真诚，是为了价值的坚守。这种倔强，不是争强好胜匹夫之勇，不是争名夺利不服输，而是对自我塑造的倔强。

有过倔强的青春，终究是不一样的。骨子里从此有了一种桀骜不驯，如同终生的精神文身。无论现实的鞭子如何狠狠抽来，你也毫不畏惧，也不怕翻盘重来，毕竟，你从来都不弱。

当　我和世界不一样

那就让我不一样

坚持对我来说就是以刚克刚

我　如果对自己妥协

如果对自己说谎

即使别人原谅　我也不能原谅

人性博物馆之内疚

内疚，是人类所独有的情绪，和爱一样复杂和抽象。

在人类驯服自己的几千年中，内疚已经从一种人对自身行为的反思观照，发展成为一种极为深刻的人性品质。内疚也即罪恶感，个体自觉违犯道德标准时的一种情感体验。正如亏欠是相对于付出而言，罪恶感是相对于正义而言。当一个人深感内疚的时候，就是他认为一件事情不正义的时候，那么他一定在逻辑上树立了一个自己行为的对立面——正义。如果没有正义这个概念，一个人的内疚无从生发也毫无意义。如果一个人为一件事情内疚，那在他的内心深处一定有与之相对应的正义这个概念。精神分析心理学认为，内疚是自我欲望受制于超我，两者发生冲突而使个体自尊降低的结果。特别是在超我占优势时，非常有可能出现内疚。超我，就是这个虽不能至、心向往之的正义，超我对于自我和本我的挤压产生内疚。

内疚，这种由人类发明的独特情绪，是所有感觉中最让人痛苦的一种，一旦生活在内疚感的阴影下，饱受罪恶感的纠缠，人的情绪就如波荡不息的大海一样，起伏不安，辗转反侧，常常深陷于焦虑、悔恨、愤怒、抑郁、自责之中难以自拔。当然，并不是人人都会背负这种沉重的情绪，"一样米养百样人"，我们同处在这个社会上，但最终却表现出不同的人，受到不同的教育、文化传统、修养以及生活环境的影响，人和人之间总会有很多三观不同的情况：有人可能有罪但却不内疚，有人可能内疚但却不是有罪，有人可能有罪并且内疚。一个人是否会内疚，与他个人的道德标准相关，与他所受的社会规范的约束有关。道德低下的人常缺乏罪恶感，因为罪恶感与一个人的良知发展有关。

既然内疚是人对自己的惩罚，那么人类的行为动机就会想方设法逃避惩罚，怎么逃避呢？方式就是付出，如果没有付出，内疚感自然而然就会产生了。在文明进化的过程中，人们逐渐形成了各种方式来缓解内疚感：比如用动物和人做祭品，供奉谷物和金钱，忏悔、认罪、告解，做慈善公益等等。我理解"放生"这种行为，赎取被捕之鱼、鸟等诸禽兽，再放于池沼、山野之中，其实就是人们定期地将自身的罪过加诸作为"替罪羊"的动物身上，把动物放到野外，让它们带走人类的罪责感。

既然内疚感的缓解方式是付出，那么通晓了这种人性，就有人会利用别人的内疚进行情感勒索。常把"我这么做都是为了你"挂在嘴边的父母往往有着长期压抑的孩子，常把"我这么做都是为了你"挂在嘴边的妻子往往有着长期压抑的丈夫。无论是给别人造成内疚，还是被别人带来内疚，实际上都是在给一段关系加上沉重的负担。记得以前看过一个词叫"老啃族"，指出身农村但是在城市工作的一群人，70后或80后，90后中这一类人已经很少了。"老啃族"背负着历史对父母的亏欠、农村"泛家族关系"带来的沉重人情负担，需要负担生活在农村的年老父母的花销。他们做城市的人，操农村的心，人在城市，但无法享受城市的生活。他们身为第一代走出农村的家族成员，主要的亲属关系、亲缘环境都还稳稳地坐落在老家，"大家"仍在农村。农村对他的"索取"仍牢牢地将他锁住，体验到巨大城乡差距所带来的内疚也牢牢将他锁住。觉得自己比农村的亲人们过得好一些，觉得自己得到更多一些，于是充满愧疚、心生不安，要不断地去弥补、付出，有求必应的用尽各种方式，希望能够让农村的亲人们好过一些，也希望让自己内心好受一点。因为他内疚泛滥成灾，别人自然很容易对他进行道德绑架。也可以说，正是内疚者自己吸引别人来到他身边，对他进行情感勒索。

在通常情况下，内疚的产生是一种正常的心理反应，是人纠正错误和自觉行动的一种动力。但是，有的内疚是一种轻微的、瞬息即逝的良心上的懊恼，而有的内疚，却会成为由痛苦的自我谴责引起的长期折磨。当背负起这个由荆棘搭建的心灵十字架，过于考虑别人的感受，过于自我归因，然后向内攻击自己、惩罚自己，这种沉重的感受会让人处于何等的煎熬之中。

痛苦是每个人生活中都要面对的现实，它会在某些时刻以某些形式呈现，无人能够规避。对痛苦的体验能够增强一个人的存在感，既然人们无法规避这种痛苦，就只能去理解、研究、合理利用它。在世间，多少夫妻情侣、父母子女都是在负疚与补偿中相互折磨了一生，在更广大的眺望中，还有人对动物的负疚、人对自然的负疚、人对天地的负疚。仿佛是我们人类的缺点，造就了整个人世，造就了我们的城市和乡村、房屋和桥梁，还有此起彼伏的哭和笑……

《眺望》

杨健

万家灯火亮了，
但那已经不是万家灯火。
那是他对她的内疚，
也是她对他的内疚。
那是他们很难平息的欲望的内疚。
那是一条狗的内疚，
在摇着尾巴。
那也是一头牛的内疚，
挨着鞭子，在黄昏的田野上走着。

那是院子里生了锈的
铁管子的内疚，滴着清水，
像群山里寺院的钟舌，
敲打着寂静的万家灯火的夜晚。

人性博物馆之愤怒

我们有各种情绪：高兴的、快乐的、悲伤的、愤怒的、热闹的、安静的……这每一种情绪，都值得我们好好珍惜，因为，正是我们拥有这许多不同的情绪，我们才能成为性格生动、心灵丰富的人。在这个意义上，每一种情绪都有其意义所在，即使是我们认为负面的情绪，也是人格构成中不可或缺的，比如愤怒——这被认为是"所有情绪中最令人憎恶的、最狂暴的"。

愤怒是人类的一种基本情绪，这种情绪在我们每个人身上都会发生，而且常常会发生，是不可避免的一种情绪。不管是好情绪，还是坏情绪，都是大脑对外界事物的一种应激反应。作为一种大脑模式，应激反应一旦被激活，就会以闪电般的速度被释放出来。我们都有过那种经历，当被一种暴怒的情绪所席卷的时候，脾气上来了，控也控制不住，肾上腺素升高，心率加快，血压升高，热血沸腾，愤怒如一道闪电伴随着雷电的轰鸣，愤怒如一匹奔腾的烈马发出嘶鸣般的吼声。这时候人是很不理性的，因为人的七情六欲都源自潜意识，当我们表达极大的愤怒的时候，那是像龙卷风过境一样摧枯拉朽的情绪反应。甚至之后我们的意识，可能也不太记得，自己暴怒的经过。

记得作家毕淑敏说过："喜可以伪装，愁可以伪装，快乐可以加以粉饰，孤独忧郁能够掺进水分，唯有愤怒是十足成色的赤金。它是石与铁撞击那一瞬痛苦的火花，是以人的生命力为代价锻造出的双刃利剑。"的确，愤怒是与生俱来的生存本能，是人类在原始人时期留下来的。作为人类最原始的表达方式，愤怒是人们发自内心的嘶吼，很难作伪，很难掩饰。从一个人愤怒的点、愤怒的方式、愤怒的内容、愤怒的发泄等都可以"管中窥豹"，看清一个人真实的自我。

说愤怒是"双刃利剑"，因为任何形式的愤怒，都隐含着一种对环境和周围世界的攻击性。在愤怒这一情绪的支配下，个人的理性思维来不及反应，就会做出攻击性等伤害性行为。这股能量必须要表现出来，或透过尖声大叫，或透过打砸东西，或透过伤人伤己……心理学家鼓励人们在生气的时候，表达自己的愤怒，而非压抑自己的愤怒，不过不是用猛烈的方式，而是用有建设性的方式。否则，无法倾泻的这股生理和心理能量，可能会闷在人体的内部，持续耗损身体，直到身体出状况为止，愤怒能把人折磨得躁郁无比，虐心虐肺如在深渊；或者，这股被压抑的能量也会蓄积着，默默等待一次总爆发和总清算。如同狗急了会跳墙，兔子急了会咬人，如此温顺的小动物也会有恐怖的一面。长久以来像一只绵羊一样对待他人的老实人，也有他愤怒的时候，而且愤怒起来像一只豹子，因为他已到了忍无可忍之时。

常说愤怒出诗人，愤怒使人想抒发愤懑之情，所以会写诗，诗歌只是压抑的能量寻找到的一个出口。在人类的社会文化中，愤怒往往是被压制的，所以敢于体验和表达愤怒之情的人，某种程度上都是有力量的人，不作伪的人，忠实于自我的人。说到历史上最具有愤怒能量的人，我立刻想到的就是晚明一代狂人徐渭。徐渭的心中郁积了太多的愤懑和不平，难以自拔，在发狂的状态下，他先后自杀了9次，同时寄情于酒和书画，抒发他心中的怨恨。站在徐渭泼墨大写意的画作前，你会感到他画的葡萄、石榴、瓜、萝卜、豆、蟹、鱼等等，都带有一股愤怒之气。徐渭画雨中芭蕉，用急风暴雨的笔墨倾盆而下，将上下两边压成边线，造成一种挤压感，在这种挤压下，芭蕉的墨色挤往两边，显得生气勃勃，且有一种狂放躁郁之感。还有徐渭画的墨葡萄，我没有见过那么愤怒的葡萄，葡萄叶被徐渭用豪放泼辣的水墨技法随意点来，浓淡交错，造成错落生动的气势，再配以密集圆润的葡萄，以及墨叶间肆意狂舞的一首行草提诗："半生落魄已成翁，独立书斋啸晚风，笔底明珠无处卖，闲抛闲掷野藤中"。看这《墨葡萄图》是一种什么感觉？如黑云翻墨，如雨溅雹飞，如空谷长啸，如暮鼓急声，这已经不是在看画，而是看一个狂纵难驯的愤世者纵横泼洒着他内心的狂野、激愤和无尽的落寞，通篇的墨色淋漓都是无声的呐喊。那些用淡墨破浓墨，或用浓墨破淡墨的墨色对比，好像在苦苦寻找一个突破口，要把所有压抑愤懑之气从胸中一泄而出。几百年过去了，徐渭的愤怒至今力透纸背，只要你看一眼他的书画，你的心脏就会被那生机勃勃的愤怒，毫无防备的彻底击穿。

　　愤怒在带来伤害的同时，也带来力量，管理好愤怒这一情绪，使之发挥正向的力量，这样的愤怒就是有意义的：体验和表达愤怒的意义在于捍卫自我存在的权利。愤怒是一个破坏的过程，然而不破不立，如果愤怒去到了本该去到的地方，一切便将重新归于平静。发现我们人类有很多心理、身体机制之所以存在，是因为它们能帮助传播基因，而不是因为它们能让我们更幸福、更健康。比如嫉妒、焦虑、愤怒、抑郁等负面情绪，会让我们的心灵饱受煎熬，但由于它们是有能量的，能提高我们生存和繁衍的机会，从而更广泛地传播基因，因此至今仍然牢牢地安营扎寨在我们心里。这些平时被我们称为消极的东西，其实也是一份宝藏。生存是第一位的，生命进化的目标是让我们活着，而不仅仅为了快乐。

人性博物馆之韧性

持久而坚韧地做一件事，背后是一种怎样的东西在支撑？

我想，一定要有一种统一的价值追求在背后做支撑。这个统一而持久的价值追求，既包括中国知识分子的传统人格理想，也包括"五四"以来的现代启蒙精神和价值理性。无论对待自我跟世界的关系，对待社会历史，以及所投身的事业，都要有统一的信念在背后做支撑。在思想和行为上有着根本性的指向，就能在生活中笃定、坚韧、投入，甚至狂热。要理解这一点并不容易，因为绝大多数人在日常生活中找不到这种内在的感召。当一个人对自己所做事情的价值充满信念后，无论外部世界如何变化，自身境遇如何，别人如何评议，他都会保持认真热忱的生命态度，不屈不挠的精神。别人看着他活得辛苦，其实对他来说，只是平平常常的生活习惯。因为有了恒久坚固的信念，也就成就了一种奋斗的日常生活化。这只是一种生活方式，和买菜、劈柴、挑水、做饭一样，变成了日常生活。谁还不是每天都要买菜、劈柴、挑水、做饭？有些事情不能停息，每天要做，风雨无阻，寒来暑往。

人和人之间，内心的驱动力差别是很大的。这些驱动力的差别，最终导致了能力和境遇的差别。人最初的驱动力是好奇心，有了好奇，还只是开始，慢慢地由好奇心驱动的力量，会进化为连续性。再从连续性进阶到热爱，而从热爱到坚韧，将迎来内在驱动力非常重大的关卡，这个变化是什么呢？这个变化是对抗负反馈的内心驱动力。好奇心，连续性，热爱，带给的都是正反馈，人在正反馈中其实相对容易坚持做一些事情，但如果接下来，遇到的是负反馈呢？

　　记得看过王安忆在香港城市大学中国文化中心担任短期客座期间的六堂公开课，第一讲她从自己写作生涯的开端谈起，说道："如果你们将来要写小说，要注意一个事实，新人一定会得到好多好评的，大部分人对新人是很宽容的，会对你说很多好听的话。但当过了新人阶段后，你会得到不同的评价，这段时间是一定要冷静。"王安忆回忆自己当年，因为写作风格上新的探索被苛评，有评论家认为她放弃了自我。她当时也大受影响，充满动摇，但写作的欲望盖过了面对批评的苦恼，"无论多么茫然，还是要写下去"。当一个人进阶到一定程度时，他就来到了一个竞争激烈的世界，这时特别容易遇到负反馈。能否坚韧的在负反馈中坚持下去，是他最后能否继续前进的重要驱动力关卡。不管前面是不是享受了一堆的正反馈，滋养出了在一个小环境中的良好信心，等到闯入更大世界，一遇到负反馈，扛不住太久，就缩回去了。那么这个人就卡在这里，再也进阶不上去了。心态不仅仅是人筛选世界的一个窗口，也是世界筛选人的一个窗口，那些最终能够过关升级的人，都有着强大到浑蛋的小宇宙，坚定不移地穿越任何负反馈，向着辽阔的世界逐渐打开。这种韧性有一种热气腾腾的底色，始终充满挥洒不尽的热情和能量，有一种生活的粗糙感。万箭穿心，习惯就好，像什么事都没有发生过一样。坚韧之感，就像一把刀不假思索深深扎入木头，直没刀柄。

　　人生可不是一场两小时的舞会，人生是一场漫长的马拉松。我最希望我拥有的一种性格是韧性，踏踏实实，持之以恒，生命的精进比才华重要，工作的坚韧比灵感珍贵，心甘情愿做一条小小不为人注意的溪流，平静而缓慢地在山间流淌，反正终有一天也能汇入大江大流，汹涌地奔腾去往广阔的天地。

人性博物馆之弹性

　　如何理解"弹性"？我觉得所谓"弹性"首先是一种能力，在特定条件下，甚至面对不利条件、压力、攻击或者损害的时候，所展现出来的一种承受、恢复和适应的能力。弹性空间是一种可控的松紧度，当紧则紧，当松则松。在外力作用下会发生形变，但当外力撤消后，又能恢复原来的大小和形状。在紧张和松弛的两个极值之间，有一个延展的空间分布。

　　弹性的反面是僵硬或脆弱，僵硬就是任何事情搞一刀切，非黑即白，二元对立，丝毫没有回旋的余地。脆弱就是缺乏必要的柔韧性，经不起折腾，抗打击能力不足。真正的弹性必然是蕴含着内在力量的，承受得起摔，甚至越摔越强，不会如此不堪一击。

　　有弹性的人，性格柔韧，伸缩自如。他善于妥协，也善于在妥协中巧妙地坚持。他不固执己见，但在不固执中，自有一种主见。弹性是性格的张力。和僵硬的人相处，累。和脆弱的人相处，也累。相反，有弹性的人既温柔，又洒脱，使人感到双倍的轻松。

　　弹性思维，是作为人类特有的一种能力。比如，心理学上把谎言分为白色谎言和黑色谎言两种，白色谎言是指无恶意的谎言和有益的谎言，黑色谎言是指从个人利益出发，故意伤害别人或者占别人便宜的恶意的、欺骗性的谎言。怎么理解白色谎言？尽管人们在道德上认为不该撒谎，但我们经常也会为了善意而撒谎。我们在面对现实时更倾向于灵活变通。你最好的朋友刚理了一个难看至极的新发型，你会说"还好还好，看着还不错"；去看望一个重病垂危的朋友时，我们也不会说"你看起来状态真差，肯定活不长了"。一个人如果随时随地都在说真话，可能是我们不堪忍受的，这样的人无法在一个人们必须相互保护的社会里生活。善意的谎言在所难免，我们经常会对小孩说谎，以免世上各种可怕的事物伤害到他们。白色谎言背后的人性论，是将人的本性视作是"善恶并举"的，人与人相处时，既对自己和他人的善与恶做到心中有数，又以善相处。处理人与人的关系的基本原则和目标，就是营造一个"扬善抑恶"的环境和氛围。

出于善意的白色谎言是人类所特有的，它让我们处事有分寸，知进退，有气度，善解人意。白色谎言，展现着人类互动中的幽微玄妙之处。如果你赋予机器人某些道德规范，那它们执行起来，可是不会打任何折扣的，因为机器在面对道德问题上不会具备某种弹性。机器人的道德责任感可能比我们人类要纯正得多，严苛得多。2022 年 7 月，在莫斯科国际象棋公开赛上，一个 7 岁男孩正在对战一台国际象棋机器人。然而就在下一秒，机器人的机械臂突然狠狠地卡住了小选手的手指。随后数名成年人冲进现场，在几人合力之下，才将小朋友的手指从"虎口"中拿了出来。而此时小朋友的手指已经处于骨折状态。莫斯科国际象棋联合会的解释是：小棋手没有等待机器人完成移动就去移动棋子，小棋手太过急躁，违反了操作规定。下棋机器人"惩罚"违规、夹断男孩手指，将"机器人伤人"话题直接送上热搜。对于这场意外，大家众说纷纭，很多人呼吁下棋机器人的公司必须重新考虑设计方案。人工智能伦理安全如何把控？确实是令人担心的问题。其中一个隐忧，就是机器人由 AI 算法、策略程序做出的判断和决策，是缺乏弹性的，一旦误判，没有调整机制，难以随同某些变量作出一定比例的改变。

当我们面对一个不确定的时代，我们的生活态度也得极具弹性，就像物理范畴中的软物质，既不僵硬，也不脆弱。不会一条路走到黑，不会一棵树上吊死。即便在现实中碰壁了，还可以退回到个人的小世界中，生活有所安顿，精神有所寄托，不会失魂落魄，不会过度焦虑。"进则兼济天下，穷则独善其身"，中国人的人生观，本来就是有弹性的。外儒内道的思想结构，使中国人看得开，通变，宽容，有一种痛苦的自我消解机制，有一种等待机运到来再度雄起（一阳来复）的太极思维。这种生活态度与人生哲学，是对生命本身的富于弹性的理解。我们应该处于这样一种非极端、有张力、有余地的生命状态中。

想起昆曲每一本戏通常有四五十出，如果全本演出需要两到三天才能演完。因为昆曲的剧目就像一个连绵延伸的长廊，所以可以被拆卸重新组装，每一折乃至每一小段在游离全剧之后仍然具有独立的观赏价值。这种既松散又具备弹性的结构与西方戏剧的严谨结构截然不同，体现了东方美学潇洒无羁的独特神韵，也是中国戏曲有趣的生命状态。在充满不确定性和风险的大时代，能够存在下来的应该都是这种类型的人或组织吧？极富弹性、不断调整、灵活多变，就如传说中的变形虫，形体柔软，千变万化，能够随着外界环境的变化而调整自身以适应变化。

如何在一个变幻莫测的大时代存活下去？在宏观背景与个人空间之间，建立一种弹性关系。我们生活也好，做事也好，离不开时代的宏观背景，但宏观背景与个人空间并不是完全重叠的，中间有一个时松时紧的弹性空间，一个可以创造性地不断调整的空间。

让我们来谈谈恐惧

2017 年 2 月，宁波动物园事件，一个虎口没能脱险的人间惨剧，贯穿了整个春节期间的舆论场，波澜起伏，余音绕梁。许多人指责逃票翻入虎园的游客咎由自取，因为贪图小利而冒犯规则。只不过，在世间的各种不堪与罪恶中，逃票实在微不足道，惨烈的结局多少带有宿命的味道，怎么就让旁观者排山倒海地咬牙切齿了呢？我总觉得，针对死者"不守规矩"暴风雨般的训斥，未必都是出于正义感，恐惧感恐怕更多。所以，让我们来谈谈恐惧。

是的，我知道你们恐惧，因为我也同样恐惧。看到老虎撕咬人时那种荒凉的景象，鲜血淋漓，无法挣扎，只要是一个正常人都会不寒而栗，产生恐惧之心，联想起佛教中描绘的惨烈的地狱场景。人与自然的关系实在是被遮蔽得太久了，以至于现在看到虎食人这久远而真实的场景，我们这些文明温室中的人才真正感受到弱肉强食的自然残酷。所有的人都不希望这样的恐惧发生，这样的噩运落到自己身上。安全与危险，甚至生与死之间的隔离带，也许一点点贪欲、一点点犯浑，就给突然拆穿了。扪心自问，再克己的人都会有不安分的时候，只不过多数时候没有造成严重的后果。人们不想承认这一点，但那个贪图便宜丢了性命的倒霉蛋，以惨烈的结局拆穿了这个事实，所以才会在身后引来划清界限、洁癖一般的责难。

恐惧是异常强烈的情感，而一个人七情六欲的来源是潜意识，爱、恨、焦虑、恐惧、嫉妒、悲伤、愤怒、喜乐、欲望等情感，都是来自潜意识。显意识以逻辑思考，运用先见和后见之明，使用归纳法和演绎法分析，拥有抽象思考、理性分析、批判、选择、辨别、计划、发明和构成能力。所有信息都进入潜意识，但只有显意识能对那些进入的信息带来影响，或给予力量。显意识凌驾在潜意识之上，但真正起决定作用的是潜意识。潜意识和显意识相反，不用逻辑思考，而是靠感觉行事。你可以想个例子，如愤怒。某个人表达极大的愤怒时，会显示强烈的情绪或力量，这时候这个人是很不理性的。具体到宁波动物园事件，人在面对受害者存在不正确行为此类事件的时候，情绪判断容易优先于基本的价值判断，于是，从他的潜意识深处所不能自明的巨大情绪，搅动起他无缘无故被放大的暴怒。其实这是人为虎食的黑森林的原始恐惧，那种心理原型式的最本能的恐惧，以一种暴怒的强能量方式来寻求宣泄和排解。

恐惧的人更喜欢拉帮结派，因为害怕单枪匹马单薄面对恐惧。他们宁愿在世俗的喧嚣中相互取暖，只有在惯性里才能维护某种安全感。我们往往不敢去直面自己的内心，对自身的心灵需求，我们常常置若罔闻，因为我们害怕面对其中的恐惧与战栗，害怕面对一个个内心的拷问。心理学家约翰·鲍比（John Bowlby）提过"安全基地"理论，"安全基地"是自己可依赖之标的（如父母之于孩子、钱之于守财奴、时装之于好莱坞明星），没有这种"安全基地"，人们就会失去目标，陷于恐惧。之所以在宁波动物园事件中，遵守规则成为主流观点，我是从心理学的角度，理解我们这些战战栗栗的恐惧旁观者，将规则视为自己可以依赖的"安全基地"而已。在那些大谈规则高于一切的人中，其实多少人在临事之时，都会认为只要有一个正当的理由，便可以通过权谋来实现目标，至于制度和规则倒是其次的了。

人最大的敌人是自我内心的恐惧。我们习惯逃避或者强硬地排斥自身的恐惧感，而不是去发现恐惧、接纳恐惧，并与恐惧妥协及坦然与恐惧相处。这恐怕才是人心灵不安的最重要的根结所在。什么叫作真正的恐惧？真正的恐惧不是血肉横飞的画面，真正的恐惧是调动你的想象力，把你自己吓着了。最高明的恐怖片的导演，都高明于此，调动你自己的想象力吓唬你自己，人生对未来的恐惧就是如此，都是你自己想象把自己吓着了。这个世界并不是它本来的样子，它是我们所理解的样子。因为我们的恐惧和回避，这个世界呈现出猛虎出没、路在何方的丛林模样。有意无意放大各种恐惧，反而带来更多的恐惧。这就是恶性循环。当恐惧无法解决，只能设法压抑，然而越是压抑，你就越是觉得，极端的处境会在将来的某个时刻等待和你遭遇。于是，当有人问我，在一个热点新闻被快速消费的时代，一个事件往往三天热议指数达到了最高峰值，然后就开始断崖式衰退，退出人们的关注视野，因为还有更加轰轰烈烈、刺激眼球的热点事件到来和迭代，为什么宁波动物园事件从大年初二持续半个月还在热议纷纷，还在热搜榜上，我的回答是：因为恐惧还没有过去，因为恐惧没有被平复。

我完全理解每一个人的恐惧，因为我也不可能超拔于这个时代。但我知道，最大的恐惧乃是恐惧本身。没有一件事物是可怕的，除了你的想法让它变得可怕。孔子说，仁者不忧，智者不惑，勇者不惧。就是说当世界充满了忧伤、忧思、迷惑、困惑、恐惧的时候，我们能要求这一切改变吗？我们能要求不发生地震吗？我们能要求经济危机不来临？但是它还是来了，我们只有提升自己的"仁智勇"。我们赖以对抗恐惧者，在于我们的经验与知识，以及，我们对免于恐惧的自由的追求。我相信，唯一安全的社会，是一个人人都愿意承担的社会。否则，我们都会在危险中、恐惧中苟活，不可能活得有人类的尊严。

要人人都愿意承担、共生互助的社会到来，需要以理性、多元、宽容为核心促进世界的文明与进步。对情感的无知，也许才是最要命的无知，它滋生冷漠与轻蔑、仇恨与恐惧，使人们的嘴唇，那些无辜的嘴唇，说出轻率而固执的话语。对情感的无知，只能依靠理解来教育。剔除根植于一己本性中的傲慢、成见与自恋，体验人类情感千变万化的差异，洞察人与人之间不断发生的情感交互。理解本身就饱含情感，它既深藏着困难，又孕育着希望。

自由、宁静、有趣、没有恐惧感地生活在自己的国土上，是我们共同的梦想。我宁愿去希望，而不选择恐惧。

什么是不甘心

　　有一位心理学家曾谈到，有一类人偏偏喜欢选择"错误恋人"，亲人朋友都感到不可思议"你为什么会选这样一个人"，而他／她却义无反顾直到自己遍体鳞伤。这种行为的原因，有可能源于童年与家庭的创伤。如果一个人小时候家庭不幸福，父母对自己不好，但弱小的孩子无处可逃，只能接受。成年后，他／她如果遇到和父母很相似的"错误恋人"，内心的愿望就会被触发，"这一次我要作主，我要修正童年的那次错误"。他／她怀着一个单纯的梦想——我可以用我的爱来改造恋人。这种改造梦想源于不甘心，他／她相信，如果做了一些艰苦的努力，对方就会改变，那么他／她多年来耿耿于怀的内心缺失就会得到弥补。

　　不甘心，到底是一种什么样的情绪呢？

　　我觉得，一个人因为某种依恋，因为某种匮乏，想要得到更多，当一切不如自己想象的那样发展下去，就会觉得不甘心。不甘心，是被唤起但未得到满足的心理需要所形成的张力系统，是未完成的事情让一个人惦念在怀，成为心结。这种"未完成情结"，使人在有意识与无意识中产生一种追求补偿的意向，萌生一种难舍难分的感情，总寻求从中获得加倍的满足。

　　有时候所谓难以割舍的感情，事实上只是不甘心而已。

　　不甘心是一件复杂的事情。一方面，是别人对你做了什么；另一方面，是你对自己做了什么。它是付出与投入，也是渴求与欲望，是找不到出路的情感需求，与一个人的磨损或遗失的自我有关系。久久不能释怀，是无法正确地面对情感的丧失。不甘心的时候，我们的行为在本质上都是在维护受损的自尊、自信，试图打捞回那个受到伤害的"自我"。

记得民国才女萧红英年早逝，死时不到 32 岁。临死前，她写下了令人潸然泪下的绝笔："我将于蓝天碧水永处，留下那半部《红楼》给别人写了，半生尽遭白眼冷遇，身先死，不甘不甘"。不甘心，也是承载了太高的理想。从人性的角度来说，我可以理解"不甘心"，因为谁都希望自己能够在有限的生命里，尝够世上的山珍海味，游遍世界各地名山大川，同时领悟尽人间的七情六欲。但是，显然这只是一个理想状态，没有任何一个人是可以拥有所想拥有的一切，更没有任何一个人能够真正随心所欲。所以，人的不甘心往往是无解的，有着挥之不去的惆怅的底色。不甘不甘，那又如何呢？向天再借五百年吗？不如一切重新开始吗？而说真的，即使科技发展到可以换头换身，辗转多活一数百年，也是很累的吧？也会有另外的不甘不甘吧？

所以说，不甘心是存在主义式的，因为它深深地嵌入了生命的本质。不甘心，是意识到生命除了当下还有其他，除了现实还有其他。不甘心被当下和现实蒙上眼罩，不甘心一辈子只与现状为伍，乖乖在笼子里踱步，不甘心肉体被驯服后还要交出灵魂和梦想，不甘心成为一段关系的囚徒，所有的付出与投入不被珍视……一颗心要挣扎、要突围，它试图溯源而上，逆流而上。一个人的生命深处，隐隐地、不可压制地需要某种东西，但因为各种原因得不到，于是一个人始终感觉生命被抑制，他/ 她无法与这种状态达成和解。夜半醒来，怎么想，都始终不甘心，那种被抑制的东西汹涌横流，想要以一种什么形式爆发出来。

在网络上看过这样一句话"秋天到了，夏天的不甘该通通放下了"。不甘心，应该终有放下的一天，当猎猎秋风刮起、收割一切的时候。但到那个时候，被不甘心浸润半生的心灵，恐怕如同海啸过后的海岸线，早已满目疮痍了吧？

羡慕这件事

泰戈尔有一首小诗《错觉》，细细品读，耐人寻味：

河的此岸暗自叹息——
我相信，一切欢乐都在对岸。
河的彼岸一声长叹：
唉，也许，幸福尽在对岸。

遥遥相对的两岸，明明各有所长，却止不住羡慕对岸的幸福。其实，幸福就在此岸，可是此岸的人啊，怎么偏偏就察觉不到呢？河的此岸，渴望着对岸的幸福，但河的彼岸，却又渴望此岸的幸福。

这是河的两岸的故事，这种彼此张望、相互羡慕的故事，还有很多很多。

长发齐腰的人，羡慕短发的俏丽轻快；短发参差的人，羡慕长发的飘逸飞扬。许多皮肤黝黑的人们羡慕白色皮肤，然而许多白种人反而羡慕深色皮肤。成年女子羡慕那些青春少艾的女孩子，肌肤如雪，双目晶莹，虽然自己保养品的档次一天天提升，青春却已一天天远去。她们却不知，在豆蔻年华的女孩子心中，可爱在真正的成熟风情面前不值一提，她们羡慕那些气定神闲、行走如风的姐姐，一个人的气质、修为、心胸、学识、财富是可以修饰她的容貌的。

当我们租房的时候，羡慕别人有房子；当我们买下了属于自己的公寓，又羡慕别人的三室两厅；当我们拥有了自己的改善房，又想要住进别人的三层别墅……有人已经拥有了三层别墅，但也为此付出了代价：忙碌的生活，空荡荡的家，被忽视的孩子，缺少悠闲的周末，以及错失的生活乐趣，也许他们羡慕的反倒是你，能够有充足的睡眠时间，稳定的一日三餐，养花种草，撸猫养狗，还有一家人围坐闲谈包饺子打火锅的其乐融融。

衣食无着的人会觉得有吃有穿是一种幸福。有亿万家财的人往往人人羡慕，但他们反而会觉得那些没有多少负担、活得轻松简单的人更幸福。因为，时代浪奔浪流，潮起潮落，每朵巨浪下面，都有着万千人类的竞争、机遇、负荷和拼搏，能够九死一生，站到浪头的是佼佼者，是幸运儿，但同时，也是最危险的人，因为稍一不慎，就跌下巨浪，万劫难复。一浪接着一浪，永不停歇，浪底的人不易，浪头的人又何尝轻松？

鸟羡慕树，羡慕树有许多只翅膀，可以在风中沙沙振动。树羡慕鸟，羡慕鸟只有两只翅膀就可以飞翔。但是，明明鸟就是鸟，树就是树。鸟应该认清自己是一只鸟，树应该认清自己是一棵树。我们是单独的个体，有自己独特的小宇宙。没有一个人的人生值得绝对去羡慕，也没有一个人的人生可以绝对去鄙视。走各自不同的路径，专心过好自己的人生就好。做人最怕的，就是用别人的尺子丈量自己。

其实所有的羡慕，都是把羡慕对象看作一种自我投射，那个无法亲自去实现的自我。如果我们在这世上没有一样东西想占有，那么就没有一个人值得我们羡慕。当然，没有人可以做到四大皆空，我也有过对别人心生艳羡之时。不过，我只是在某件具体的事儿上羡慕过别人一小会儿，要是交换整个人生，拿谁换我都不愿意。

犹豫是贬义词吗？

犹豫，指迟疑，不果断，缺少主见，对事难以做决定。

当一个人犹豫的时候，迟迟做不出决定，在他沉吟良久的时候，以为过去了很久时间，但当他去看钟表的时候，通常会发现比估计的时间要短，其实，他感觉到的时间长度只是他巨大的犹豫过程。

虽然犹豫也经常误事，毕竟很多时候，我们需要雷厉风行的决定和行动，但犹豫也意味着纠结，说明要考虑的方方面面很多，决策上不得不优柔寡断，慢下来慎思多思。犹豫是心里反复地想正确答案，因此而慢了半拍。

人都是复杂动物，哪能做到凡事清坚决绝，一点儿也不拖泥带水。所以，我们这长长的一生，注定会有数不清的犹豫吧？世界有它自己的规则，所有的生物都要遵循这一规则，否则只有死路一条。但在我们的内心中，总是很渴望自由，完整的自由，无拘无束的生活。可是，我们无法做到完全按照自己的标准来活着。身与心、灵与肉、理想与现实、社会与个人，总是会有矛盾冲突。于是，做出一个决定，我们往往犹豫好久，总要把这个问题想好久好久。我们中的大多数人，都不免有普通人的种种缺点，比如软弱、犹豫、承担过大的社会压力等。

在中国古代传说中，"犹"和"豫"是古代两种很古怪的动物。"犹"是一种非常活泼、灵巧又生性多疑的猴科兽类。它一旦发现"敌情"，便迅速爬到树上，躲藏在树枝或茂密的树叶之后，探头探脑，偷偷查看，等平安无事了，就跳下树来，下来后东张西望一番再生怀疑，又慌慌张张爬到树上。如此反复，没有一点主意，毫不果断。"豫"的样子据说像大象，虽身大力不亏，但它伸长鼻子尝试取物时，总是摇摇晃晃难以确定。这两种动物经常待在一起，正好又都是生性好疑，古人根据它们的习性，将它们的名字组合成一个词"犹豫"，形容人们的迟疑不决、拿不定主意。你有没有发现，"犹"和"豫"，都不是有攻击性的凶猛动物，你见过老虎或狮子扑向意在必得的猎物时犹豫过吗？老虎和狮子的果决，是因为它们是主宰者、进攻者，可以拿其他生物来做燔祭，它们不在乎其他动物的生死，它们像神话中顶天立地的盖世英雄，也像毫不留情的刽子手。老虎和狮子是食物链顶端的王者，大部分的食物链基座的生物，都是温和而谨小慎微的。我辈更多像老虎狮子还是"犹"和"豫"呢？"犹"和"豫"不过像千千万万的普通人一样，在力所能及的范围内，瞻前顾后，尽力活好而已。

如今是一个暴躁的时代，人人都是易燃易爆品。在著名的哈佛公开课《公正》里，当代政治哲学家迈克·桑德尔认为，困惑和迟疑并不一定是坏事。当思想太多地被权力用来当作棍棒，困惑就成为宽容的前提。当人人争当杀气腾腾的真理代言人时，迟疑则是一种智性的成熟。他提醒我们，在这个世界上构成冲突的未必仅仅是"善恶"之间，一种"善"和另一种"善"也可能构成紧张关系。权利和福利之间，"绝对命令"和"人之常情"之间，平等和效率之间，自由和安全之间，常常存在着取舍关系。我们尽可以根据自己的观念，论证哪种取舍更合理或更合乎时宜，但是如果有人告诉我们存在着一种没有代价的选择，那也许我们就需要提高警惕了。犹豫不是为了逃避选择，但是它令选择之后的制度设计更加审慎和包容。我喜欢桑德尔这种"厚此不薄彼"的公允，这种对不同立场抱有最大程度"同情性理解"的态度。他告诉我们，没有一个正义标准可以放之四海且贯通古今，每个人实际上都在特定情境下"因地制宜"地选择正义原则。在诸善之间，妥协比胜利更值得庆祝。在决策之时，犹豫比果断更值得信任。

大千世界，姹紫嫣红，人心的犹豫，就像一抹灰色，灰色是最暗淡的颜色，也是最包容的颜色。不必急于非黑即白，非对即错，为什么不尝试去理解人心的徘徊彷徨、艰难取舍和更多可能？犹豫不决的人，心都是不够狠的，思维都是过于复杂的，不是吗？也许我们可以在下一次冲锋陷阵之前，可以表现出一点点的犹豫？

日渐稀少的惭愧

古人射箭，箭中靶心的一刻，每每叫声"惭愧"，意思是多谢、难得、侥幸，是一种客气的说法，就像戏文里白面书生作揖道："小生惭愧，有缘遇这箇小娘子。""惭愧"用在这里，是感幸之词，明显是褒义词。

不过，在词义上，"惭愧"主要还是指人做了错误之事，未能尽到应尽责任，所感到的羞惭愧悔，无地自容，是作贬义词用的。中国汉字以单音节词为主，一字一义，"惭愧"可分开解释为，对不起自己叫惭，对不起别人叫愧。

当一个羞愧难当时，愧天怍人，自惭形秽，其表现往往是耳红面赤，汗颜无地，面失常态。脸没处搁，头不敢抬，恨不得找条地缝给钻进去。形容一个人极度惭愧，可说"汗出沾背"，汗水沾湿了脊背，或者说"汗流接踵"，汗出得多，流到脚跟。这狼狈不堪的样子，可见惭愧情绪体验的强烈程度，以及对于当事人的重大影响。

可今天是一个惭愧日渐稀少的时代。耻感的丧失，源自环境对个人的剥夺，从而导致自我身份的严重低估。在文化传统中，西方文化多重"罪感"，东方文化多重"耻感"。故西方人意识中多有原罪，因此法律大盛；东方人意识中有"羞耻之心，人皆有之"，故常以教化约之。耻感发乎天性，有时当时便知觉，有时被蒙蔽，慢几拍，过后才醒悟，所谓"知耻而后勇"。在中国文化里，耻感曾经大盛，一次是孔子感叹礼崩乐坏而梦周公、修春秋、编六艺、注易经。一次是宋明理学搞复兴运动，"存天理、灭人欲"，给中国人穿上了道德的紧身衣。孔子制订的道德衣裳刚刚好；朱熹一路太逼窄了，逼凡夫成圣人，将活泼泼的生命弄得老气横秋。

世界上各个文化群落，都有不同的人格范型。一切文化最终都沉淀为人格。中国人曾经是耻感人格的。两千多年以来所形成的"耻感文化"，使中国人因为在意他人的评价与看法而规范自身行为，以集体利益为最高行为准则。这种群体意识不断生根发芽，并牢牢扎根于我们的民族精神之中，从而促进了国人约束自己的行为与道德标准。羞耻与惭愧，是一种被人类普遍认为很重要的价值意义观念。人得生活在一个有约束的世界里，不能百无禁忌，有的禁忌给人带来"恐惧"，有的禁忌给人带来的是"羞惭"。在一个失去了禁忌约束的社会里，习俗的道德与个人的羞惭，自然就会失去依据。

人有人格，耻感的丧失，即人丧失自己的尊严和应有的身份，自我认知也趋于"精神矮化"。从这个角度看，无耻者极有可能是不知道自己是无耻的，他们说大话而不觉得难为情，做坏事而从不觉得惭愧不安，做再没有底线、再丢丑的事情，他们也麻木漠然，肆无忌惮。这一切是因为，他们耻感丧失了。坏人是不知道自己是坏人的，当坏人认识到自己是坏人时，坏人才有可能变好。

没有任何羞耻感的人，没有任何一种向上的价值引导，而那些总是愧对天、愧对地、愧对人的赤子，一生都在不断完善自己、提升自己、改正自己的过程中。他们对这个世界爱得越强烈，对自己的要求越高，越是觉得自己做得不足、做得不够，于是深感有愧，内心的自责化为了漫天的谴责，纷纷扬扬地洒将下来。

在这个世界上，有的人一生行恶却没有丝毫的愧疚，有的人一生赤子本色，却对自我充满了残酷的剖析与苛责。看一个人是否有耻感，对什么惭愧，能窥视他对人性的理解和追求。

《惭愧》

杨健

像每一座城市愧对乡村，

我零乱的生活，愧对温润的园林，

我恶梦的睡眠，愧对天上的月亮，

我太多的欲望，愧对清澈见底的小溪，

我对一个女人狭窄的爱，愧对今晚疏朗的夜空，

我的轮回，我的地狱，我反反复复的过错，

愧对清净愿力的地藏菩萨，

愧对父母，愧对国土

也愧对那些各行各业的光彩的人民。

心流：一种空空的状态

人只要一专注，就好像是进入另外一个世界。

那是一种什么状态呢？简单来说，就是旁若无人，忘记周围所有的事情，心里也空空的，什么也不想，没有任何杂念。注意力完全投注在某种活动上，一切的行动都变成了心灵轨迹流经的动作。好像天地之大，只此一人一心。

不知你有没有体验过这种纯粹的状态？在那个时候，心是无量的大，既没有一个分明的界，似乎又是空空的。不光感觉不到饥饱冷热，在有些时刻，甚至感觉不到自己，好像自己根本就不存在。当你全神贯注投入、沉浸在自己灵魂所热爱的事情上，你就会出离现实，甚至浑然忘我。一切的行动宛如自然而然地从你手中流泻而出，你独立在这个世界之外，你进入到另外一个世界。在事情完成之后，你会有一种充满能量且非常满足的感受。当你从那个只属于你的世界返回时，会发现时间已经飞快地流逝了。

古人应该也是有着同样的体验，才留下了"洞中方一日，世上已千年"这样的寓言。"洞"，比喻的是一个特殊的环境，通常是一个与世隔绝的地方。为什么在"洞"这儿待一天，而外界的变化就像是过了一千年？因为，进入"洞"中的你，主观的时间感改变了，甚至感觉不到时间的存在，纯粹的心流状态改变了时间的流速。

那一刻，你被包围在了一个空空荡荡的小世界中，外面的世界是动的，反衬出内部世界的静，而这空寂静穆的世界恰恰正是你内心的写照。其实你并不空洞空虚，而是过于充实充沛。忘记了做饭或做糊了饭，疏离了人来人往、街闻巷议，这些现实层面的事情，统统变得不值一提。你并不孤独，那个你进入的世界空空荡荡又嗡嗡作响。无尽的风雨星云、春秋江山，皆四面八方奔赴而来。因为空，只有空，才能容下万物。苏轼曾有两句诗非常形象地概括了这种情境，那就是"静故了群动，空故纳万境"。由于内心的静和空，人的精神反而得以在广阔的天地之内神游，把一切的一切都纳入自己心胸世界当中。这是一个完满而自足的境界，神游于其中如行云流水，有一种无拘无束的自由自在。

那种感觉，好像寒江独钓，除却一叶扁舟，一根钓竿，周围寂静无声，空空无物，却觉得满眼都是江水，烟波浩渺，天地之间一片阔然。

那种感觉，好像独坐幽篁里，空山深林不见人，但有明月来相照。一轮明月冉冉升起，澄明的宇宙里充满了灵动的生机。明月君临这个世界，将一切都收敛在自己的光芒里，于是宇宙中就只有月光：澄明而颤动着的空气，细密得若有若无的叶影，一切都消融在飘动、闪烁的月光当中，坐在此间的自己也不存在，只是月光的某种属性，只是月光的一部分。

每个人在一生之中的某个时刻，都有机会体验这样的心理状态：心无杂念，心无旁骛，屏蔽掉外界的一切干扰，到达一个空空的状态，这也是一种流动的状态，流动意味着在过程中会有很多意外发生，所以需要不预设，不凝滞，以一种空若幽谷的心态，接纳一切的发生。让文字、音符、旋律、色彩、线条或一切纷至沓来、自然而然的心念，轻轻穿过你的身体，在流动的无限中将你带向浩瀚之境。你只管沉浸在其中，体验所有纤细入微又变化莫测、生生不息的流动。

此时，你与自己所做之事合一，契合无间。任何与他所做之事合一的人，就是在创造一个新的世界，一个只属于他的独一无二的世界。并非每个现实的时空结构中，都可以开辟出这个世界并居于其中，你必得谦卑而出神，投入而忘我，才能自现实的缝隙里，找到这个心流世界的入口。

如何理解复杂人性

追随真实的直觉

看到一则报道，美国一户人家无故发生了火灾，刚从外面回来的妈妈不顾一切冲进火海，因为屋里躺着她出生仅 10 天的女儿。但是似乎一切都太迟了！大火非常凶猛，将房间里的家具全部烧毁。让她绝望的是，房间里没有宝宝，连尸骸也没有！消防员残忍地告诉她，因为大火太大，宝宝已经被烧为灰烬……母亲崩溃得几乎精神失常。6 年过去了，当这位母亲渐渐忘记了伤痛，尝试让自己过上正常的生活，在一次朋友生日聚会上，一个有着可爱酒窝、美丽黑发、似曾相识的眼神的小女孩吸引了她的目光。强烈的直觉告诉她，面前的女孩就是那个火灾中"丧生"的孩子！最后证明，她的直觉可怕地正确，6 年前的那场火灾是为了掩盖偷走孩子而人为纵火。母亲的直觉，在 6 年后认出了出生 10 天被大火"烧为灰烬"的女儿。

有时候你只需要相信自己的直觉，大胆尝试，看看你会去向何方，你也许会达到一个更神奇的地方，而单凭逻辑是永远无法到达的。因为感官的非凡感受力，相比于男性，女性更信任直觉，她们往往能具有一种如同通巫般的直觉，她们捕捉看似毫无关联信息的能力堪比超人，一个飘忽的眼神、一个无意识的动作被她发现，她往往就在心底起了涟漪，而且能跟几个月前甚至很多年前的某事或某句话瞬间关联，可怕的是，她通常不会错。

我觉得，父母与子女之间，本来就具有某种如同粒子纠缠似的联动状态，可以形成奇妙的心理感应，我时常能够感觉到，这是真实不虚的。

但为什么很多父母与子女之间还是彼此误会，不懂得对方的真实需求呢？我觉得是因为很多父母不用心陪伴和了解子女吧！孩子是投奔父母而来的，而不是外婆和奶奶，来自父母的守护与亲密是不可替代的。在这个时代，大多数人和自己的连接都已经不够紧密了，人们都主要用头脑工作和生活，很难关注到自己的心。因此，很容易丧失直觉，尤其是母亲对孩子的直觉，要靠书本或他人才可能了解些许，而不是与当下的孩子真实地相遇，因此对孩子的需求不敏感，察觉不到，同时，也因为此，父母更加不了解孩子的心理行为，这会导致他们陷入更深的焦虑、隔膜，最后在同一个屋檐下至亲至疏，无话可说，渐行渐远。

当然，我承认，和理性力量一样，直觉在不同人身上的强弱程度也不一样。那么如何认识直觉呢？帕斯卡尔在《思想录》一开篇中，就提出了几何学精神与敏感性精神这两个概念，并将二者严格加以区别：几何学精神是指以几何学代表的逻辑推论方式，与之相对的敏感性精神，则是指心灵的直觉或敏感，或者曰直觉的精神。前者适用于科学特别是数学，而后者属于信仰，宗教信仰。依帕氏所言，敏感性精神的原则"几乎是看不见的，我们毋宁是感到它们的而不是看到它们的；那些自己不曾亲身感到过它们的人，别人要想使它们感到，那就难之又难了"，因为这类事物的对象，"必须有一种极其细致而又十分明晰的感觉才能感受它们，并且根据这种感受做出正确公允的判断来"。这种直觉的基本特征就是："在一瞥之下看出整个的事物来而不靠推理过程，至少在一定程度上是这样的"。它在一瞬间中突然感悟到了"整个的事物"，于是，心灵恍然大悟，茅塞顿开。我觉得，帕斯卡尔在学术上的最大贡献，就是他把逻辑区别为两种：理性的逻辑与心灵的逻辑。直觉看似非理智，但同样能够合道，因为直觉也是逻辑之一种。

法国哲学家柏格森甚至提出"直觉高于理性"，他认为理智或科学只能认识物质世界，认识假象，获得暂时的相对真理，而不能得到生命

（精神）的、永恒的、绝对真理或世界的本质。用柏格森自己的比喻，用概念去把握纯粹运动性的实在，就如用一个空网去打捞一条川流不息的河流一样，其结果只能是把实在的真正本质——绵延放过去了。所以，要回归永不间歇地冲动变化的"绵延"（duration），柏格森提出直觉主义，提出把握"生命冲动"这种真正的实在，只能靠非理性的直觉。

掌握所有的事实，做出清楚且无可辩驳的选择当然很好，但人生并不总是如此。我认为首先要尊重自己的直觉，一个人的直觉往往代表你内心真实的想法，而当你了解了自己的想法，你才能够选择适合自己的方式。就是史蒂夫·乔布斯所说的："你的时间有限，所以不要为别人而活。不要被教条所限，不要活在别人的观念里。不要让别人的意见左右自己内心的声音。最重要的是，勇敢地去追随自己的心灵和直觉，只有自己的心灵和直觉才知道你自己的真实想法，其他一切都是次要。"

以爱情为例，靠直觉爱上的，往往是个性及其鲜明，或与自己差异很大的那类人，相处中，才发现他身上吸引我们的那些，也会将我们磨得皮开肉绽。爱情最吊诡的一点是，它属于非理性范畴，是人性中非理性因素的一次或大或小的爆发。在爱情发生时，一切理性因素全都远远规避，违反现实的规范，违反世俗的观念，金钱权力社会地位全都不在考虑之列，就连根据身体特征建构起来的行为规范，如年龄规范、性别规范、美丑妍媸之类全都被抛到一边。它像极了一股汹涌的水流，无坚不摧，一旦受阻，会变得狂暴，有杀伤力。于是有人决定不再跟着感觉走；决定不再需要那种电光火石，欢乐与痛苦同样深重的爱；决定将爱情与婚姻分开对待；决定相信有一种男人注定只适合恋爱，于是她通过各项繁琐的条件匹配的理性分析，走向了一段势均力敌的功利婚姻，虽无激情之爱但却可以过一种普通温馨生活。至于哪一种好，在于她信赖理性判断，还是情感判断。理性判断会消伐情感的丰富性，而让事物索然无味，因而也就不会失去理性选择的能力。喜欢一个人不会痛苦，爱上一个人才会刻骨铭心地欣悦和痛苦。但是，虽然爱情有时会变成如此凶险的一件事，古往今来还是一代代人前仆后继沦陷其中，在其中眩晕和失控。

爱情会让人神经质般细腻，如同此文开篇说到的母亲与孩子的粒子纠缠作用，心心相印就是直觉般的心灵感应，与心爱的人在一起，不需要言语也能感受到对方的气场变化。不过，如果你真正投入的话，爱情要求的就是全部的投入，这个需要非常大的能量。多少人觉得爱情当中的能量过于巨大，自己承受不起而主动放弃。我们在什么情况下可以相信自己的直觉，什么时候不能相信；我们如何在职场和个人生活中作出更好的选择，的确是至关重要的问题，最后，我们通过各自的选择，领受了各自不同的人生。

你问我选哪一种？我会安静而勇敢地追随真实的直觉，而且以我生命所有，捍卫并保有它的纯粹。人类很自负地认为自己拥有自由意志，我们确实容易有这种错觉。不过受弗洛伊德的影响，我一直觉得人绝大部分时间是受自己"潜意识"支配的，而直觉，就是历千万年之经验而形成的微观智慧，冥潜于灵性的最深层次，偶尔升上来，必是大有作为。宏伟、精彩的事物，都是由人的本能直觉来成就的。若有神助，其实是人的自助。只是直觉最为敏感脆弱，一碰即碎，稍有冒犯，便会逃走，一起贪念，便会消失。当下我们在信息海洋中打滚，淹没在海量交往与海量信息中，更是渐渐失去直觉，接受的信息越多紊乱，洞察力就越低下。那从高处、远处，触及那里，这里，穿透过来，又穿透过去，电光火石一般的刹那领悟，已越来越不易捕捉。

寂寞如一种隐疾

祖母留下过樟木雕花首饰盒给我，繁华如梦，那些簪笄钗篦、扁方步摇、钿花华胜，耳坠跳脱，早就散尽不在妆匣中了。精致首饰几无存世，只余一枚民国风藤银手镯，一颗带孔大珍珠，一枚双喜老银戒指，一枚青白玉云头发簪，一粒断散的玛瑙，上有血丝，不知是宝石本身纹理，还是过往佳人血气浸润而成。不知它们看过多少悲欢离合，世事无常？亦不知它们的背后，有着多少美丽女子的弱柳扶风，娴静照花？

要陌上拾得旧花钿，才知往昔有美人曾在此经过。工匠们穷毕生精力，将他们对于美的认知，对于技艺的骄傲，锤揲、錾刻、镂空、模压、累丝、点翠、镶宝……看着妆匣遗物，想起那些流年似水幽闺自怜的女子。"良辰美景奈何天，赏心乐事谁家院"，她们度过了怎样的悲喜一生？最后，泉下长眠梦不成，一生余得许多情，绛唇朱袖，归于尘土。有时，我看着手中把玩的这个光滑的老簪子，不知上面是否也附着一个寂寞的灵魂。如果有，我相信她也是良善而温柔的，沉默地安处于我身边，看着我，就像看着她每次遇到的簪子的主人，在一次次悲欣歌哭中任流年滑过。

寂寞的日子，是如此的漫长，也许当年斜插这支簪子的女人，曾一次次地念着温庭筠的词《更漏子》"玉炉香，红烛泪，偏照画堂秋思。眉翠薄，鬓云残，夜长衾枕寒。梧桐树，三更雨，不道离情正苦。一叶叶，一声声，空阶滴到明。"她再芙蓉如面柳如眉，他不在身边，无人赏阅，就变成徒劳，要知道，女子的美与好，都是为了心头上的那人才怒放。

我想起《东邪西毒》里寂寞无双的张曼玉，当年因为无法忍受欧阳锋的骄傲，而故意嫁给他的哥哥，从而成为他的大嫂。而欧阳锋也在兄长成婚的那天离开了白驼山。画面中，大嫂经常一个人，手捻花瓣，唇洋红，脸皙白，风拂面，斜倚窗台，望外轻叹，真是让人心痛。她喜欢穿鲜艳的衣物来掩盖内心世界的苍白无力，那日渐消沉的心，早已因为等待而随风枯萎。直到临死前她才明白：你越想知道自己是不是忘记的时候，你反而记得越清楚。最后的时刻，她幽幽地说，有一天我照镜子，才知道自己还是输了，因为在最好的岁月里我没有和最爱的人在一起。醉生梦死一坛酒，一个迟暮的女子，握住一朵残花，声音忧伤而苍老。

想起过往一代又一代女子，深深的寂寞，弥漫在空气中，身体中，思想中，而灵魂中的深深寂寞，更是如影随形的，挥之不去。什么是无从诉说的寂寞？什么是惆怅旧欢如梦？那是大雨倾盆的时候，海水卷上沙滩的时候，临窗风吹柳絮如绵的时候。因着落叶飞花般的情怀，这寂寞便难免降临，丝丝扣扣，纤纤绕绕，挥之不去。苦苦寻找，于六道之中……

什么是寂寞的滋味？人生寻觅无休止，其中悲欢离合，滋味万般，但是寂寞永存。寂寞是人生永远摆脱不了的伴侣。寂寞如酒，藏得愈久，就愈发浓厚，沾上唇齿品味到酸涩。寂寞似花，在幽香馥郁中，猛然发现自己的凋零，拂了一地落红无语。日子过去，寂寞永存，寄魂于离离的野草，夜坐吹风，昼眠听雨，看月如何缺，天如何老。宗教之所以存在，是因为我们还很微弱，上帝就是人的孤独寂寞。神是我们无处可去、无可倾诉时，一个最后的告慰者，他就在园中疯长的荒烟蔓草上。

你与我相知未深，因为你我从未在同一时刻共处静寂之中，体现到那种饱满的寂寞，静静散发着一闪微光。当一个人习惯寂寞的时候，才是真正自由的时候。从喧嚣的人群中远退，在生命的长河上临流深思。

时间的灰烬尽头，希望饮一杯醉生梦死，了结衷愁。用一首我写的小诗，为这篇探讨寂寞这种人类情绪的小文作结。

《寂寞如一种隐疾》

寂寞如一种隐疾
在某种天气里时常发作
有些微痛，有些微酸
有些微胀，有些微痒
却不知痒在何处

一条细丝在心底里细细纠缠
不至于痛得要呻吟要喊叫
却也是很难耐
无从言说

着一件锦缎华衣
给别人看耀目的华彩
自己体会贴身的冰凉

到底是何处寂寞？
身的哪一个部位寂寞？
心的哪一个角落寂寞？

如一种隐疾，不可宣之于口

爱无能的浪漫灰

　　日本语汇里有一种灰色，叫作浪漫灰，指五十岁男人仍然蓬软细贴的黑发但两鬓已经飞霜，那是唤起少女浪漫恋情的风霜之灰，练达之灰。但这种浪漫灰，带着一点倾慕远观就好了，千万不要染入这种灰色的深处。

　　在那混浊灰色的深处，有着已奋斗半生、不再纯真的男子，人在江湖的处事艰难，违心奉仰，欺心苟安，权谋博弈，种种无法言喻的不堪。还有，经历过人生的风雨，他们很怕再付出，他们理智了，不会再为情感神魂颠倒，不愿再被情感痛苦折磨，他们更想要的是平静的生活，好把力量持续的投注在艺术、哲学、政治、科学、文学、经济、权力的获取与创造上，以获取这些东西来保持一种男性象征。他们与年轻女子的些许暧昧或许有之，但一闪而过。

　　他们的家庭生活，是平常的日子，无非是买菜打扫，有了孩子，爱的感觉更淡，淡得无趣，不要拥抱，不用热情，丈夫和妻子之间早已无话可说，留下一点点的亲情，一如火焰熄灭之后的淡淡余温。他们穿着洁净的妻子洗的衬衣，气色良好的脸暗示着家庭生活的稳定。十几年、二十年的朝夕相处，所有的爱、眷恋、互相的贴近，都变得极其自然平常了。他们对女人已经没有了20多岁的年轻男人的那种专注与痴情，便不会像20多岁时一样，在接受一个女人时，同时将她的忧愁吸纳，他们只想要女人的好，而不想承担她的麻烦。一旦女人有可能引发折腾，他们会果断地离开，这便是中年男人的成熟。这也是中年男人的身心条件决定的。

中年男人可能普遍患了爱无能的病症。不是不能爱，而是不想爱了。他们内心深处，如初冬海边一般阴郁寂寥，咸味的海风扑面吹拂，有着彻夜的清凉，或低沉或轰鸣的涛声，伴随着海与天尽头的清灰，日子如浪花一般，偶尔被扬起的高度，复又回归海风之中，一一迸溅消散。不知为什么，我想用初冬海边来形容，日渐衰老的人类的男性。

他们曾被荷尔蒙主宰，又慢慢消退了荷尔蒙。也许他们依然相信和追逐爱情，甚至经常会使出一些昏招，比如妄图在欢场里寻找不费力气的真爱，但其实他们真的不再需要爱情了。迷恋年轻女性的味道与身体，不过是为了挽救中年危机，为了感觉自己还没有落伍，不过是更高意义上的自恋。他们年轻的时候会为了某个女人痛彻心扉，而年老之后，他们会觉得自己的骨子里悲伤漫山遍野，这个时候，女人和"爱情"，都是作为某种救赎而存在的，那不过是另一种老来的悲怆情怀。女人就是他们的镜子，他们如何爱，都是爱的镜子里的自己，而不是那面镜子本身。

可惜女人们不能明白这一点。年少的女孩渴望找到一个类似父亲的人，能够把自己高高地举起，同时又温存地爱抚，即使没有共同的未来，即使只能在隐秘中牵手，但依然眼睁睁地一步步走向，那种许多东西混杂在一起的沉迷，那种不能言喻的心痛和心动……刀山火海一样的少女的感情，是浮在苦咖啡上浓浓的眷恋泡沫。年长的主妇对镜抚着皱纹依然渴望爱情，可夫妻之间，如同闹钟里的秒针与分针，各自忙碌着，偶尔重叠，也只是瞬间的，单调而机械，年复一年，夫妻关系更像经济共同体，而缺乏靡靡之情。经历了太多的摩擦与消耗，男人已将重心转向事业或者其他地方，对她完全是左右手一样熟视无睹——这是身为女人的她所不能接受的，也是痛苦焦躁之源。这个社会绝大多数自私、冷漠、烂熟、虚伪的中年男人，与那些永远渴爱的女人们，构成了这样的"爱人"关系。对女人而言，爱已经千疮百孔。但对男人而言，人到四十两不堪，生不容易死不甘，同样也不好过。他们有太多的不顺，阻碍来自体制、来自人性、来自家庭，也有可能来自某一个女人，让男人觉得丧失了自尊和自信——这些男人最为看重的东西。于是，男人们开始觉得人生缺乏意义，开始觉得衰老……进而，为了避开这种对自我的不满，只有一找到某种机会，就会肆意发泄着他们的情绪，表达他们的压力、痛苦、愤怒和不满。如此纠结，放眼四望，发现大家都是如此，男人又开始觉得无所谓，就这么着吧，他们终于对自己说，就这么着吧！

这就是我们时代的爱无能。曾经我们如花，鸢尾花，玫瑰花，紫罗兰，鲜艳热烈，然而，再热烈的情愫都会炎凉。花会败，气味散，枯槁了根枝。是什么时候开始变成这样的呢？到底是什么，让曾经的炽热、真挚、冲动都渐渐地磨平、晒干、扭曲，变形成今天的这副模样？

也许是日复一日的生活，这一天，每一天，如一粒沙子落入水中消失在其他的沙子中间……偷偷观察那些年轻的恋人们，他们无忧无虑，嬉笑哭闹，中年男人只是一个内心苍凉的旁观者，倍感到生命孤零零的。是的，也曾有过这样的青葱时节，在一对对恋人携手离开后（后来他们都怎么样了？在流逝的岁月中），辽阔的春天还将继续，一代又一代的恋人，这里那里，鸟语花香。秋天的爱，原本不同于春天，屹立的树不再有青枝绿叶，而是伸展着干秃秃的枝干，情感太空洞了，没有细致的纹路，更不用说有什么别致的花纹，可还是有人徒劳地想从枯枝中，捕捉一种爱的光辉，试图把它发扬光大。

回首春天我们来过留下过足迹，我们从永恒中抽取的，这一束湿润的枝叶，沉甸甸的，曾经带着树脂的芳香。如今，入秋的树枝，平静而乏力，不能再用力，否则就会折断。是非常非常的寂寞，和永恒寂寞的人生一样寂寞。

胜利者一无所获

　　海明威有过一本短篇小说《胜利者一无所获》，1933 年纽约出版。在这本短篇小说集中，光明是山峦、海洋、森林、阳光；黑暗是战争、冰山、饥荒、寒冷。海明威站在半明半暗的门口，带着读者张望人性干净明亮之处。激情后是空虚，大战后催生反思。海明威质疑人类战争赢家通吃的逻辑。他认为胜利无用，赢家一无所得。战场上满地废墟，一片死寂，有人失去所有，有人遍体鳞伤。透过战争我们能看到什么？是死亡，伤痛，离散的家庭，以及孩子无辜又恐怖的眼睛。战争永远没有胜利者，胜利者又能获得什么？没有获得，胜利者还失去了人性，丢失了人类最美好的那些事物：爱、善良、洁净、次序等等。

　　"胜利者一无所获"，这句话常常在我心中回荡。书写下这句话的海明威，也是在荣获诺贝尔文学奖七年后，以极其惨烈的方式自杀了结一生。他为自己挑选了一支双管玻士枪，往枪里塞进两颗子弹，然后，在门厅前，把枪柄放在地上，身体前倾，慢慢张开嘴巴，把枪头塞进去，轻轻扣动了扳机……这个 20 世纪最伟大的小说家之一，文学史上的超级偶像，在大多数文学爱好者的想象中，是艺术家最完美的象征：叛逆、出走、漂泊、冒险、英俊、有力，喜欢打猎、拳击、斗牛、酗酒和无休止地追逐女人，而且遍地艳遇。他为什么说"胜利者一无所获"？他又因何自杀？胜利者的真正奖赏是什么？如果没有奖励到来时，会发生什么？

　　我看到，金钱和物质，在当今社会中已经成为最重要的成功标志，任何一种可能的方法，只要能快速挣钱，都是"致富"的正当途径，都是追求个人心目中"幸福"和"好生活"的正当手段。可为什么那么多趾高气扬的胜利者们，那些在社会中被视为"成功"的人士们——官员、企业家、专家、知名人士，站在我们视为不可企及的人生巅峰之上，却常常活得各种问题频出。按理说他们应该是最快乐的人了，首先，他们的收入远远超过普通老百姓，别墅名车在他们看来是唾手可及的东西；其次，他们的生活中充满了来自大众的鲜花和掌声，他们是无数人羡慕的对象。然而，他们吸毒、违法、抑郁和自杀的比例竟然远远超过了普通大众。作为胜利者，也许他们的感受是一无所获的虚空。他们的岁月就像一条河，流着流着就浑浊不堪、泥沙俱下……

别看有的人活得光鲜亮丽、威风八面，其实也许真实的那个他，严重沮丧或情绪失调，在人后病态而疯狂。对一些平民出身的奋斗者而言，爬得太高是很危险的事，高位置不可避免被卷入各种漩涡，却苦无庞大背景支持自己全身而退。爬那么高又有什么幸福可言？必须看别人眼色，不能去想去的地方，要精于表演，要情绪管理，无法自主决定感情的施与受，精神世界的去与留，只能活在一大堆错综复杂的关系的计算与缠斗之中。于是，这些情绪一天天淤积下来，压抑在最细小的血管末梢里，干涸、腐烂。慢慢地，不知从哪天起就有了严重的神经衰弱，失眠加头部血管炸裂般的疼痛，每天都痛不欲生，还有说不清道不明也根治不了的皮肤过敏，也不知道还能撑多久，也许有一天，突然之间，世界失控，沙堆崩溃。

这是人和自己的冲突，每天晨曦出现之前的黑暗中，有多少中年人郁积不能叹。也许在世俗角度上看，胜利者们已拥有太多太多，但成年人沉溺于物质享受和声色之乐，不过是极低层次的生理满足而已，可媒体却往往将之报道为改革开放的巨大成就和中国人"幸福指数"的提高。长期的长官命令和洗脑式教育，使得多少成年人成为极其缺乏独立价值选择能力的一代人，他们只有唯成功一途可走。根本价值缺失，如果社会价值得到认可，也能缓解人的焦虑。所谓社会价值，就是来自社会评价方面的价值判断。比如像社会影响、面子之类。所以，努力于社会阶梯的攀登，或保住现有的金钱地位，成为胜利者们的头等大事，他们如虎缚兔，他们拼尽全力，渴望从一个胜利走向另一个胜利，除了不断夺取胜利，他们匮乏其他的价值支撑。一旦这种社会价值不稳定甚至崩溃，一方面是当前社会残酷激烈的竞争和洗牌，一方面是自感毫无价值的劳作和看不到前途的未来，极易放大一个人的挫败感，会使人走上极其危险的道路。从理论上讲，一个人生存下去的价值体系遭到摧毁，又没有来自任何亲密关系的安慰，生活里的任何小事，都可能成为他的自杀理由。

越是胜利者，也许越没有获得感。进化心理学对此的解释是，在人类整个进化史中，我们所面临的就是艰苦恶劣的生活环境，因此我们的心理已经被调整到去适应这种环境——即从劳动中获得心理奖赏。为什么一夜暴富经常让人出现各种偏差，因为如果安逸舒适的生活是从来不曾有过的，暴富者的心理还来不及去调整，长期得不到心理奖赏，于是就开始抑郁了。换言之，越是舒适富裕的生活环境，却让一个人越来越远离快乐。当他们不是自卑的小人物之后，反而会陷入深深的空虚感之中。人们会从自身的不断进步中获得幸福感，这就好像是网络游戏中的升级一样，从 11 级升到 12 级，你会感到高兴，但如果你的等级再也升不上去了呢？这时候你要想维持之前的幸福感，就只能借助声色犬马或滥用药品了。

赢得足够的金钱、名声和各种物质享受，到头来却发现那不过是虚空中的虚空。面对身体的老化、精神的障碍以及无法再进一步超越自己的恐惧，如同在绝顶之上俯瞰深渊，眩晕感阵阵袭来。为什么胜利者一无所获？因为到最后，胜利不重要了，不管胜利或者失败，他都享受内心满足。而在只在意胜利的胜利里，必将一无所获，除了空虚。

　　没有灵魂地活着也是一种活法，世上很多这样活着的人。但是，有一些人不行，注定紧张焦虑，辗转反侧，即使他们看起来是所谓的胜利者。我每天都从报纸、杂志、电视、网络上，看到许许多多这样的胜利者们。如果说，实在的生命之核如同一枚硬币，他们只是扁平化地向大众呈现了硬币的一面，有时真想绕到背后去，看一看硬币的另一面。

深情的意义

　　"我望着她，望了又望。一生一世，全心全意，我最爱的就是她，可以肯定，就像自己必死一样肯定……她可以褪色，可以枯萎，怎样都可以。但我只望她一眼，万般柔情，便涌上心头……""她是个可爱的小东西，我深知她笑容的甜美中包含罪恶，漂亮的小嘴里可以吐出蛇信子，每一次拥抱都是在杀死我。但我爱她，我就是爱她，如果她要我的命，我就给她。"

　　写得这么动人、这么美，没错，就是那本惊世骇俗的《洛丽塔》，一本三观极其不正确、男主亨伯特非常丑恶肮脏的书，功力稍差一点的人，就写成黄色小说了，而纳博科夫，却偏偏能让读者看到一个为逝去的初恋（或者说内心的永恒恋人）所囚禁的绝望人生。

　　亨伯特因幼时初恋女孩的死去，深藏于心的迷失一直是他生活的梦魇，十几岁青春少女常常吸引着他那颤抖的灵魂。偶然中的必然，亨伯特成了夏洛特也就是洛丽塔妈妈的房客，他疯狂地爱上了夏洛特的女儿洛丽塔，一心摆脱多年孤儿寡母寻找靠山的夏洛特也相中了亨伯特。为了与洛丽塔天天生活在一起，亨伯特违心地娶了夏洛特为妻。夏洛特最终发现了亨伯特对自己女儿的迷恋，激怒之下冲出家门遇车祸身亡。于是，亨伯特教授带着他的美丽毒药洛丽塔，在美国公路上开始了四处流窜的迷乱生活，把变态的爱提炼得越来越疯狂，越来越真挚感人。

　　每次读到亨伯特，总忍不住震颤和心动，"洛丽塔，我的生命之光，我的欲念之火，我的罪恶，我的灵魂。洛－丽－塔；舌尖由上腭向下移动三次，第三次轻轻地贴在牙齿上：洛－丽－塔。"——亨伯特在舌尖含着这个名字，反复抚拂，他是如此爱她，胜过他所看到的所能想象到的地球上的任何事物。

《洛丽塔》这本小说其实是非常唯美的，因为，亨伯特身上有每一个深情者的影子，爱得卑微而无力，令人心疼怜悯。可惜现实中哪有那么多亨伯特，多是油腻又丑陋的大猪蹄子。现在，爱情缺少培养的器皿和时间，直接死在欲望的空气里。人们因爱之名，多做着与真爱无关之事。所以，《洛丽塔》与其说写的是一个中年男人为一个 12 岁少女痴狂堕落的故事，不如说写的是一个弱水三千、只取一瓢饮的深情者，即使这个深情者形容猥琐、风尘污淖。

我觉得所谓深情，应该这样去理解，那是一种专注的状态。每个深情者心中都有一个洛丽塔，不在于洛丽塔有多么清纯或妖冶、身体有多么的性感或鲜嫩，而在于，如果深情者全副心思都专注在欲望的对象上，他就会更强烈地体验到这个欲望的对象。是他的专情至致一往而深，使美的光彩被创造和赋予了对象，洛丽塔由此而真正诞生。正如懂得鉴赏酒的人，从不会轻易地饕餮牛饮，他们从场合到时令，从酒具到周边，有那么多的讲究与趣味，直到醒好了酒之后，他们还不急于一饮而尽，而是把酒举到有亮光的地方，嗅一嗅，闻一闻，轻轻摇一摇酒杯，最后才细细品啜，其微妙精致的体验也正在此。投入越多，领略越多，正因为恋恋不舍，魂牵梦萦，所以思忆对象才成了百年难遇之人，稀世惊艳之物，当然事实上并非如此。

最深情、最动容地爱一个人，不是想占有她，而是，懂得她，心疼她。即使一腔深情，拼将一生得到的，只是深深的冷落与寂寞，也飞蛾扑火，无怨无悔。情到深处，却总是欲说还休，欲说还休，最深情的缱绻，倒不一定是身体的缠绵，而是到了灵魂的纠缠，你中有我，我中有你，片刻分离都觉得难以割舍。这样的深情会化成漫天飞雪，幽幽落满时间的深谷。在将来不可知的漫长岁月里，深情者依旧会一次又一次，徘徊在那紧闭的窗前，像曾经的无数情动暗夜一样，用黑夜的眼睛，在梦的世界独自张望。

爱与被爱的故事是人类永恒的话题。人性中的这种专一的深情，对我们人类的意义何在？人们出生、成长、相爱、老去，周而复始，人类在地球上生生不息。刻骨铭心仅此一次的爱，总是生命中最绚烂的礼花，耀眼发亮，会让我们超然于万物之上。对此在生命的爱惜和一往情深，才能赋予人类生命本身更为深厚悠远的意蕴吧？

秋千架上的超脱

著名日本导演黑泽明，在 1952 年拍过一部电影叫《生之欲》。这部电影的伟大之处，是通过生命的消逝来表达人应该怎样活着，讨论生的价值。

影片开头，一群市民来市政府市民科反映排污问题，市民科把问题踢给公园部门，公园部门踢给交通部门，皮球这样轮番在市府所有基层部门之间踢了一圈后，又返回市民科，而那个埋头于连篇累牍的卷宗之中面容愁苦苍老的男人，就是市民科科长渡边勘治。他是名近三十年全勤的模范公务员，然而他和同事们每天忙碌却人浮于事，不知道自己在忙些什么。此时画外音为观众介绍了渡边先生，这个三十年没有请过一天假，如同行尸走肉的家伙，生活的唯一目的，就是保住饭碗。为了保住这个职位，他不求有功，但求无过。每天的工作按部就班，毫无创造性，无休无止的收发、传阅、签署文件，无休无止地应付市民的抱怨和上诉。渡边身边也都是与他相同的人，在职业踢皮球、混日子、麻木忙碌的民生机关单位中，渡边是他们中无差别的一员。机关单位这大染缸，无所谓好人坏人，混久了出来都变成了一种颜色。直到一天，渡边忽觉胸口疼痛难忍，不得已，三十年来第一次缺勤，去医院检查身体，才知道自己已患上了绝症。一纸死亡通知单，让渡边这个了无生气的老家伙有了变化。

黑泽明为了描写主人公被异化的处境，用了很多段落详细地展现了公务员案牍劳形的情状，甚至有些琐碎。其实，主人公三十年来兢兢业业的工作并没有什么意义，生命被虚度了。整个上半场，老公务员渡边在迷茫中固执地探寻自己存在的意义，下半场则是由守灵的酒席中昔日的同事们倒叙往事。渡边终于在死前做了一件实实在在的事，就是影片开头市民反映的社区污水问题，他在本来因积污带来疾病流行的贫民社区修建了一个公园，在修建的过程中，他排除所有的困难，干劲十足，本来快泯灭的人性重又散发光芒，他逐渐得到了社区民众的拥戴。渡边修建公园的事迹，影片没有直接表现，而是通过葬礼上的所有人的对话和回忆中显现出来的。影片中，黑泽明的手法非常大胆，不到三分之二处突然拿掉主角，后一个小时通过别人补述，来表现和丰满缺席的主人公形象。通过那些琐碎的别人的记忆，像一个拼图，一点点拼出完整的故事。

快结尾时，通过夜间值班的警察之口，观众得知了渡边死前一个晚上是怎么度过的。于是，最后一幕重新回到渡边身上。在快要完工的公园里，下起大雪，他坐在秋千架上，平静地唱起了一支歌谣：

> 生命多短促，
>
> 少女快谈恋爱吧，
>
> 趁红唇还没褪色，
>
> 趁热情还没变冷，
>
> 谁都不知明天事。
>
> 生命多短促，
>
> 少女快谈恋爱吧，
>
> 趁黑发还没褪色，
>
> 趁爱情火焰还没熄灭，
>
> 今天一去不复来。

　　这是日本江户时代的一首情歌，一个患癌的老人坐在秋千上唱着这首歌，在雪中望着新建成的公园死去。这最后一幕极其有力而震撼。雪夜寂静，老人临死前，孤独地在秋千上摇着，哼唱着儿时的歌谣，余音绕梁，几如坐化。这个画面那么洁净坦荡、光风霁月，让人仿佛看到了人性的豁达超脱与升华。无论是在"部门"里面行尸走肉的生活，还是试着放纵自己的身心，在亲情里拼命寻找安慰，都不能让渡边得到最根本的灵魂的安宁，直到最后的自我救赎中，他才找到了本然的超脱，得大自在。

　　在东亚社会的文化传统中，绝大多数的人面对现实规范和外部评价，都表现得谨小慎微，循规蹈矩，很难做到旷达、超脱。从哪里找超脱呢？当我们试图质疑这生的徒劳与苟且，猛然站起来，想大声喊出什么时，看到其他人一张张麻木和回避的嘴脸时，我们也许就沉默了下去、选择了随波逐流。这才是现实，这就是生活。

　　记得张爱玲在散文《更衣记》的结尾写道："秋凉的薄暮，小菜场上收了摊子，满地的鱼腥和青白色的芦粟的皮与渣。一个小孩骑了自行车冲过来，卖弄本领，大叫一声，放松了扶手，摇摆着，轻倩地掠过。在这一刹那，满街的人都充满了不可理喻的景仰之心。人生最可爱的当儿便在那一撒手罢？"人生有太多现实束缚，无穷烦恼因此而生，撒手何其难，而真的有那么一刹那的放手，眼前豁然开朗，心中为之一轻，或许经年郁结由此弥散，快意之时，忽觉人生最可爱在此，因为突然获得了超脱。这一刻，只有一种久违的轻盈，还有舒展。

　　在电影《生之欲》的结尾，坐在那个秋千架上，就是"一撒手"的轻盈和舒展，就是"人生最可爱的当儿"吧？这一刹那的超脱与觉醒，远胜三十年浑浑噩噩、了无生趣的活。

如何理解复仇之心

　　看到一篇研究文章，关于乌鸦的复仇。美国西雅图的研究人员对乌鸦进行了很长时间的研究。他们发现乌鸦能够记住人的脸，即使是一年没有见过。但是再次出现的时候，它还是能够辨认出来。事实证明，乌鸦非常的记仇。它们不仅记得那些囚禁它们的人的面孔，甚至多年之后依然对他们心怀怨恨，它们会攻击、啄食和俯冲轰炸它们的前掳掠者。西雅图的这些研究人员曾经戴着面具，大量的捕捉乌鸦进行研究。他们这张面具已经被乌鸦深深记住了。每一次戴着面具出现都会遭到乌鸦的跟踪或者袭击。曾经有一次某位研究人员，戴着这个面具在校园里面游荡，这时候很多乌鸦都加入了这场复仇的盛宴，据说这一次多达50多只的乌鸦，向他冲过来。本来早就事过境迁了，乌鸦应该很容易谅解和遗忘，但它们没有，也许这来自乌鸦令人难以置信的记忆力，但是为什么它们坚持要攻击那些不喜欢的人，我们对此毫无头绪。如何让复仇的乌鸦从俯冲轰炸中消失？在被囚禁时更好地对待乌鸦，能否抑制它们的报复心理？这些都尚在研究之中。但有一点可以确定，对动物友善一点不会有坏处，尤其是那些记忆力惊人的动物。

　　说起来，比乌鸦更聪明的动物人类，对于曾经的伤害与失去，更是会深深记恨。人类的复仇欲根植于基因之中，是人就会有复仇心。所谓复仇心，就是对失去的人与物的爱。爱有多深，恨就有多深。爱与恨原本一体。心理学家弗罗姆认为"那些无论什么事情都不足以激起复仇之情的人，这是佛教和基督教的观念中，一切人的至高理想。"而事实上，更多的是"焦虑的、囤积的人急于复仇，这种人害怕自己的损失永不得弥补。"甚至，我们看到一生向善，安详富于爱心的人，在受到特殊刺激时，也会激起强烈的、有时几乎是强迫性的攻击。当我们从报刊或史书上读到人类互相残杀的事实时，尽管我们可能因恐惧而退缩，但在内心深处却很清楚：我们每个人心中都包藏着同样的野性冲动，这种冲动会使我们走向谋杀、虐待和战争。

记得以前读法国象征主义诗人波德莱尔的《恶之花》，波德莱尔的比喻既大胆又新奇，给人耳目一新的感觉。他擅长化抽象为具体，在他的笔下，"复仇"像一个红胳膊的女人，他将"复仇"这种抽象情绪，化成了具体的、可感知、可触碰的物象，一个歇斯底里的、挥舞着刚劲胳膊的、红色的复仇女人。记得当时读到这个比喻，我首先想到了美狄亚，希腊神话中的女性，科尔喀斯国王埃厄忒斯的女儿，与阿耳戈号的英雄伊阿宋一见钟情，并用魔力帮助伊阿宋取得金羊毛，双双乘船私奔。伊阿宋回国后，移情别恋，美狄亚极度悲愤，由爱生恨，杀死自己与伊阿宋所生的两个孩子，毒死伊阿宋的新欢，逃往雅典。

我还想到了莎乐美，先知约翰遭到巴比伦国王希律王的抓捕，被关进了监狱。在希律王的生日宴会上，巴比伦公主莎乐美爱上了施洗约翰，并向他献爱。但约翰昂起了自己高傲的头，拒绝了莎乐美的爱。与此同时，继父希律王要求莎乐美为自己献舞。并承诺只要莎乐美的舞蹈让自己开心，就可以答应她的任何要求。遭到爱情拒绝的莎乐美此刻已由爱转恨，怒火让她成为一个"复仇女神"。她在希律王面前舞蹈：轻纱飞舞，美得动人心弦，她优美绝伦的舞蹈只为迷惑继父，而让继父答应将辜负了她爱情的约翰置于死地。最终，希律王杀害了施洗约翰。莎乐美在皎洁的月色中俯下了身，吻着她死去的爱人的唇，爱和恨在死亡与舞蹈中完结。从美狄亚到莎乐美，女子对于恋爱，比男子加倍的诚恳；对于复仇，也较男子加倍的狠毒。当然，她们都是一种戏剧型的极端人格，现实中，大多数女人情感受创，哭一哭也就过去了，她们没有那么刚硬的意志，干不来复仇这种事。

人心既有美与善的一面，也有永远探不到底的黑暗。不能高估人性之善，缺少了对人性的监督和制约；也不能低估人性之优美，把每个人都看成魔鬼，以为这个世界没有爱，没有信任，没有温暖，对人和人性彻底失去信心。人性是恶的，所以必须监督，必须制约；人性也是善的，所以，要去爱，去同情，去尊重每个人的生命和权利。

在我们的法律审判中，对于伤害的定罪，只适用于肉体创伤，被毁灭的人心却少人看见。很多罪恶，所破坏的并不仅仅是我们眼睛看得到的东西，而是深深地侵入人们心中，破坏了人们心中最根本的东西。在心灵的废墟上，人们被某种根本性的伤害长久地困扰。在心灵的天空上，出没着复仇的黑色鸦群，铺天盖地、俯冲轰炸。

当我观察着社会上的怨气，转化为一层又一层的暴戾之气，每个人都觉得自己是受害者，转而对他人又充满杀伐之气。到底是解释为生存环境的拥挤而造成的狂躁，还是因为被剥夺、承受丧失而由爱生恨，抑或是社会一直盛行"君子报仇，十年不晚"的信条，我们传统倾向于以受害者的主张来决定罪与罚的根本理由，似乎受害者天生就有报复的权利，报复成了受害人应得的补偿。事实上，让受害者得到发泄满足，结果不过是鼓舞大家合理化暴力的使用，这使得社会进入一种"以暴制暴"的恶性循环。社会生存和心理竞争中的失败者对社会的"报复"，以及心理、性格畸形者的引爆式杀人——就是这种"复仇正义"的内在逻辑推到极致的结果。几千年过去了，如果人仍然处于很高的激素状态、自卫状态以及极低的道德状态，那么不过是印证了学者余世存的一句话："我们离做人还很远，我们处在人类的前夜，只不过是类人孩而已。"

如果对于人类而言，复仇几乎是天性，那么，我们如何才能挣脱这一天性、完成文明的跃迁？夜深了，想到此时此刻，有1300多万人已在西安这座大城睡下，并且不停地向它散发出气味，从人类的毛孔中燃放来的蛋白质、酒精、香烟、欲望、仇恨、报复心、功名心、积聚着的毒素、排泄物……这些致污物日复一日罩在城市的上空，怎么能驱逐掉呢？

余晖：死者的意识

最新研究称，当人类死亡时，他们会意识到自己已经死了。在手术室中，当心脏提供给大脑的血液供给被快速切断时，患者就会被正式宣告死亡。但是研究表明，患者死亡后精神和意识至少在短期内会继续工作，这意味着他们能够意识到自己的死亡。纽约大学朗格尼医学院急救护理与复苏研究中心的负责人 Sam Parnia 博士称："人们在死亡的第一阶段或许仍然能够存在某种形式的意识。"事实上已经有证据表明，"死去的人"躺在手术台上时甚至能够听到医生宣告他们的死亡。

此时，人们处于死亡和存活共存的状态，而且完全能够意识到他们即将消失。亦生亦死，生死混合，那是一种多么奇怪而悖谬的感觉啊！

我想这种现象类似于视觉残留，视觉残留现象即视觉暂停现象（Persistence of vision，Visual staying phenomenon，duration of vision）又称"余晖效应"，1824 年由英国伦敦大学教授皮特·马克·罗葛特在他的研究报告《移动物体的视觉暂留现象》中最先提出。指人眼在观察景物时，光信号传入大脑神经，需经过一段短暂的时间，光的作用结束后，视觉形象并不立即消失，这种残留的视觉称"后像"，视觉的这一惰性现象则被称为"视觉暂留"。

例如，当我们全神贯注地长时间凝视一个绿色的三角形，然后将视线移开，注目于一面白墙，此时我们眼前的白墙上出现的正是一个三角形，只是色彩呈现为绿色，因为长时间看红色容易导致视觉疲劳，所以用其互补色来弥补一下，缓解疲劳。视觉残留的影像的色彩，往往不是原来的色彩，这种色彩的变化叫色幻觉。

基于此，我相信死亡后意识暂存的现象。死亡情况下的人类思维和意识不可能立即切断，而是有一个缓缓消退、最终湮灭的过程。目前，死亡时刻的判断，全部都是建立在心脏停止跳动的基础上。从技术层面上讲，这是医学对死亡时间的认定方式。但其实，人的真正存活应该比判定的死亡时间要长，在人类死亡一段时间之后，意识可能还会继续存在。只是，我不知道意识会一直存在（这就涉及灵魂的问题），还是只再续存一小会儿，就像熄灭的火花的一点余烬闪烁。

其实，科学研究所能得出的这个结论，文学基于对人性的深刻洞察和非凡想象，早已经先行到达。我阅读过的文学作品中相似的段落，就有这么以下两处：

一处是来自于施蛰存所著历史小说《将军底头》，1932 年 1 月由上海新中国书局初版。小说讲述吐蕃血统的唐朝将领花惊定将军奉君命征讨吐蕃。这位具有特殊身份的将军，此次受命征伐吐蕃，面对仇杀他只能感到束手无策与深深的无奈。到达边境后，他下令暂不出击。忧思之下，无心恋战，花将军爱上了一位边境小镇的蜀地少女，军纪与爱情的冲突激化，使得他的内心更加激荡矛盾。最终，在与敌将的残酷交战中，花将军的头被敌将砍去。然而，将军并没有感觉到自己的头已经给敌人砍去了。虽然失去了头，还不就死掉。因为将军正一心想着要回到村里去，何曾想到被砍掉了头呢？没有了头的花将军由着他的马背着他沿了溪岸走去，将军觉得不知怎的忽然闷热起来，为什么眼前一点也看不出什么呢？从前也曾打过仗，却没有这样的经验呀。将军觉得满身都是血了……走近到溪水边，将军奇怪着，水何以这样浑浊呢，一点也照不见自己的影子？而这时候，在对岸的水阶上的却正是将军所系念着的少女。"喂！打了败仗的吗？头也给人家砍掉了，还要洗什么呢？还不快快的死了，想干什么呢?”无头的花将军遭到他心爱的少女的嘲笑。将军突然感到一阵空虚，将军的手向空间抓着，随即就跌下马来，仆地身亡。

到底是什么驱使着，头被砍下后的身子，仍痴情地回来寻找这位姑娘，这是何等残酷和诡谲的故事。在小说平静无波的叙述中，那无休止的翻滚着的暗流，一直在暗暗地蓄势，临到了结尾，突然一下子猛地打过来的骇浪，叫人噎住一样停住了喘息，探及人的内在意识的神秘不可测。当然，《将军底头》末段，将军的头与身体分开后仍能流泪，是否违背了事实? 若持现实观照去量度《将军底头》，只会产生更多的混乱。但其中关于死者仍存在意识的描述，的确充满了惊心动魄的现代先锋意识。

还有当代作家余华在小说《往事与刑罚》中，写一个刑罚专家，给陌生人描述人被腰斩后的感觉:

　　“那时候你将会感到从未有过的平静，一切声音都将消失，留下的只是色彩，而且色彩的呈现十分缓慢。你可以感觉到血液在体内流得越来越慢，又怎样在玻璃上漾溢开来，然后像你的头发一样千万条流向尘土。……”

这种对于死亡“图景”的精细描绘，给人带来一种强烈而锐利的心理冲击，这种余华式的“死亡叙述”带给我们的感受是新奇的，也是复杂的。这是一幕让人咋舌的细节描绘，呈现在人们面前的是一个完全陌生的、异质状态的世界，从而使读者与文本之间产生一种“间离”效果，促使人们在关注作品本文的同时，将疑问的目光投向描写本身，思考描写本身所带来的阐释文本的可能性。

死后意识的存在是如何的呢? 也许可以从文学的刻画中，约略探知一二。那是一种彻底超脱的虚无的感觉，那是旅途中种种磨难的终点，那是人身不由己的下沉时到达的境地，那是死的开启，生的余温，那是生与死的团聚正在到来。魂器分离、走向永恒的体验又是多么孤独啊！我无法描述那种难以名状的感觉，或者，只有最伟大的诗人才能依稀捕捉。

> 日落总是令人不安
>
> 无论它是绚丽抑或是贫乏，
>
> 但尚且更令人不安的
>
> 是最后那绝望的闪耀
>
> 它使原野生锈
>
> 此刻地平线上再也留不下
>
> 斜阳的喧嚣与自负。
>
> 要抓住这紧张而奇异的光有多难，
>
> 那是个幻象，人类对黑暗的一致恐惧
>
> 把它强加在空间之上
>
> 它突然间停止
>
> 在我们察觉到它的虚假之时
>
> 就像一个梦破灭
>
> 在做梦者得知他正在做梦之时。

——豪尔赫·路易斯·博尔赫斯《余晖》

基因流传中的人性

老虎是陆地上的顶级捕食者，据说凡是哺乳动物看到老虎，都会本能地感到恐惧。网上搜到一张老虎图片，我试着直直勾勾盯着图中老虎的眼睛，看看到底能坚持几秒。结果发现，即使不过是一张图片，你盯着那光芒四射的冷冷虎睛，想起"虎视眈眈"这个成语，还是有一种寒意不觉从脊椎升起。也许，这是写入了基因的恐惧！

老虎这种强悍威严的生物，仅分布于亚洲。从起源到现在的200多万年间，老虎族群在中国土地上生息繁衍，也在这里走向式微。已经进入21世纪了，野生虎数量锐减、栖息地丧失的情况越来越危急，曾广泛活跃于中国南方的野生华南虎，已难觅踪迹，成为世界上最濒危的十大物种之一，甚至有人猜测，华南虎已野外灭绝。作为现代人的我们终其一生，只要不作死，翻墙越网跳入动物园虎区，根本不可能面对一只吊睛白额大虫的威胁。既然从来没有与虎遭遇的经验，为什么我们还会害怕与老虎眼神对视呢？

也许，在铺天盖地的、迅雷不及掩耳的社会变化之中，我们的身体几乎没有变化。人类是经过了几百万年的漫长进化才雕琢出来的，在文明社会这1万年里，我们当然也有进化，但那只是些微调。1万年对于进化而言，只是弹指一挥间。因此，和4万年前的人类相比，我们99.98%以上的基因是相同的。基因是控制我们性状的基本遗传单位，我们的身体正是以基因为蓝本制造出来的，一个现代人和一个野蛮人，在身体本能上几乎没有什么区别。

　　人类很自负地认为自己拥有自由意志，我们确实容易有这种错觉。不过受弗洛伊德的影响，我一直觉得人绝大部分时间是受自己"潜意识"支配的，人类的潜意识会不会就是基因的作用呢？虽然没什么证据，但我很怀疑两者有很大的关联。所有动物的本能都表现为对食物／领地／异性等资源的追求和占有，而人一辈子争名争利，不也就是为了占有生存资源和吸引异性吗？当然由于文化等因素，很多潜意识的动机被伪装起来连自己也未必知道。

　　比如，为什么父母之爱总是心甘情愿，无怨无悔，而子女则很难这样全心全意地对待父母？因为，育雏是动物本能，在自然界中，繁衍就是一切。所有生物的不懈努力都只是为了把它们的基因传给下一代。与之相比，养老并非动物本能。除了人类，动物界几乎没有养老习俗，食草动物老了会成为被捕食对象，肉食动物老了会因无法捕食而饿死。因此，在人类社会中，养老、尊老，需要文明教习与道德法律规约，尽孝不是得自基因，而是后天习得的。

　　还有，人为什么害怕孤独？绝大多数动物都有合群的本能，无论是家庭团聚还是与种群待在一起。离群寡居时会感到孤独和不安。另外集体生活也能增加生存的概率。人自然也不例外，对认同感、归属感的强烈需要，是写在人类基因里的密码，这个密码有时候会成为勇气的源泉，有时候却让我们蒙上了自己的眼睛。在生产力落后的小农经济时代，我们只有合群协作才能获得足够的生存资源，而在科技进步、物质繁荣的市场经济时代，我们还是恐惧在精神上被自己的同类群体孤立。出于对归属感的依恋，我们有时不惜通过妥协来实现温暖的"合群"，因为我们害怕被群体抛弃，成为一个"精神上的孤儿"。

　　生命是自然赋予人类的，我们有着自然给予的脑和手、基因和血液中的化学反应，我们生命内容的绝大部分仍是自然的，只有剩下的很小一部分属于人为。

　　我们有很多心理、身体机制之所以存在，是因为它们能帮助传播基因，而不是因为它们能让我们更幸福、更健康。比如嫉妒、焦虑、愤怒、抑郁等负面情绪，会让我们的心灵饱受煎熬，但由于它们能提高我们生存和繁衍的机会，从而更广泛地传播基因，因此仍然牢牢地安营扎寨在我们身心里。比如，劈腿、花心这些基因根深蒂固地存在于我们的体内，不时探头出来笑话人类的自制力，因为所有生物的不懈努力都只是为了把它们的基因传给下一代。一夫一妻制只不过是实现最终目标的众多策略之一。动物界没有道德，只有基因传递。即使我们表面上带有一些特殊的个人倾向性，但是群体的动物性永远根深蒂固地存在，它构建了我们基本的选择偏好。你说，这个世界上到底是人在做主，还是基因在控制一切呢？我越来越支持人的本位落户于自然，和草木鸟兽没什么两样，唯一差异是人能更深刻地领悟到这一点。

　　个体、种群甚至物种都会死去，只有基因是进化中唯一永恒存在的实体。任何一个个体，也只不过是寿命不长的基因组合体的临时运载工具。存在的目的和价值，只是在于某部分特定基因的延续。真想改动下那句关于钻石的广告语，说什么"钻石恒久远，一颗永流传"，真正在时间中胜利的，其实是"基因恒久远，一颗永流传"。

强刺激与多巴胺

亨利·马蒂斯（Henri Matisse，1869–1954），法国著名画家，野兽派创始人和主要代表人物，以使用鲜明、大胆的色彩而著名。我读过一条马蒂斯对色彩的评论，堪称关于色彩最伟大的评论，他这么说的："两千克的蓝比一千克的蓝要蓝得多"。你琢磨琢磨，这话太有道理了，而且真的很精辟。这意味着颜色会随着规模增大产生一种效应。这也解释了为什么人们会被颜色感动，是因为它的规模。无论什么事物，到达了一定的密度、浓度、强度，也就是达到一定的规模，其呈现必然是非常非常有力量的。

比如，好的爱情，一定浓度最烈，一个不经意的眼神，就可烧得狼烟四起。什么是一见钟情？就是：他和她在一个特定的场合相遇，没有早一步也没有晚一步，萍水相逢的这两个人刹那间多巴胺爆表，从此眼里只剩下彼此。这是一种奇妙的激情，高浓度的多巴胺让人感到如痴如醉如梦如幻，体验到前所未有的狂喜和欢悦，整个世界都仿佛突然变得美妙无比。爱情的独特化学成分——多巴胺（dopamine），是一种神经传导物质，参与情爱过程，促进情感的产生。大脑中心——丘脑是人的情爱中心，贮藏着丘比特之箭——多种神经递质，也称为恋爱兴奋剂，包括多巴胺、肾上腺素等。平时，多巴胺的释放是受抑制的，只有遇到大脑皮层"认可"的欲望对象时，多巴胺才会大量分泌，使人产生"爱"的感觉。

研究表明，爱情带来的迷狂，在化学上，与人发疯的时候几乎完全一样。坠入爱河的人，看到意中人时，会心跳加速，胃部紧张，舌头打结，情绪像过山车，前一分钟还激动异常，紧接着就变得焦虑，甚至绝望。这类生理与心理上的异常反应，在于恋人的大脑与常人不同，被浸在多巴胺、去甲肾上腺素和苯胺混合物里，咕噜咕噜冒泡，迷狂不知所终，混沌不知所以，不知今朝何处，今夕何年。因此，爱的激情状态，一定是难以持久的，因为要支持如此难以想象的强度，必然需要人体巨大的消耗。这种完全沉迷其中的状态不会永久地持续下去。倘若一直这样下去，所有人都将一事无成。

对大多数人来说，随着时间的推移，爱情的浓度一定会逐渐下降，但彼此的依赖感会逐渐上升。这种依赖让伴侣不离不弃，共同抚养后代。没有人能在水里与火里建立一个家园，当初水深火热的状态，终于曾经沧海难为水。真正的爱情其实很短命，因为时间长了大脑会产生疲倦感，或者减少多巴胺的分泌，或者干脆罢工，停止分泌这玩意儿。于是，从两千克的蓝到一千克的蓝，到少于八百克的蓝，蓝色越来越轻淡。大多数的人，都把这点越来越轻淡的蓝，节俭地用于此后多年的婚姻生活。也许婚姻中的夫妻会抱怨对方不懂得浪漫，不是的，他或她已经奉献了余生仅存的所有蓝。

有什么办法呢？多巴胺是我们许多行为的终极动力。其实，不仅仅是爱情，所有新颖的事物，都会让多巴胺会急升。一辆新车，一部新电影，最新的电子产品……我们都会多巴胺大量爆发。新奇，新奇，更多的新奇。然而，所有新事物的刺激感都会随着多巴胺下降而消失。

想到我身处其中的 21 世纪，个人电脑、智能手机、互联网、应用软件、开放源代码、外包、离岸生产、供应链、搜索技术、物联网、云计算、可穿戴装备、VR/AR、人工智能，这些因素互相强化，以前所未有的规模和强度汇合在一起，创造了一个全新的创造性平台，世界上任何地方的个人、组织都可以不受时空和语言（即使还有障碍，但正在逐渐减少）的限制在这个平台上进行合作。知识和资讯正在以不可思议的速度在被更新，新的社会面貌正在被塑造。每天打开笔记本电脑、智能手机、各种浏览器、App，都是一场场的数字海啸，是令人眼花缭乱的"应用程序"集群，是新科技被渗透到人们衣食住行的一切方面，是技术允许有相同心思意念的人们以空前的速度和规模聚集在一起。

　　我生活在一个比历史上任何时期都更具强度、密度、浓度和规模的世界上，与世界相遇的每一天，都像在惊心动魄地激情热恋！而且，目测这个平台的规模还在一天比一天大，正在成为一个没有边界的地方。被卷入这个巨大的漩涡的人们，要不飘飘然甚至陷入疯狂，要不目不暇接、身心俱疲。面对这个奔腾的世界，我希望我有充沛的、源源不断的多巴胺。

说说意外之喜

这几年，从疫情到世界政治、经济形势；从行业震荡到个人学业或职业选择；从教育方式到情感状态……各种猝不及防，一个接着一个向我们涌来，往往只在一瞬间，我们的人生就会因此转变。祸福相依轮转，谁也不知道那些突如其来的意外和变故，终究会指向何方？

长久的平静，并非生活的全貌。世界是由不确定性推动的，一个个意外事件对历史进程产生的影响更为重大，而且发生的频次远远高于我们的认知，只是由于各种各样的原因导致我们没有意识到它们的存在。人们太容易陷入这样的认知误区：假设这个世界基本是确定的，只是偶尔有意外。其实这个世界时时刻刻都在变动，人生是由一连串意外所组成。就连我们出生来到这个世界，都有两种模式，一种是正常模式，一种是意外模式。

我们常常将意外定义为意外的惊吓，以负面评价为主，但其实意外是中性的，指的是我们预料之外的事情，它既可能是坏事，也可能是好事。我们常说，生命的奇妙或者说残酷之处在于，你永远不知道意外与真爱，哪一个先来。其实真爱的到来，难道不也是一种意外吗？何谓真爱？比如曲折离奇而又充满巧合的真实感情，比如这世上恰有一人如你所愿的惊奇欣喜。当真爱到来时，周而复始的生活圈子被打破。坠入爱河的人，意外地面对一种前所未有的美丽景象，被勾去了魂魄，心驰神往。这怎么看，都不像普普通通的日常事件。

看过乔治·华盛顿大学丹尼尔·利伯曼教授的一本专著《贪婪的多

巴胺》，书中解释为何爱情会消逝，他认为多巴胺是爱的煽动者之一，是引发一切火花的来源。但是，只有意想不到的奖赏才会触发多巴胺的释放。多巴胺的反应不是针对奖赏，而是针对奖赏预测误差。换言之，多巴胺不是快乐的制造者，而是对意外的反应，即对可能性和预期的反应。这就是热恋的状态不会持久的原因。因为我们的大脑生来渴求意外之喜，也因此期盼未来，每个激动人心的梦想都在那里萌生。但当事物——包括爱情——变得习以为常时，那种兴奋感就悄然溜走了。

这个解释很有意思，为什么在我们得到了想要的东西之后，它看起来就没有那么好了？多巴胺能带来的兴奋（即预期带来的兴奋）并不持久，因为最终未来都会降临变成现在，想象中那无尽欢愉的未来一变为现实的波澜不惊。当令人激动的未知事物变成乏味又熟悉日常时，多巴胺的工作就结束了，它对未来理想化的能力已发挥完毕。当爱超越了那个阶段，恋爱关系的本质已发生改变，因为它背后的“化学交响曲”已经改变。当激情黯然消退后，当爱神轻轻的敲门声为成了枕边人的阵阵鼾声，谁又能确保在漫长的婚姻之路上，未来不会有另一个“偶然”出现，除非时间从此定格，就不会再有意外发生。

当然，我这里说的爱情，指的是激情之爱。那是大多数人的奢望之物：一种特殊强烈的迫切感，迥异于日常生活的一成不变，把个人从世俗的庸碌中连根拔起，并由此滋生一种随时准备考虑激烈抉择和壮烈牺牲的状态。国人的生活中，可能更多的是现实之爱，责任之爱，大多数人虽无激情之爱，但也可以过一种普通温馨的生活，两个人携手相濡以沫过日子。国人太习惯按部就班，太爱寻求安全感，所以对人生那些“意外”（包括真爱）难以承受。记得张爱玲短篇小说《留情》，描述了一对半路结合的老夫少妻，因为各怀心事，一同外出访友的全过程。小说的最后一段，张爱玲写道：“生在这世上，没有一样感情不是千疮百孔的，然而敦凤与米先生在回家的路上还是相爱着”。这里的“相爱”不过是同床异梦过日子。普通人有的不过是红尘中的无奈，真爱就像大熊猫一样珍稀罕有，鲜有人配得上它。

人的一生总会碰到各种意外。有好的，也有坏的。有人不喜欢意外，认为一切都要尽在掌握。殊不知人生的美景，往往在那些充满偶然的小路上。比如父母总想按自己的意志来塑造孩子，但孩子们并不总如父母所愿，每个人有每个人的人生剧本，按照自己的本性长大的孩子们，与父母的愿望南辕北辙，却成为另一道风景。当年，为了改造波德莱尔，他的母亲和继父将他送上一艘船前往印度，他们希望"古老"的东方智慧可以拯救这个没有在既定轨道上成长的浪荡儿子。这种改造最终失败了，但从巴黎的浊雾和泥泞跳跃进阳光明媚、晴空万里、遍地芬芳的国度，却意外地使波德莱尔日后成为一位诗人。在这段旅行中，热带地区满目的绿色、波光潋滟的大海，使波德莱尔对于美的想象和感知，从此充满了明亮的光芒。

可见每个人的一生不是一根直线，从来不是笔直前行，而是变幻莫测，充满了变数，它完全不是人按照主观意愿就可以完全操控的，它有很多的意外，你本来想走进这个房间，一不小心被一块小石子绊了一脚，你就跌到隔壁房间去了。波德莱尔这种意外拐弯的人生，应该涌动着澎湃的多巴胺吧？只要对生活燃起新的憧憬，已足以刺激多巴胺快速行动起来。

漫漫人生路，一路上，不可控的因素太多了。事业的、情感的，主观的、客观的，环境的、命运的，总会有看得见或者看不见的大手，将拨弄翻覆着我们的生活。这就是人生本质的短暂和珍贵，美丽和脆弱。总有各种意料之外，迎面而来，这才是生活吧？

关于人的错觉

你试过看那种视错觉的作品吗？比如鸭兔错觉：这是兔子，还是鸭子？把左边看成鸭子的嘴的时候，就是鸭子；把右边看成兔子的头的时候，就是兔子。实际上呢？画面上就是很多线而已，但我们会调动头脑中的记忆和经验，产生艺术的错觉，于是我们的眼睛抓到了一只兔，或一只鸭。当然了，一个从没见过兔或鸭的人，是不可能认出来的。我们的知识往往支配着我们的知觉，从而歪曲了我们所构成的图像。换句话说，拥有一双无偏见的眼睛，所谓的"纯真之眼"，是空中楼阁。

面对同一样的东西，不同的人看到的结果可能有很多种，因为大家有不同的视觉阅历和过往经验的积累。鸭兔错觉属于认知错觉，由于人类对于已知物体的认知来自特征及主要轮廓的记忆，人脑会自动地将和脑中印象相似的形状及物件做比对来判读并赋予图像的意义，所以只要该图具有人脑中对该物的主要形象就会做出判读，在不破坏主要认知特征的情况下再加上另一个特征，就会造成大脑的误判。

在鸭兔错觉中，还有一个注意力选择的问题。动物的头部可看成面朝一方的鸭子，或面朝另一方的兔子，但你不可能同时看到鸭兔。我们称之为感知竞争（双眼竞争），归因于这两个视觉感知之间的神经抑制。科学家的研究更广泛地揭示了类似的情况：神经抑制存在于两个脑内网络之间，其中一个主导了社交、情感交互、道德判断，另一个则主导了科学、数学与逻辑推理。从某种意义上讲，情感共鸣与理性分析在大脑里是互斥的。许多之前的研究表明，当两个大规模的脑内网络都处于紧张状态，总是其中一个静默运行，另一个积极执行任务。当一个被启动，另一个则会被抑制。它们不可能同时高度活跃并且交互。

这说明错觉是无处不在、无时不在的，因为人类自身的出厂设置问题。BUG，通常用来形容计算机程序的故障。人类是天生自带 BUG 的生物，心理学已经提供了浩如烟海的视错觉和其他错觉例子，而这一切植根在我们的源代码里。

热恋中的人最容易产生错觉。当我们坠入爱河，一切似乎都有可能——我们能翻越高山，我们能跨过火海，我们无所不能。这就是爱情的错觉效应。旁观者可能搞不清楚状况，但恋爱中的当事人似乎能看到旁观者看不到的东西（或者看不到旁观者能够看到的东西），他们进入了一个只有彼此的世界。为什么会有一见钟情之类的事情？有时，我们看着某些恋爱中的人儿，会疑惑他们在彼此的眼中是什么样子的。这个问题通常没有答案。某个男人眼中的丑女人，可能是另外一个男人眼中的俏姑娘。普鲁斯特表达过这样的意思：所有的爱情都使对方变形，在爱发生时，对方的一切被大大美化，远离了实际情况。人们爱的实际上是自己的爱。否则无法解释为什么同一个人，在恋人眼中是那么美丽动人，在没有爱的人眼中却毫无出色之处，可以完全无动于衷。难道爱情所依赖的全是错觉？应当说，的确有这种成分。

我常常想到的一个案例，就是一代女王武则天。她当年也是恋爱脑的，唐太宗驾崩之后，她和其他嫔妃被送入感业寺当了尼姑。在此期间，唐高宗李治与武则天暗生情愫。感业寺中的四年，是武则天人生中最失意的四年。在这种情况下，武则天写下了《如意娘》这首诗。"看朱成碧思纷纷，憔悴支离为忆君。不信比来长下泪，开箱验取石榴裙。"这首诗描写了一位痴情女子对情郎的期盼，全诗极尽相思愁苦之感，尺幅之中曲折有致，短短四句，传达出多层次多方位的复杂情绪。开头"看朱成碧"，就是错觉，而且是美到了无药可救的错觉。女子相思过度，以致魂不守舍，精神恍惚，思绪纷乱，身体衰弱，把朱红看成了青绿。这种恋爱中的色盲错觉，人人心中有，个个笔下无。千古以来，也就武则天一人写出来了。一个堕入情网、痴念情人的执着、决然、不掩饰、不造作的独特女子形象跃然纸上。这首诗让我们知道其实武则天曾经也是一个天真烂漫的小女孩，也曾儿女情长。人们只能看到她君临天下时的威风凛凛，谁又能知道隐藏在石榴裙下的憔悴心事。武则天是曾给李治写过动人情诗的，当年在思念之情中恍惚迷离、魂不守舍。即使爱情确实只是一种错觉，它也曾经到来过。

不得不承认，恋爱脑的人群分布，女生真是比男生多得多。至少在我认识的人当中，我就没见过几个男生天天想着爱情这回事。但是女孩子，从十几岁到几十岁，几乎个个个都为爱情死去活来过。但人类的出厂设置是自带 bug 的，所以不是陷入这个错觉，就是陷入那个错觉。男人容易陷入的是知识的错觉，或者说自我认知的错觉，对自己总有着迷之自信。尤其，现在我们生活在一个知识触手可及的世界，很多人渐渐分不清什么是自己知道的，什么是自己不知道的，因而高估了自己的知识储备。其实，人比自己想象的还要无知。

虽然人类在任何意义上都并不完美，但是，生命的奇迹不在于我们生而具备一些弱点，而在于我们没有被弱点湮没。即使我们对自身、对他人、对世界，总是充满了各种错觉与误判。

春天的忧郁

四月的人间是如此美好，在盛春的季节里，可以感受到周围自然界生命的旺盛。可是，对有些人来说，春天是危机四伏的。当外界的生命力感染着自己孤寂的灵魂，他们内心开始升腾起激荡、躁狂、大起大落的情感。

春天虽然是个很美的季节，但对于有些人而言，却更绝望了。实际上，悲伤、失控和无意义感不仅仅发生在冬天。

很多年前，英国诗人艾略特在《荒原》开篇的第一句"四月是最残忍的月份"，曾令我百思不得其解。关于四月的描写，在以往诗人的笔下，四月充满了春天的盎然生机，在英诗的语境中如乔叟的诗，在中文语境中如林徽因的《你是人间的四月天》，都成为后来诗歌中描写美好四月的典范。然而在艾略特笔下，春天并不是美好的，而是被记忆和欲望所统治，充满了绝望、阴郁的气息。这是一种颠覆性的描写，充满了荒原的意味。艾略特笔下的荒原意味着什么？意味着文化和文明的衰退。经过第一次世界大战，不仅经济在大幅度衰退，社会秩序也空前混乱，人们在信仰的崩坍中盲动而无措，从而丧失了精神家园，身陷一片荒芜。《荒原》这首长诗表达了西方一代人精神上的幻灭，被认为是西方现代文学中具有划时代意义的作品。

艾略特笔下的四月，是荒原和废墟的主题，干涸，无雨，万物萧瑟，生机寂灭，毫无希望，面临枯竭。当然，我们也可以从文学象征和隐喻的角度，理解艾略特所描写的并不是自然界，而是经典的现代城市的场景。在他的笔下，现代文明的象征——伦敦是一片枯萎的荒原。在这没有生气的栖息之所，人不生不死，虽生犹死，心中唯有幻灭和绝望。人们渴望着活命的水，盼望着世界的复苏，灵魂的再造。究其历史根源，以艾略特为代表的现代主义文学发轫的时期适逢变革当道、创伤横行，各种矛盾危机加速了现代社会的衰退与混乱。

从自然规律上来说，深冬和初春是新旧代谢的季节，四月百花盛放，阳光明媚，再怎么也不会和残忍沾上关系啊？我理解艾略特的诗句，说的是追忆和欲望掺着春雨生长，过去都已死去，在旧日事物干枯的尸体上长出新的美丽的花，但那些美丽再也不会属于过去，所有的悲伤和欢乐都在新的生机里被人遗忘。四月新生，万物复苏，新世界已经遗忘了这片土地上所有的死灵，因而显得残忍。

为什么四月是最残忍的月份？为什么不是七月？为什么不是十二月？听上去这并不是一个理性的判断。但是诗人艾略特肯定感觉到了什么，后来我才知道，一个残酷的事实是：北半球大部分地区的春季，也是自杀高发期。尤其是伴有情绪障碍的自杀，一年中会在 4–5 月达到高峰。相对于夏天和冬天，春天的天气更加不稳定，这会导致人们脑内的一些控制情绪的激素水平产生波动。对于特定人群来说，他们对激素水平变化非常敏感，也就更容易在春天感到躁郁不安。所以说，"四月是最残忍的月份"，也许是一种实写。全世界都充满了勃勃生机，在"春天这么美，其他人都很开心"的对比下，受季节性情绪障碍困扰的人会感觉更糟，这种"人类的悲喜并不相通"的强烈的心理落差，不也是很残忍么？春季抑郁可能比我们想象中更普遍，在万物生长的季节，有人的内心却在加速崩坏。

今夜，为四月的残忍、春天的抑郁，写一首小小的诗。愿所有在春天里难过的人，无需内疚，好好地平安度过春天啊！走过麻烦的春天，如一条鱼泅渡过沧海，最终我们都会上岸。生命是一场旅程，我们等了多少个轮回，才有机会去享受这一次旅程，所以必须好好珍惜。

《四月的残忍》

诗人说四月是最残忍的月份
四月的残忍在哪里呢
光照如此慷慨
草木竭力生发
稍不留心，它们
就长了一天一地

花蕾敲击着四月
风纠缠着春水
野草腾跃着绿火
树的枝桠撑满夜空
成千上万的花
次第绽放
谁会在此时
纷繁的花丛
温润的夜里
突然掩面痛哭

四月的残忍在哪里
新的生命正拼命破土发芽
以它们盲目生猛的生命力

破坏掉所有生命力不够强劲的物种
花那么锦簇，那么喧闹
不顾一切地生长和绽放
整个春天都是闪耀的
阳光浮动，灿亮，微醺

闪耀的春天
苏醒过来的春天
让每一个人不得不
面对自己真实的内心
有人在漫山遍野的绿色中
仍然感觉到巨大的荒凉
有人在万物生长中
突然离开人群转身远去
他们想要的唯一的东西
闪耀在无法企及之处
就像当铺中的
白银一样
孤独

四月天，雨湮湮在窗前
淋湿的燕在屋檐
什么是四月的残忍
被丢弃的自行车渐渐生锈
疯长的春草淹没了
曾经闪亮的车架

满世界都是迫不及待的
寻找，捕捉，相爱，亲吻
有一个人站在清冷街头
想出发却不知该往哪走

少年法西斯

1993 年 10 月，顾城在激流岛杀妻后自杀，震惊世人。妻子谢烨的离去让顾城彻底崩溃，因为他们十年恩爱，几乎是一种双生共体的关系。最后的命运落幕，他举起了斧头，杀人自戕，血腥悲惨。而在之前很多年，顾城曾写过一首这样的诗，从中似乎可读到他的爱情观：

回光还亮着

照着彩色的万物

散落在草间的断翅

还想轻轻飞舞

这螳螂的爱情

将永远从一而终

不像我们人间

总有许多变故

——《螳螂的婚事》1983 年

当雌性的大螳螂在荒草间威武地漫步，不小心遇见了她可怜的丈夫，他们相爱了，在一个深秋的下午，草木窸窸窣窣，太阳在走向深谷。可螳螂的爱情，是婚事丧事一起办，顾城刻画了这样一个惊悚的情节：雌螳螂"咬下了丈夫的头颅"。众所周知，顾城是《昆虫记》的热心读者。

法布尔在该书中介绍螳螂时写道："……事实上，螳螂甚至还具有食用它丈夫的习性。这可真让人吃惊！在吃它的丈夫的时候，雌性的螳螂会咬住它丈夫的头颈，然后一口一口地吃下去。最后，剩余下来的只是它丈夫的两片薄薄的翅膀而已。这真令人难以置信。"《螳螂的婚事》，是顾城婚后三个月写的寓言故事诗。1979 年 7 月，顾城认识谢烨，并于 1983 年 8 月 8 日结婚，从此开始了他的婚恋生活。因此，显然不应将这首诗仅视为对生物学事实的简单叙述，这也是正处在新婚燕尔之际的顾城对于婚恋的理解。螳螂的爱情，是为爱奋不顾身，是你从此永远住在我的身体里，一种无法离开、不可背叛的绝对共生关系。

一个人，只有在还非常年轻的时候，才会认为爱情是一种绝对的存在状态。当我们成熟之后，就会知道，爱情既不是一种优美状态，也非虚幻的天堂，更没有什么永恒不变，爱情是一种一个瞬间接一个瞬间，一天接一天，被意志、才智和心灵发现、修改的状态。其实，爱情有时候只是一朵随遇而安的花，开一开，就要谢下来，与花的身体本性，并无异样，当然如果注重浇灌护理的话，也有可能，明天之后的漫长岁月，还有一朵接一朵的连绵花开。新婚三个月就写螳螂之爱的顾城，就像一个永远长不大的孩子，用舒婷的话说"是一个不肯长大的孩子"，他只相信自己编织的童话，永远从一而终的"螳螂的爱情"。他要将某种精神的乌托邦直接还原为现实。孩童的意识里自我的世界与现实的世界是同一个空间，顾城任性地认为，世界应当如他所想象的那般单纯美丽，或者说，我就是整个世界。

穿透人类心灵的帷幕，可以发现，世界上很多人都在以极为特殊的、个别的方式生活着。这种特殊的、个别的生活在他人眼里也许毫无道理，但在自己却理所当然，不置一丝怀疑。像所有的乌托邦理想主义者一样，顾城对现代化的大都市充满了厌恶之情，认定一切按部就班的城市缺乏生命的活力，他相信"在我的诗中，城市将消失，最后出现的是一片牧场"。最后顾城果然远离城市，远离人群，在偏僻的小岛上开垦自己的伊甸园，伴着晨露，伴着鸟语，也伴着乌托邦的幻想。在那个避世封闭的世界里，诗人是全能的主宰，他就是造物主，他就是法律，他就是道德；或者说，诗人已经超越了人类社会现有的法则，他不再受世俗的种种道德的和律令的束缚。在顾城的理念中，他已经等同于整个世界，他的意志具有绝对的意义，世界的一切必须为他而存在，为他所创造、所追求的理想而存在。

想起梁文道曾在一次凤凰卫视《开卷八分钟》栏目中，在谈教育成长小说代表作《少年维特之烦恼》《麦田守望者》时，说过一种"少年法西斯"心态。什么是"少年法西斯"？梁文道认为，就是"年轻人总会在某一个时刻，忽然觉得这个世界除了自己之外，一切都值得怀疑，他不怀疑自己，但是他会怀疑世界，怀疑其他人，他相信自己的纯正，他看不起别人的虚伪，然后就把一种道德理想树立的非常非常的高，非常非常的严酷，用这个标准去要求所有的人"。觉得顾城就是典型的"少年法西斯"心态，看世界上的其他人都不顺眼，脑袋里面所装的只有自我迷恋的形而上世界。因长期不被世人理解，而表现出一种突围搏杀般的极端自负。在他的内心深处，始终有一种凌驾于万物之上的骄傲。1993 年的激流岛上，面对爱的崩盘，死亡成了顾城这个家庭的竭力维系者，对不可解决的问题的极端解决方式，而墓地不过就是一张供他休息的床。"我知道永逝降临，并不悲伤"（顾城《墓床》，1988 年），这是顾城发自内心的独语。当爱情的火焰熄却之后，爱的极致是死——他与世界之间的紧张关系为什么非要用死作为出口？

我们每个人都曾泅渡青春危险的激流，跌跌撞撞地摸着石头过河。而有些固执的少年却陷入洪流，被席卷而去，永远成为青春河中的少年。少年常常轻言生死，青春期的诸多冲动中似乎总含有自杀冲动，一旦过了青春期，对生的热爱就占了上风，年纪越大的人反而越恐惧死亡。为什么在青春期更容易走向对生命的质疑？因为，青春期是一个不稳定的状态，有时荷尔蒙一触即发，有时瞬间心如死灰。少年并没有一个健壮的、稳固的灵魂。因为年少，他们对世界的感知那么纯粹。因为年少，他们相信世界非黑即白，非此即彼，活着或者死去，没有中间地带。少年的心性，清坚决绝，自尊脆弱而又怯懦无助，随便抓住哪一根稻草都当是救命的灵药，然而一旦钻了牛角尖，又绝望到要拒绝全世界，斩钉截铁，毫无回旋余地。

螳螂的爱情，对于谢烨来说何等残忍。令人悲哀的是，身在其中的少年看不到这种残酷。当顾城决意要带着谢烨去往世界另一端的时候，他认为这是"永远从一而终"，这个"少年法西斯"并没有给谢烨任何选择的机会。人失控的部分，往往是暴露本质的时候。顾城企图以诗意的世界去整合世俗的世界，为了捍卫理想的纯洁性和坚定性，哪怕牺牲他人、牺牲自己也在所不惜。可诗意与残忍，仅仅只有一步之遥。回光还亮着，照着彩色的万物，可婚礼的螳螂，只剩余轻轻颤栗的断翅，散落在塞窣荒草间。

谈谈男性自恋

今天去见了一个老同学

我记得他两三年前也会因为一件鸡毛蒜皮的小事笑一

整天无忧无虑的男孩子

现在满脸憔悴

不喜言语

我发现他的眼睛里没有光了

呆滞了一会

我想安慰这个男孩子

于是我用手去触摸

却发现那是面镜子

在网上看到上魔神这么一段有趣的文字。

自遗忘的镜子打捞沉没已久的脸孔，却把一张看似睽隔陌生的脸，放到了自己的脸上。这是一个男性对自我形象的审视与珍视。

每个人的身体里面都有另外一个世界——自我，通往那里的是一条窄而陡峭的楼梯——自恋。自恋是生命力的表现，是人类最根本的原动力。当然自恋是要有限度的，一点都没有，就会非常自卑怯懦无法成事，而过于自恋就会太偏执。合理的自恋就是自信，是建立在对自己有清醒认知上的自信。

据说有心理学家做过这样一个实验：在路边摆一面镜了，然后观察谁会照一照。结果发现：男人比女人更喜欢照镜子。奇怪吗？其实这是一个事实，现实生活中，男人会在橱窗、车窗、电梯里，办公室的玻璃门，甚至是路边的水洼里，去端详自己。——这就是雄性自恋。在一般人看来，自恋似乎是女性的专利。其实这种看法很大程度上是几千年男权社会留下的"社会刻板印象"———所谓"女为悦己者容"。谁说男人就不自恋呢？只要有自我意识的觉醒，无论男女都会有自恋行为。只是男性自恋和女性自恋有巨大差异而已。女性自恋者往往较多地表现为情感自恋和仪表自恋。而男性自恋者更多表现为习惯自恋和思维自恋。女性关注自己的容颜，而男性自恋，更强调内在能力而不是外在形象。

我们在照镜子的时候会用一种更为自觉的方式评价自我，正如法国精神分析学家拉康所说："人从镜子中得到一个关于自己的映像，这个映像会与自我感觉合为一个结构，形成个体对自我存在的认同。"上面说到的那段网上文字，这是一个过得辛苦忙碌、奋不顾身的男性青年，在镜中形象的自我凝视中，看到了自己从校园到职场的巨大蜕变，在过往的自我认同与今日的自我认同之间，有失去的无忧无虑、爱笑以及眼中的光，也有收获的"满脸憔悴，不喜言语"的成长成熟，他用触摸这个温柔的动作去自我告慰，去鼓舞自己前行的斗志与士气。

人都珍视镜中的自我形象，因为镜子里的自我形象令我们想起了原初的身体，它不在事物之间，而在我们自己之内，是我们所见之物，它潜藏于我们所有经验和它自身的存在之中，并且位于我们的每一次思索之前。镜中看自己，是一种自我探寻。其实镜子之于人类，不过就是另一个进行观察的窗口，如同白雪公主继母执着于向镜子发问：魔镜魔镜，谁是世上最美的女人？她只相信镜子告诉她的答案。一个人无论怎样伪装，却总是无法同镜中的自我撒谎。

　　心理学上讲，爱照镜子是自恋的投射，就像古希腊神话里的美男子纳西索斯，爱上了自己在水中的倒影，最终变成一株水仙花。照镜子本质上是自恋式投入，目的是获得一种自我确认。我常想，在希腊神话中，水仙花式的影恋为什么是一位男神而不是一位女神？在美少年纳西索斯（Narcissus）的故事中，其实还有两位女子的出现，一位是伊可，一位是佛里姬娅。纳西索斯是希腊最俊美的男子，无数的少女对他一见倾心，可他却自负地拒绝了所有的人。这当中包括美丽的山中仙女伊可（Echo）。伊可十分伤心，很快地消瘦下去。最后，她的身体终于完全消失，只剩下忧郁的声音在山谷中回荡。此后，希腊人便用伊可的名字（Echo）来表示"回声"。有一天纳西索斯在水中发现了自己的影子，然而却不知那就是他本人，爱慕不已、难以自拔，终于他赴水求欢溺水死亡。在纳西塞斯趴在水边对着自己的倒影呼唤的时候，泉水精灵佛里姬娅（Freesia）误以纳西塞斯在表达对自己的爱。羞涩的她躲在泉中迟迟不愿现身，直至纳西塞斯的声音彻底消失。她浮出泉水想一探究竟，结果发现纳西塞斯已经死去，悲痛欲绝的她终于也香消玉殒。赫拉将她的灵魂化为一朵小花，英文名字就叫 Freesia，也就是香雪兰，陪伴在纳西塞斯化作的水仙花旁。——这个故事其实很能说明问题，女性其实没有那么自恋，女性自恋很大程度上是为了吸引他人的注意，所以往往在意别人对其着装打扮的评价。

　　换句话说，女性表面上种种"自恋"的行为，其根本目的是为了吸引别人来"他恋"。因为过于在意外在评价，以及自我建构、自我防卫的无力，女性会因为打击而自卑，由自卑引发过度焦虑。而男性在超强的自我意识驱使下，由自我肯定转为自恋，会表现出这样的人格特征：不管别人评价如何，首先对自己有一种基本的信任，认为自己就是值得喜欢的，即使有人批评我，也肯定是关心爱护我。这就是我们常说的男人的"谜之自信"，无论受到什么打击，总是对自己有信心，感到自己有能力，认为自己是可爱的，并且是不证自明的——想起《阿飞正传》里穿白色背心短裤、对着镜子自顾自跳舞的张国荣了。男性自恋与女性自恋实在太不同了，同样是外貌，女性因为自己天生丽质而自恋，男性则是因为自恋而倍感自己风神俊秀。在强大的自我珍视和自我确信上，水仙花镜像自恋的代言人，当然得是"谜之自信"的男性啊！

自恋其实是人类的一般本质，每个人本质上都是自恋的。自恋是一种藉著胜任的经验而产生的真正的自我价值感，是一种认为自己值得珍惜、值得保护的真实感觉。在这一点上，女性应该向男性学习，更为坦率真诚地面对明镜中的自己，更为积极地进行自我认同，构建具有独特个性的"我"。自信是人类很重要的一种品格，自信的形成，和个人早期生活经历是息息相关的。如果早期没有获得这一品格，通过后期训练也是可以获得的。

《小王子》和内在小孩

　　法国作家安东尼·德·圣埃克苏佩里（Antoine de Saint-Exupéry）的经典著作《小王子》（The Little Prince）。故事的开头讲的是一个 6 岁的小男孩被一本关于丛林的书所吸引，于是画了一幅画。对他来说，这幅画再简单不过了，就是一条吞下了大象的蟒蛇。但是令他惊讶的是，大人们都看不明白，他们都仅仅认为这只是一顶帽子而已！他不得不重新画了一幅，好让他们能够看明白。直到他遇到小王子，他才找到了一个和自己眼光相同的人：只有小王子看出第一幅画就是一条吞下大象的蟒蛇。圣埃克苏佩里的这幅画形象地指出了人们的思维对于眼光的限制。一旦我们摆脱了成人世界固有思想的束缚，回复孩子的纯真眼光，我们就可以看清楚眼前的事物了，比如说在上面的故事中就是吞下一头大象的蟒蛇。

　　我觉得作者在故事开头讲述这一段，是在提醒我们所有读者，这本书是儿童视角的。但是，《小王子》这本书，从本质上说，它又并非一部传统意义上的温暖童书，而是字字句句，都戳中了成年人心中的痛处。

　　《小王子》1942 年出版之后便引起轰动，并立刻风靡全球各地，成为影响无数儿童和成人的文学经典，直到今天仍然被认为是儿童文学中的"圣经"，也成为世界上发行量仅次于《圣经》的书籍作品，单单中文译本至今就已经发行了 64 个不同的版本。从 1966 年由苏联拍摄的第一部《小王子》动画片上映至今，一共已经有六版不同的《小王子》和观众见面了。为什么《小王子》这本书能够征服全世界的大人和小孩，被誉为 20 世纪最伟大的童话，被很多国家选入教科书，为什么大家都想去看已先后六次搬上银幕的《小王子》？

首先，《小王子》满足了人们对童话世界的各种想象。《小王子》这书，通篇奇异又冷峭，纯净又美好，所写之物透着一种清俊、所写之景都很特别，即使是很熟悉的事物，比如玫瑰、狐狸，也都透着一股陌生化的感觉，是一个染透童话色彩的架空世界。在富有诗意的淡淡哀愁中蕴含着一整套哲学思想，处处包含象征意义，这些象征看上去既明确又隐晦，因此也格外的美。

其次，我觉得更重要的是，《小王子》探索每个人灵魂深处的寂寞，小王子在童话中是个纯真孤寂的小孩子，因为和玫瑰花吵了嘴，才赌气离开了自己的星球。一路上，小王子遇到了许多人和事，最终他来到了地球，通过和一只狐狸的交往，他明白了很多道理，他明白了爱就是付出，明白了爱必须负责任。玫瑰花和小狐狸伴随着他逐渐成长。

《小王子》想象力非常丰饶、丰富、奇诡，充沛，全篇都给人很辽远、辽阔，并且是异世、外太空的感觉，但通篇其实只讲了一个词，那就是驯养。所谓驯养，其实就是一个人对另一个人的征服，跟普通的爱情还不一样，普通的爱情可能只是你单独喜欢别人，但是驯养却是你强烈地感染了别人；普通的爱情或许只是建立关系，但驯养，却是深刻的，是刻骨铭心的，驯养是一种深层次的爱情，一种深层次的抚慰，我觉得得用到心理学去分析。

什么是真正的"小王子"？每个人心中都住着一个长不大的孩子。每一个大人都曾经是个孩子，只是后来他们忘记了。我们每个人内心中，都有一个属于自己的"小王子"。

内在小孩治疗法（Inner Child Therapy）是近年来颇为引人注目的心理治疗方法。内在小孩这个概念，由荣格在 1940 年出版《儿童原型心理学》（The Psychology of the Child Archetype）首次提出，荣格称儿童原型为"在里面的小孩"（child within），内在小孩指涉过去创伤、童年记忆、次人格、赤子之心或内在超越力量。内在小孩治疗法处理的是个人与自己的关系，重要的不是现在或过去发生了什么事，而是当事件发生后，个人与自己的关系是否改变，以及个人如何对待自己。

每一个人心中都住着一个小王子，那是我们内在的真实自我。小王子的星际流浪，象征每个人的内在小孩的失落。内在小孩概念，比较类似所谓的赤子之心，随阖社会化的过程，人们隐含认为成熟即是不要孩子气，逐渐与内在小孩分离，造成情绪的问题，因此找寻一个适当的情境，重新创造我们在孩提时所曾有过的感受，便能有回家的感觉。我觉得这就是《小王子》这本童话书之所以风靡全球的原因，因为这本书就是我们的内在小孩疗法。"长大不可怕，可怕的是遗忘。""对我而言，你就是举世无双的，对你而言，我也是独一无二的。""一个人只有用心去看，才能看到真实。"这些《小王子》中的经典语录，其实说的都是内在小孩与我们每个人的关系。

容格认为内在小孩是从潜意识，人类本性的深处所诞生，而意识对他一无所知，他代表的是所有存在中最强大的冲动，努力地想了解自己，而这种想要自我了解的力量是一种自然律，因此具有无可比拟的力量。对容格而言，这个内在小孩即圣童，象征着未来的希望、幼小的心灵、生命的潜力以及自我的新生，但同时也很轻浮妄动，乐天顽皮，以及永远不以长大成熟为目标，换句话说，所谓回归内在的赤子之心，可以是变得更自由、开创、有活力，但也可能变得撒野、忽视他人与逃避责任，而让圣童往好或往坏的方向变化，其关键就在母亲原型，若能处理好圣童原型与母亲原型间的依赖与独立议题，才能发展圣童的正向灵性经验。如果过度认同圣童原型又忽略了与母亲原型的关系，可能导致个人拒绝长大，逃避成人世界的现实与责任，而落入所谓的小飞侠情结。

我觉得，在《小王子》这本书中，无私聪慧的狐狸，正是一个母亲的原型，狐狸用时间和陪伴，教会了小王子应该如何去爱他的玫瑰花，当小王子走了，回到他的星球去与玫瑰重逢时，却没看见小狐狸在他身后默默等待的身影。

《小王子》是一个追寻梦想和真实自我的故事，不管大人小孩子都会被感动，因为这就是人性的需求。即使有一天，我们再世故圆滑，那不过是一个社会人格面具，被我们日复一日地戴在脸上，而在内心深处的某个部分，与周围"成人的世界"仍会格格不入。当我们随着"小王子"的脚步游历风沙星辰、遍及整个宇宙，以小王子的孩子式的眼光，透视出成人的空虚、盲目，愚妄和死板教条，感受人类的孤独寂寞、没有根基随风流浪的命运。我们每个人受了伤的内在小孩被触动了。这个孩子敏感而纤细，多面而热情，但是由于从小受到了伤害，他的正面特质被压抑了，转而被生存的恐惧所替代。一个孩子是没有勇气和智慧来面对他所遭受到的伤害的。但是学会了读书、思考，我们渐渐有足够的资源，就像我们安抚、疼惜自己孩子一样的，可以去疗愈自己的内在小孩。

一旦我们的内在小孩获得了疗愈，他的喜悦、创造力、生命力、信任等特质，就能毫无阻拦地表达出来，为我们的生活带来无数的乐趣和希望。真心推荐大家去看动画电影《小王子》，小孩子可以在电影院开心得人仰马翻，成年人肯定被虐得哭成狗。其中恣意奔放的想象力，足以让所有童心未泯的人沉迷其中。观影的过程，就是一次内在小孩疗法。

每个人都曾经是小孩，我们要做的不过是不要遗忘。

那个内在的小孩依然在我们的身体内，无论我们多么年长和成熟。

人类无意识：森林，洞穴

瑞士心理学者荣格说过，人完成自己，并不要用一个所谓世俗的标准，而是要做到自己的完成跟自己的完整。这种完整，当然包括了我们难以觉察到的无意识。根据荣格的原型理论，人除了个体经验积累的无意识，还有人类群体绵延积淀的无意识。个体无意识只到达婴儿最早记忆的程度，是由冲动、愿望、模糊的知觉以及经验组成的无意识；集体无意识则包括婴儿实际开始以前的全部时间，即包括祖先生命的残留，它的内容能在一切人的心中找到，带有普遍性。

说到个体无意识，一个人的童年，是一个人和这个世界的一生的关系的基础。我们从母亲的子宫里出来以后，面对这个世界，慢慢地看到了天空，看到了房子，看到了树，看到了各种各样我们的同类，然后别人会告诉我们这是天空，这是房子……这就是最早来到一个人的内心中并构成那个世界的图画。此后，随着逐渐长大，你可能会对这个世界有不同的认识，但是你的基础是不会改变的；你对人和社会可能会有更进一步的理解，但你对人的最起码的看法是不会改变的。我们每个人的行为方式都和生命之初，有一种最为根本的连接，这一点谁也没法改变。

至于说到集体无意识，就有点不太好理解了。对此，荣格有一个形象的比喻："高出水面的一些小岛代表一些人的个体意识的觉醒部分；由于潮汐运动才露出来的水面下的陆地部分代表个体的个人无意识，所有的岛最终以为基地的海床就是集体无意识。"隐藏在黑暗深处的集体无意识，我们如何才能感知到呢？那只是一种可能，一种猜想，以一种不明确的记忆形式积淀在人的大脑组织结构之中，只能在一定条件下能被唤醒、被激活。我们不知道的森林，不知道的山脉，不知道的海洋，不知道的宇宙，它们所累积起的很多细小的、代代绵延的存在形态，这也是我们生命的基础，是我们心理结构中最真实、最本质的部分。

我真想成为一个深潜者，触摸一下荣格所说的"所有的岛最终以为基地的海床"。从树上走向树下，从洞穴走向平原，再从聚落走向城市，在人类向文明迈进的步履中，有过辉煌与梦想，也有过苦难与艰辛。从人类的群体到个体，如果逆流回去，回到从前，从前的从前，那是什么？那是一片森林，一个洞穴。

幽玄深邃的洞穴，岩壁上有湿滑的水滴，很容易让人联想到子宫。我们都曾在母亲的子宫中生活过二百八十天，那是我们生命早期曾经旅行和生活过的地方。子宫里的婴儿在妊娠晚期能听到低沉的声音，出生后，由于熟悉母亲的声音，他能很快辨别出母亲的声音。根据《卫报》网站上的一篇文章所述，婴儿的食物偏好也始于子宫，母亲在怀孕期间食用的口味很可能是新生儿偏好的口味。人类的很多生活习惯应该都和最早生活的洞穴有关。

人类已走出原始丛林百万年了，但关于森林的史前记忆并没有被时光消磨，而是变成了一种混沌迷茫的集体无意识，埋葬在我们心灵的黑暗深渊。当我们轻轻摇动起这一座迷雾森林时，升腾起的是怎样一种难以言喻的情绪啊！那里浓绿绽放，暗绿腐烂，参差的树枝，错落重叠，藤蔓交缠，遮天蔽日的原始森林深处，要看到真正的阳光难度很大，只不过是树缝里面洒下来的一点点，斑驳的闪烁而已。夜晚到来，月光又把幽谷密林注满了雾光，混合了风的啸叫，有什么生命在低嚎，野蛮荒夷。

每个生命体的原初体验，是森林或洞穴。这些生命最早期的记忆，早以某种形式深深地铭刻在我们的身体中。让我们也分不清，到底是梦还是记忆？这种生长在内心的森林或洞穴，谁也无法窥知，只能偶尔，模糊地领悟到。谁说我们呱呱坠地来到这个世界上，总是两手空空，已有这么多东西满溢了我们的心：草木、鸟兽、云彩、白昼与黑夜、森林与洞穴，还有永恒动荡的海洋。

真想成为一个深潜者，无限的下潜，触摸海床上的过往种种，将森林中远去的雾，以文字液化：甘甜的，苦涩的，在每一个贫瘠的时刻浇灌自身，回到原初的完整。

你，我们挥之不去的乡愁，

你，我们从未走出的森林，

你，我们用每一次沉默唱出的歌曲，

你，黑暗的网，

情感在逃遁中坠入。

在你开始我们的那一日，

你无限伟大地开始自己，

我们成熟在你的阳光下，

广布四野，落地生根。

——里尔克《我爱你，你至柔的法度》

三岁之前的人生

　　为了襄助西安的国学私塾，我曾经在这样民间自发探索的国学堂，和混龄班的孩子们讲过课，记得有次讲到《弟子规》的时候，"丧三年，常悲咽，居处变，酒肉绝"，父母去世之后要守孝三年，期间要常常追思感怀父母教养的恩德；自己的起居生活必须调整改编，不能贪图享受，应该戒绝酒肉。有个圆头圆脑的小男孩站起来问我，难道三年都不能吃肉吗？还有为什么必须是三年？

　　为什么是三年之约？我望着学堂孩子们亮晶晶的眼睛，回答说，这就是孔子说的"子生三年，然后免于父母之怀。"父母对子女，不但有着亲子的血缘关系，而且在子女生下来之后，差不多 3 年的时间内，都是在父母的怀抱中长大的。既然父母对子女有如此深厚的恩情，为什么子女不应当加倍予以报答呢？"父兮生我，母兮鞠我，拊我畜我，长我育我，顾我复我，出入腹我。欲报之德，昊天罔极。""守孝三年"之礼，不过是情动于中，以恩报恩，是一种从人类的天性中所产生的至高无上的情感，这种情感转变成一种纯洁崇高的道德信念，它是人类的神圣血缘关系的必然结果。如果一个人连生养、教育自己的父母都不知道报答，都不关心和爱护，又怎能期望他能关心他人、关心国家、报效社会呢？至于是否是要完全戒绝酒肉，那不过是形式上的礼法，就发自本心而言，礼仪之约束是在强调心中的灵堂三年不撤。

　　说起来，人生最初的三年的记忆，早就烟消云散，无影无踪了。一岁以内是婴儿期，一岁到三岁是幼儿期，三岁以上就开始进入儿童期。

三岁之前，流口水，走路不稳，口齿不清，三岁后，可以自己用筷子动手吃饭，帮大人拿需要的东西，逻辑清楚、修辞得当地和人争辩。当一个孩子三岁之后，父母就很有必要调整对他的态度和交流方式了。那么，我们三岁以前的记忆到哪里去了？我认为，凡是经历过的一切，都不会被遗忘，只不过是被埋藏，三岁以前的人生印刻，进入了我们的潜意识深处。为什么我们会记不起那些三岁前的往昔人生，或者只是模糊的影痕，因为意识是没有办法触及无意识的，那一切，都潜藏在深不可测的心灵海洋之中。往事并不如烟，一个人的"前意识"，甚至是深藏的"潜意识"，即"超我"甚至"本我"在一定条件下是会部分暴露的。中国人说"酒后吐真言"，"梦话言心声"就是一种深层次内心活动的暴露方式。另外到了某种特定的气候，进入了一种特定的环境，或碰到了某件偶发事件，深层的"本我"和"潜意识"就会突然爆发出来，我们会对某些人、某些场景，产生似曾相识之感，那是依稀往昔的浮出水面的重现。

日本索尼公司的创始人井深大，有一本书名为《从幼儿园开始已经太迟了，人生在三岁之前已经决定了》，这本书第一版是 1971 年。已经改版过无数次。在 40 多年前幼儿早期教育在日本就已经受到了如此的重视，相比之下国内的幼儿早期教育好像还处在发展的初级阶段。好像还没有一本类似这样被普遍认同的书。井深大有一个先天智力有问题的孩子，即使是这样的孩子如果在○到三岁期间受到适当的教育，智力也可以有相当的提高。可是当时由于井深大还不了解早期教育的重要性和方法，所以对这个孩子没有进行充分的教育。这也是后来井深大为什么全身心致力于幼儿早期教育的原因之一。另外，对井深大影响很大的是铃木镇一，铃木因为创办小提琴早期才能教室而受到全世界的瞩目。铃木才用一种独创的"铃木法"培养出了很多小提琴天才。

3 岁之前是一个人大脑发育的重要时期。一个人出生时脑重量只有

370 克，第一年年末时，婴儿脑重就已经接近成人脑重的 60%；第二年年末时，约为出生时的 3 倍，约占成人脑重的 75%；到 3 岁时，婴儿脑重已接近成人脑重的范围，以后发育速度就变慢了。所以孩子在出生后 2～3 年内，无论在生理和心理方面，良好的育儿刺激对大脑的功能和结构都有重要的影响。三岁以前，孩子的一切都是学来的，一切取决于外界的输入。而且是不过滤的输入。一个人对三岁之前所经历的事情会像海绵一样吸收。这意味着孩子性格形成和能力培养的关键期就在三岁之前，这个阶段的孩子跟随什么样的人，接受什么样的教育，就将会形成相应的性格。和其朝夕相处的成人所说的每一句话，所做的每一个动作都可能会深深地烙在他们的心灵深处，在其人生发展中慢慢呈现出远期效应。科学家把人生头三年叫作"形成印刻期"。就像印刻一样，在大脑产生痕迹，并在今后时刻发挥作用。因此，老话说"三岁看大，七岁看老"，是有道理的。

我们每个人所拥有的童年都只有一次，因此我们常常怀旧少儿时代的欢乐时光。那情感的初次战栗，那未知世界的宽广辽远，那探险的奇趣与兴奋，那对于生命的无知与冲动，是多么撩人心弦的美好。童年时越爱探索的孩子，长大后越聪明。因为他到处跑，到处玩的经验，促进了大脑神经元的连接，而我们现在对智慧的新定义是神经连接的密度。让孩子们在三岁之前更多地去快乐玩耍吧！无穷的变化会刺激神经的发展，增加神经之间的连接，而现在我们知道记忆、创造力、理解力就是同步发射的神经回路。

三岁之前的人生，埋藏着影响我们一生的生命种子。任何参天大树都是从萌芽开始的。唐代柳宗元借种树的郭橐驼之口说得好，要让树长得好，必须"其根欲舒，其培欲平，其土欲故，其筑欲密"。丢一颗种子入尘土，种下去了，耐心等着，让它在春风细雨中自然生长，它自然以茂盛的果实来回报你。

平静的绝望

记得大卫·梭罗在《瓦尔登湖》里说过，"大多数的人都生活在平静的绝望中"。平静的绝望，那是一种什么样的状态？我想起了海子的一首诗——《海子小夜曲》：

以前的夜里我们静静地坐着

我们双膝如木

我们支起了耳朵，

我们听得见平原上的水和诗歌

这是我们自己的平原、夜晚和诗歌

如今只剩下我一个

只有我一个双膝如木

只有我一个支起了耳朵

只有我一个听得见平原上的水

诗歌中的水

在这个下雨的夜晚

如今只剩下我一个

为你写着诗歌

海子活在孤独的世界中，这首诗无疑是绝望的，然而却写得轻描淡写。字里行间，有对珍贵的人间生活的眷恋，有对幽深而神秘的存在的沉思，有对爱情来临过得幸福礼赞，也有失去爱情时的痛苦凭吊。"这是我们共同的平原和水，这是我们共同的夜晚和诗歌"，这首诗通过"以前"和"如今"的对比，写往昔两人静坐相依的情景，写如今独自一人面对雨夜，写一种物是人非之感，写得平平静静的，没有撕心裂肺，没有呼天抢地，但却能感受到诗人不可控制地朝自身的黑暗在陷落。我想，这就是平静的绝望。

平静的绝望，相对于激烈的绝望。近年来，我们看到了一些令人心痛的事件。这些事件中，有些人因为绝望而采取了极端的行为。他们的行为受到了法律的惩罚，但是他们背后的绝望和疯狂却很少被人们关注。我们应该更多地关注这些问题，通过深入研究来帮助那些陷入困境的人。这样，我们才能更好地预防类似事件的发生。当一个绝望者孤注一掷，对全社会宣战，激烈的绝望具有极大的破坏力。其实大家都在同一辆车里，如果一个人绝望，那么所有的人都不安全。如果我们漠视他人的苦难和绝望，没准你我就会成为下一次悲剧的道具——一个绝望者自毁泄愤的道具。

在生活中，陷入这种彻底崩盘的人极为罕见。大部分的芸芸众生，陷入的都是一种平静的绝望。平静的绝望，是照常上班下班，买菜洗菜，吃饭睡觉，日复一日，年复一年，但是每每走在回家的路上，不论干冷还是湿热的气候，不论午夜还是傍晚的天光，总会默默地想了一路，为什么没有一个人、一件事，能够让自己欢喜起来，为什么要像一条狗一样，四处奔波，如同行走在一片雪原上，天黑地白，从大地的东方来到北方，跨过千里的茫茫，希望如风中残烛。

平静的绝望，只有暗里的呜咽，没有风中的怒吼。平静的绝望，是跪的模样，没有来自蛮荒的孤勇。平静的绝望，只有卑微的低头，戒掉了年少的狂。举目四顾，看看身边的人，缺口都一样，都一样，大家都斑驳沧桑得一模一样。彻底的绝望是很少有的，大部分人都是打了折扣的绝望，被稀释的绝望，没有那么浓烈黏稠，没有那么震耳欲聋。如梭罗所言，大多数人都是在平静的绝望中度过一生，所谓听天由命就是一种习以为常的绝望。人们之所以要消遣，要娱乐，就是要掩盖自己的绝望。

平静的绝望，是默默地在生活中沉下去，一切都笼罩在一种平静的死亡氛围中：在流逝的生活细节里，逐渐意识到自己并不真实存在，不是一个真正意义上完整的人，而只是一种生活方式和流程的执行者，一个社会要求和家庭责任的负荷者。面对无穷无尽、无法消散的竞争和压力，要永远保持像机器一样运转的心态，无论身处下游，还是跑在第一，都只能在恐惧中奋力前行，一刻不敢停下。平静的绝望，是在日复一日重复的时间表中慢慢失去生活热情。但是已经是个成年人了，崩溃已经被驯化成可控的了。于是，走在街头，你看到的是一张张微风拂过、没有表情起伏的脸，你看不到那平静下纳米级的一个个小型坍塌。

一个个看不见的小型坍塌背后，是从无忧无虑的少年变成随遇而安的成年人的过程。有的人变得成熟淡定，甚至仁慈宽容，当然也有的人变得毒辣刻薄，这因人的潜质而定。这是一场人人都要面对的考验和修行，又有什么办法？这便是贪嗔痴怒的人生。不要以为绝望只属于奔走在烈日街头尘土满面的讨生计的人，许多在世俗眼里获得了巨大成功的人，同样也摆脱不了他们要面对的精神困境。也许是无力去承担随着财富到来的诱惑、欺骗和空虚，他们疲惫、倦怠，焦虑，站在财富的高峰之上，注视芸芸众生，像吞噬了巨物却依然时刻处于饥饿状态的鳄鱼，志得意满却流露出幻灭绝望的眼神。真正让他们绝望的，未必是经济问题。每一个成功者光鲜的背后，都有他们的如人饮水、冷暖自知。不要低估迎面走来的每一个人，不论他衣履光鲜还是衣衫敝旧，在他看似平静的外表下，可能都有着无止境的怨尤，和绝望，得不到回应的绝望。

绝望的反义词是希望，在绝望的时代，要有盼望，有了希冀和盼望，就有了照亮前方的那道光。不过，我又想起了鲁迅的话，"绝望之为虚妄，正与希望相同"，其实这句话倒过来说也成立，希望与绝望一样，同样也是虚妄的。我倒宁愿蔑视人生的一切，无论绝望还是希望。一个成熟的人，一个成熟的国家，必须学会在一个没有答案的世界里生活，并主动承担种种人生选择所带来的后果。在这个意义上，平静的绝望也许是对的。它是早早认清了生活的无意义、荒诞、绝望之后，又安然接纳了这种绝望，并且与这种绝望和平共处之后的选择。平静的力量，向上牵引着我们的下沉，平衡着我们的不甘。这并不是一种软弱的悲观，而恰恰是一种有力的勇敢。被嘲笑、被讽刺、被讨厌、被怨恨、被放弃，但是依然在大大的绝望里小小的努力着。这种不想放弃的心情，让所有努力生活的人们变成无边黑暗中的小小星辰。

　　我们都是小小的星辰，在这个巨大无边的宇宙空间里存在着，平静地绝望着，却保留着一颗不甘放弃的心。

希望：人类强大力量的来源

看到一篇来自混沌大学的分析文章，在《流浪地球》中，人工智能莫斯计算出吴京的计划 100% 失败，所以它命令吴京躺回到冷冻仓里。但是，吴京顶着人类全灭的骂名，孤注一掷，去引爆自己拯救地球。莫斯只能感叹：让人类永远保持理性，确实是一种奢求。莫斯的指令是用概率计算出的理性结论，抛开《流浪地球》是一部春节档合家欢电影必须正能量不说，在真实的世界里，莫斯的结论到底对不对呢？

在混沌大学这篇名为《为什么聪明人未能拯救世界？》的文章说：不对。

因为，"有一个信息它一定没有计算在内，那就是尚未发生的，在理性预测中绝不可能去做的事情，比如吴京最后的孤注一掷。这样的事件并不在理性决策的视野内，因为从理性的因果角度来看，它们就不应该存在。但是人在希望的驱动下，却可以让这种事情发生，从而在理性决策的计算公式中加入了一个新的系数，也就有希望让成功的概率从零，变成一。"

我很认同于这种对人性的分析。没错，正是希望，这种典型的人类执念与冲动，把箭射到大海里的妄想，在绝对理性之外的万分之一的亡命一搏，成为变数，成为创造。希望可能导向失败，亦可能导向成功，它造就了人类最大的弱点，亦是人类强大力量的来源。

在人类一百代持续两千五百年的苦难流浪中，绝对理性支撑不了人类的前进，相信地球可以得救的那个希望，才是这个时代如钻石般宝贵的东西。只有勇敢的人，才能创造未来，只有希望的光，才能照亮前路。宇宙是无限的，爱与希望也是。人类终究不会被 AI 所操纵，因为我们会相信信念，相信那些美好的希望，这些人造的非理性的确定性，完全不同于来自机器程序的冷冰冰的确定性。面对不确定性，用概率去计算，可以做出最优的决策，但是唯有相信希望，才可以去做那些理性决策所不允许的，能够改变预定概率的事情。

我觉得这部《流浪地球》的电影，实际上传达的是人类希望的重要性——哪怕是最无望的希望。因为在内心深处我们都知道，从逻辑上说，我们每个人的人生都是一个无望的希望——由于残酷的命运，我们不能实现所有梦想。但我们也知道，没有希望就没有人生，所以只要我们还剩一口气也要继续追求我们的梦想……

《流浪地球》中有个经典画面：人类为拯救自己的命运，建立"空间站计划"，各国派驻航天员入驻联合政府空间站，成千上万火箭喷射升空，地面上的人们抬头仰望。这样的场面，不是来自残酷的战争，而是象征着全人类最后的希望。人类无不苦难深重、前途艰险，但在浓重的黑暗之中，总有希望的光芒。希望来自力量——如果不感到自身充满力量，就不可能有生活；力量来自信仰——如果没有坚如金石的信仰，生活就不值得一过。

最稀缺的品质是勇敢

最近看许知远《十三邀》中采访罗翔的视频，网红法学家罗翔有一段自愧连连的感叹："在我的词汇中，勇敢是一个最高级的词汇，因为我自己不够勇敢。在人类所有美德中，勇敢是最稀缺的。"这段话给我留下了极其深刻的印象，罗翔对于勇敢的描述真是深得我心。

鼓励勇敢进取，冒险前行，这是一种人类的普世精神。中国古人认为，君子有三种基本品德：仁爱、智慧和勇敢，孔子说："仁者不忧，智者不惑，勇者不惧"（《论语·子罕》），也就是说人如果有着一颗博爱之心，有着高远的人生智慧，有着勇敢坚强的意志，那么他就必然会具有良好的心理和精神状态，从而心底宽广、胸怀坦荡。美国不列颠百科全书出版公司出版的《西方大观念》一书，集选了奠基西方文明、代表西方文化特征的 102 个关键词，其中就有"勇敢"（courage）一词。在荷马的英雄史诗中，勇敢备受赞美，高于所有其他的品质。柏拉图、亚里士多德也分别讨论过人的四种美德，即勇敢、节制、正义、智慧（或审慎），勇敢在四种美德中排在第一位。后来，这四种美德一道被称为"基本美德"。可见不论东西方，都鼓励人们要勇猛精进，敢于先行，都认可勇敢这种散发着光芒的人类品质。

为什么说在人类所有的美德中勇敢最稀缺？因为，在面对复杂或危急事态的时候，光有智慧是不够的，这个世界上聪明的人很多，但是其中真正能够成就大事的却很少。种种利益得失、关系纠葛、世人毁誉、风云变幻，纷杂眼前，这个时候其实最考验人心，此时起关键作用的就是勇敢。中国的君子三德中，与勇敢并列的是智慧与仁爱；西方的四种美德中，与勇敢并列的是节制、正义、审慎，可见，勇敢，是慎思之后对这个世界有了深度的理解，明白什么事情对他来说是重要之后的行为判断，而非一时情绪冲动、一介莽夫之为。

比如，在司马光砸缸的故事记载中，面对"一儿登瓮，足跌没水中"的突发状况，文中说"众皆弃去"。此处的"众"，是指当时一起"戏于庭"的"群儿"。这个"弃"字真的是非常耐人寻味。初读时我觉得"皆弃"指群儿漠然，四处乱窜，不再管这件事。后来仔细琢磨，这里的"弃"，恐怕除了逃跑，还有努力之后放弃的意思。但是，当时还在场的人惊慌大哭根本于事无补，至于那些跑开的孩子有可能是去找大人帮忙，只是等到大人从别处赶来救人，跌入瓮中的孩子恐怕已经凶多吉少了。就在"众皆弃去"之时，挺身而出、智勇双全的司马光，真是沧海横流方显英雄本色！他不仅突破思维的屏障，面对突发事件，能够冷静思考，迅速寻求最佳方案，而且突破身体的弱小，挑选最适合自己使用的大石头，当机立断，一击必中，更是突破心理的负担，敢于破坏价值不菲的瓮，并克服事后会被算账的恐惧。而这一切，必须在电光火石之际，性命攸关的千钧一发，当下就作出判断、选择与行动。要知道，此时的司马光年仅七岁，就已如此凛然镇定，完胜多少成年人。司马光在多个方面突破了自身的限制，展现出了英雄的无畏与勇气。得失成败，成本代价，聪慧过人的司马光有考虑过吗？当然有，但司马光之所以能够勇于砸缸，在于他清晰地知道，人命比瓮缸重要，而人命危在旦夕，此时的奋不顾身、破釜沉舟，是对于生命的捍卫，是对于仁义的坚守。司马光在砸缸事件中展现的品格和勇气，奠定了他此后一生的行事格调。

勇敢的本质是对生活的价值判断，是人对自身软弱与平庸的超越。勇敢不是在安全范围内以小搏大获利的鸡贼，不是赌徒式的对人世名利的大欲大求，勇敢是去接近神圣价值，是去追求永恒意义。勇气不是没有恐惧，而是意识到有比恐惧更重要的东西。

要做一个勇敢的人，守一颗勇敢的心，是多么的不容易。记得康德在总结启蒙运动的时候说过一句极为重要的一句话，什么是启蒙？就是"勇敢地使用你的理性"。说实话，当年我根本读不懂这句话，使用理性为什么要"勇敢地"？后来，我从鲁迅那里多少知道了一些。翻开历史，中国历朝历代的战乱频仍，改朝换代的战争以及和平时期株连九族之类的暴政，对于中国人民就造成了长期的选择压力。那些勇敢的人、正直的人、富于正义感的人往往容易遭到杀身之祸。而那些唯唯诺诺的懦夫、奴才和顺民则可以很好地适应这种高压环境，在这种特定的选择压力下生存和繁衍下来。"事不关己高高挂起"，"人怕出名猪怕壮"，"枪打出头鸟"，"好死不如赖活"等等中国人耳熟能详家喻户晓的名言警句，都是中国生存文化的真实见证。一个人选择正道直行，随之而来就意味要承担风险，会被诬陷，会被伤害，会付出所有，甚至牺牲。因此，勇敢从来不是一件容易的事情，需要有足够的智慧来辨析，需要有足够的信念来坚持。这样的勇敢，当然是人类美德中极其稀缺的品质。

我希望我在这个世界上是勇敢的，在不需要策马横刀的和平年代，我的微末勇敢，不过是"自适其适"。所谓"自适其适"，就是要自得其乐，这是庄子所主张的人生态度，一个人要坚持自己的价值观与精神追求。人要"自适其适"，其实说的就是人的自由：不勉强自己与别人一样，也反对别人把意愿强加给自己，无论以何种名义。人通往自由的路，说到底只有这一途。

我在这样的"自适其适"中，读书写作至今。不需要别人的评价来证明自己，因为在那些无人瞩目的夜里，挑灯夜读和伟大灵魂对话的自己，独自承受却在孤独中找到自己力量的时刻，都那么可贵、那么值得。在我的理解中，这种"自适其适"并非是简单的自得其乐，它是早早认清了生活的无意义、荒诞、绝望之后，又安然接纳了这种绝望，并且与这种绝望和平共处之后的选择。这并不是一种软弱的悲观，而恰恰是一种有力的勇敢，甚至是一种存在主义意义上的英雄。真正的英雄可以是普通人，只要他能够努力让自己再勇敢一点点。如果一个人能看见一个更强大的自己，却没有勇气除去杂质，那才是软弱与可惜。可能有人会说，这算不上什么勇敢，可我举目四顾，能够做到"自适其适"的人，活得理直气壮的人，在这个几千年生存文化的社会，其实，也不多见。

从白银连环杀人案论人格分裂

　　一直在关注甘肃白银连环杀人犯的相关报道，2016 年落网时 52 岁的高承勇，曾连续在 14 年间作案 11 起、强奸杀害 11 名女性，受害人中年龄最小者仅有 8 岁。这一起被警方追查了 28 年的惊天大案，其案情细节看得人惊心动魄。高承勇专门选择身穿红色衣服的年轻漂亮女性作为下手目标，大部分作案选在白天，采用尾随盯梢或长期观察后直接进入所选女子居住地，进行强奸杀害、尸体切割，手段极其残忍，现场极其惨烈。他让整个白银长期处于惊惶之中，整个城市人心惶惶，草木皆兵，高中生不再上晚自习，女孩子们不敢穿好看点的衣服。

　　28 年来，这一系列杀人案社会影响恶劣，久侦未破，原因是杀人犯高承勇的性格特征，内向、抑郁、冷漠，不善交际，孤僻不合群，做事极有耐心，并且具有非常明显的双重性人格，做事隐蔽性极强，长期淹没在人海之中。最后是围绕指纹和 DNA 两个方面深入开展侦查工作，28 年来白银换了 8 任公安局局长，人工对比了至少十万枚指纹，前后请了上百位刑侦专家（还曾请过被称之为"神探"的李昌钰）才告破案。2016 年 8 月 26 日，高承勇在白银市被公安机关抓获时，他的长相让所有人出乎意料，他完全不是想象中那副凶残、暴烈的样子，只是一个自暴自弃、嗜赌如命的社会失败者。1998 年前后，高承勇一年内作案 4 起，也是高承勇和妻子争吵最凶的时候。他的两个儿子都进了名牌大学，儿子说父亲在他的童年里几乎没有什么存在感，高中之后住校，十几年里，在家里见到父亲的次数不超过 20 次。

　　生活中经历一连串失败、长期处于没有希望、自暴自弃状态中的高承勇，是一个经典的人格分裂者，他代表了我们这个时代的所有缺陷。在隐匿的 28 年里，他去过稀土厂打工、去过内蒙古谋生、在白银开过小卖部，给绝大多数人的印象都是和善寡言，老实巴交，说话慢声细语，没有人知道他可以身负 11 起血腥命案。他说他最害怕的是嗅觉灵敏的警犬，而不是人。一面是公开的"老实人"，不多言语，隐忍退缩；另一面却是冷血、面目全非的杀人变态狂。两个心，两颗脑，所思所想都是双倍的，自我人格分裂成两个的，但却只有一个躯体，一个世界。所以，注定孤独而阴郁，一旦找到某种出口就会危险地炸裂。他可怕地以一种伤害别人又伤害自己的方式活着，在人群中无声地游走。

　　身体是一件瓷器，生命的梦想也是一件瓷器。它们都是那么易碎。高承勇年幼丧母，父亲一手带大，家贫，兄弟姐妹众多，小时候学习成绩非常好，在当地属于上进的孩子，当年曾怀着当飞行员的梦想，但后来没能考上大学，因为高考落榜，也初恋梦碎。我揣测，是在怎么一种绝望的状态下，他在自己的一路向下的生命挫败中，种下和滋生出仇恨的种子？最后冤冤相报，恶性循环，因为，一个人格有问题的人是不会把生活过好的。可怜之人必有可恨之处！

　　弗洛伊德在早年提出人格的冰山理论，并说出了一句很有代表性的名言——人不是自己的主人；他认为我们每个人都是不可逃脱地受到来到潜意识里潜藏的一些本能冲动所驱动，潜意识更像是一个大型的垃圾站，毫无疑问，弗洛伊德在经典精神分析里面对潜意识的评价是负面的。我们人类还发明了无数种形形色色的方法去逃避痛苦，弗洛伊德将这些方式称为心理防御机制。太痛苦的时候，这些防御机制是必要的，但糟糕的是，如果心理防御机制对事实扭曲得太厉害，它会带出更多的心理问题，譬如强迫症、社交焦虑症、多重人格，甚至精神分裂症等。

　　二战后对纳粹屠杀和日本军国主义屠杀的心理学研究表明，对生命的漠视源于一种自我隔离的心理机制的培养：把另一部分人类不当人，当成可以随意处置的无机物体，这在个人，是一种人格的分裂，在社会，则是一种毁灭性的撕裂。它在运行中的社会后果就是，完整的社会解体了，变成了两个阶级：一个是吃人的、猎杀的阶级，另一是被吃的、被无情追逐和猎杀的阶级。在这样的社会中，谈政策、谈公共道德，都是完全不可能的，因为，人不再为人，生命失去了被珍视的价值，除了猎杀者的杀人游戏，就是被猎杀者的绝望反抗，这种反抗也必定是血腥和暴烈的。

只有对生命价值的珍视，才不可能发生这样的极端连环杀人事件。在中国传统文化中，有一个重要的精神基础就是"敬畏"，今天却成为最为稀缺的一种情感。"敬"是对生命价值的认定，而"畏"则是对生命的警示和自省。孔子说"君子有三畏"，他把人对天道的敬畏看作是培养人格的开始，没有敬畏，意味着人格的缺失。在过去的文化中，敬畏也意味着人对世界的一种理解，因为"敬"会有所为，因为"畏"会有所不为。不知敬畏的人，也很难真正理解正义和诚实。有了这种敬畏心，并非因担心受到惩罚才不去作恶，而是会从自己内心体会到一种人性的神圣感。这种神圣感，自然使你不愿亵渎生命。传统的人格训练的有价值部分，如何恰到好处地得以保留，并与现代性相融合呢？

我们正在面临着一个"双不时代"正在到来：前景的不确定性，自身的不安全感。在心灵深处，个体生命都充满无法言说的恐惧，我们以各自的方式在满足生命的安全感，在减消生命的不安全感。不管那是什么方式，至少，也是生命在某个特定的阶段，爱自己的最好的方式。这是生命中真实地呈现，不管我们是否知道原因，不管我们喜好厌憎，我们都要以最高的尊重和敬畏，去尊重它，去理解它，去倾听它。给予生命以高度的安全感，是向生命的天性致敬的方式。可是，穹顶之下，百般考验，我如何确证这一份生命的安全？

　　不安全感摧枯拉朽。我这代人认命，但孩子不能认。孩子对我类似宗教，是唯一超越现实、指向未来的可能。我最希望孩子，中国的孩子，能够建立起快乐健康的人格，有一个明亮温暖的心理底色，这样才能构建一份快乐的人生。人格的成功，才是人生的成功。

婆媳矛盾为什么是千古难题

2016 年 2 月，宁波慈溪发生一起命案，一位年轻的女护士赵某在家中的楼下被人杀害。死者的孩子案发时才 5 岁，春节后三口之家刚从南京旅游回来。当地警方迅速破案，事情原委是：婆媳之间长期不和。后来，儿子和儿媳买房搬出去住，看到儿子儿媳旅游秀恩爱之后，母亲的恶向胆边生，花了 5 万元雇凶杀人。这是一个极端的恶性案件，应该说不具备普遍意义，但我们从中看到一个心理扭曲的母亲和一个步步后退的儿子，以及一个夹在中间真正受害的妻子。这，却是许多家庭中的常见状态。

婆媳矛盾为什么是千古难题？与中国家庭的轮回机制有关。当母亲责备儿子"娶了媳妇忘了娘"，媳妇诘问"我和你妈掉进水里你救谁"，其实表达的是一种情感的争宠。这种婆媳"吃醋"背后，是畸形的中国家庭伦理。

怎样做父母是一个经久不衰的话题。1919 年鲁迅曾在《今天我们如何做父亲》一文中呼吁要"救救孩子"，当时的背景是新文化启蒙，要以割除陈旧传统的方式来为孩子成长开辟一条新路。斗转星移百年后的今天，普遍上，一部分男人在参与家庭的程度依然很低，这是一种情感上的封闭。并不是因为生存压力，而就是最基本的情感上的封闭，绝大多数家庭的结构都是这样的，男人是回避型的，女人是索取型的，这是非常典型的一种婚姻状态。人活得粗糙，婚姻也受到各种桎梏，许多人都很难找到情投意合的配偶，常见的婚姻态度就是"凑合着过"，往好听里说，就是"迁就""宽容"。

有一些男人缺乏情感能力，而且合理化成我要去投身事业，我要去养家糊口，觉得这就是对家庭的责任了。其实，正确的家庭是由爱组建起来的。物质只是其中很重要很正常的一部分，物质是绝对不可以组建一个真正的爱的家庭，家庭的核心是情感。但在这些家庭中，大家都缺乏情感能力，讲责任、讲伦理，多于讲情感、讲关系。男性从婚姻窒息中逃离的方式很多，而女性的天空是低矮的，她们日复一日，在柴米油盐的琐碎操劳中，领受着无爱乏味的人生，却根本逃不掉，社会认可女性的移情方式，就是把情感全都倾注和投入在子女身上。凡是子女身上获得了超出合理的母子情，就是控制欲。轻一点的，便是掌控孩子的婚恋和生活，要求子女事事都按母亲的意愿来行事、"逼婚""催生孩子"是常态；严重的，便是恋子情结，阻挡任何走进儿子生活的"第三者"。上面例子中就是一个极端，母亲看到儿子夫妻感情和睦，儿子不受控制了，便买凶杀人。

在这个案例中，关键人物是夹在妻子与母亲之间的儿子，他与现任妻子的感情不错，反抗自己的母亲，几番努力脱离他母亲的影响，把自己的小家庭搬出来；不久前还在朋友圈写道：老婆，我永远爱你！可惜，仍然敌不过母亲的丧心病狂。在孝道文化规训下，儿子反抗母亲的动作是微弱的，更多可以说是用"逃离"的方式来回避问题。一个人做事的动机，从为了赢取长辈或他人认可，切换到为了自己的利益、欲望或使命，这是人格成熟的重要标志，逃离的儿子，其实仍然是个"乖乖男"，就是一路压抑自己的需要而迎合别人（母亲和妻子），希望成为别人眼中的"好人"，而没有主动地在长期互动中理性地重构母子关系。据了解，在这个案例中，从儿子小的时候开始，这个婆婆连老公都不许接近儿子，父子亲热就发火；而儿媳的出现，对她而言，更是一个"第三者"，触犯了她的禁脔。当母亲的角色越来越主导，丈夫的角色渐渐褪色，尤其这类丈夫同时也是特别疏离的父亲。这类母亲基于她们本身的情绪问题，令她们无意识下想霸占心中深爱的男性，继而把这种想法投射在可以控制的儿子身上。

父亲如果从情感上完全脱离家，容易造成儿子性别认同出现问题，母亲难以避免把儿子摆到丈夫的那个位置，向儿子索取情感。被妈妈索取情感的男人，基本上都会成为回避型人格。什么叫回避型人格的男人？在小孩子的时候，他体验到了情感是难以承受之重。所以，等他长大结了婚，应该给妻子情感的时候，会刺激他童年时候感受到的不可承受之重。于是，他只有回避依恋关系，因为爱对他来说是一件负担很重的事情。

还有一些家庭，当母亲与父亲经常发生争执，母亲倾向希望得到儿子的同情和理解，尤其如果儿子跟父亲关系疏离，接下来会形成了母亲与儿子联合跟父亲对立的关系，儿子会视男子气概是一种粗暴和不体贴的表现，继而拒绝表现自己男性的一面。很多人都不知道与母亲的关系会对我们未来的生活有多大影响。母亲，仿佛幽灵一般存在于我们的生活中，指导着我们每一个行为，即使我们早已成年成婚。在一个人刚出生的时候，他和最初抚养他的这个人建立的情感纽带，将会成为他一生情绪发展、沟通模式、人格发展的基础。一个人一生中可能没有任何一种关系，可以像我们和母亲的关系一样，在潜移默化中塑造出我们的人格和沟通模式。

一个没有得到丈夫足够的爱与关怀的母亲，在孩子身上寄托了所有希望，不知道人与人的边界，认为一切都应该在自己职权范围，当管不着就开始歇斯底里。一个承担了母亲所有爱与希望的儿子，从小被情感绑架不能忤逆、按照着母亲的希望生活，在层层压力下只想找个地方遁逃，一个被母亲认为成为威胁的儿媳，在轮回式的恶性循环里，将缺爱的失落移情到自己的子女身上，成就下一代的母亲与儿子。这就是家庭的轮回机制。

当儿子逃离家庭的一地鸡毛之后，剩下的就是互撕的婆媳——两个被情感折磨得躁郁无比、虐心虐肺每天如在深渊的女人。与男人不同，她们两个就算互杠到底，也绝不逃离这个被称之为家的地方，害怕断了那份依赖后，未知的孤独。这一切，都因为女人身心太弱小、无法把控自己的人生所致。在情感困扰中，财富、地位、学识，统统不足以使女性豁免于情感上的弱势。

从七〇、八〇到九〇，其实我们家庭生存环境并没有变化太多，常规模式是：强势挑剔的母亲＋沉默隐形的父亲，或者受气怨恨的母亲＋严苛粗暴的父亲。通常两种模式合二为一，看似强势的母亲恰恰在感情中是弱势的，看似柔弱幽怨的母亲，又正是以受害者的面目操控着整个家庭。在这种夹缝里成长的女孩和男孩，其实从未真正体验过——亲密，更不用说在心理上完成与父母的健康分离。父母们总是想着给孩子搭建最好的港湾，希望能一辈子看护着孩子，殊不知孩子在不知不觉中已经变成了一个"巨婴"。你以为这个社会这么多的"妈宝男""妈宝女"是从天上掉下来的吗？不是，是父母尤其是母亲一手培养的。这个问题存在于你、我、她，无数个表面光鲜实则内心哀怨的女性巨婴之中，这个问题存在于你、他，无数个表面坚强实则内心怯懦的男性巨婴之中。而我们在子女成年后、仍然要强行介入子女生活的中国父母，在心理上也何尝不是巨婴？巨婴不是体型大的婴儿，而是不管多大，精神上依旧无法独立的人。

现在社会正生产越来越多的巨婴。都市男女到 30 岁依然吃在家里住在家里问父母要钱。说起来老大不小，行为依然是孩子做派：需要照顾，需要指导，期待许可，逃避选择，逃避责任，逃避辛苦，逃避独立生存的压力。这些巨婴的背后，都有不肯退出和放手的父母的影子。如果能够深入挖掘，都能挖掘出这些行为和他们与母亲的相处模式有着千丝万缕的关系。

想起龙应台在《目送》一书中那段经典的感悟："我慢慢地，慢慢地了解到，所谓父女母子一场，只不过意味着，你和他的缘分，就是今生今世不断在目送他的背影，渐行渐远。你站立在小路的这一端，看着他逐渐消失在小路转弯的地方，而且，他用背影默默告诉你：不必追。"父母承担抚育子女的任务，但这只是丰盛人生中的一部分经历。子女在十八或二十岁之后就脱离了父母家庭，独立生活；即便还住在一个屋檐下，孩子也有自己的工作、朋友，将来有自己的家庭、自己的人生，拥有独立的人格。与孩子的这一段同行与成长，是非常美好的人生体验，孩子们长大离开，原本就是人生的常态，那些对亲密关系的依恋不舍，增加了我们生命的厚度、情感体验的丰富，但绝不会比我们自己的生命更重要。合格的父母，应该为孩子的"独立宣言"感到高兴！

今天，所有正在或将来要做母亲的现代女性，都不应为了结婚而结婚，一生只为家这个社会结构付出，为了得到更多的认可和爱，长期压抑自我的需要，为别人而活而放弃做自己，最后又因憋成内伤的压抑导致的愤怒，伤害自己，攻击他人。随着时间的流逝，恐慌地发现，能够紧握在手中的东西越来越少，大部分都在逐年贬值，于是与周围人关系紧张，与这个世界的关系紧张，不惜一切抢夺存在感。在回首一生的时候，发现都没有人生规划过，以至于从来都没有认真思考过自己的真正价值，虚荣心填满了三围，一点容颜，经不起岁月的研磨，即使满怀着对子女的爱意，最后也以鸡飞狗跳终结。我们完全可以选择另一种活法，心胸、格局、成熟、练达，活得神清气爽，气场全开，也许我们曾经没有做对，但永远也不晚。斑斓多姿的世界，是在我们一生中都可以塑造的东西。

站在少年的世界张望

2019 年上映电影《少年的你》，让人直面校园霸凌这一幽暗地带。

导演曾国祥这样解释，《少年的你》为何要将重庆作为取景地，"重庆有很多大型立交桥、高楼，也有小巷子，就像个迷宫，把人物放在这里，就有一种逃不出这个地方的感觉，这个有助于电影呈现出青春期难以逃避的忧郁情绪。"

的确，重庆的天气夏季燥热潮湿，秋冬又阴郁湿冷，加上地形地势的层次感，魔幻般高低错落的建筑物，和《少年的你》想要表达的青春凶猛与压抑，在气质上非常相符契合。

少年世界的施暴者与受害者，都烙印着这个青春期的特征。电影里欺凌团伙带头人——魏莱，漂亮、成绩好、家境优越，完全不是一个典型"霸凌者"的形象。但她有典型的，在孩童和少年身上见到的恶：那种近乎动物般，残酷的、毫无理由、没事找茬的恶意。施暴者为自己羽毛艳丽而得意，丝毫察觉不到自己那股酷劲下的残忍，只为享受这股青春的蛮劲。甚至不用去想作恶的理由，只要一念所致，一时兴起，就可以把另一个人当作猎物，反复玩弄、逼上绝路。少年的世界，没有成人世界的虚与委蛇、权衡利弊，少年的世界，更接近丛林世界，充满了无遮挡的青春期的凶猛，那是一种天然散发的无知的恶。正如《少年的你》中那个老警官说的，曾经接手一个案子，有四个男孩活生生将另一个男孩打死了，审讯的时候才发现，他们根本不知道原来这样会把人打死。现实往往比电影更残酷。令人悲哀的是，身在其中的少年看不到这些残酷，而当我们成了所谓的"大人"，又会忘记这些残酷，过滤掉这些不美好。

而站在受害者的角度，为什么他们要这样内向、敏感、懦弱，谨小慎微？内心翻江倒海，面对大人却不发一言？青春期的软弱，大人总觉得矫情，对待少年，他们缺乏足够的共情，他们早已忘记了，或者说在成人的世界里麻木了，当初自己也曾跌跌撞撞、惶惑恐惧。要知道人在年少时，是很容易走进困境的。青春期，生命阶段的关键词是囤积。就像春天四处衔树枝筑巢的鸟雀一样，处于这个阶段的人，会将智力、经济、情感、见识、他人的关注，一点点衔回，构筑安全感。那是一个尚在搭建的阶段，一切都尚未成形，如果有风暴、有大雨，就会摇摇欲坠、面临破碎。才十几岁的孩子，世界还太窄太小，眼里心里只有家庭和学校，他们人生大部分的认同感，不是来自父母关心，就是来自学习成绩、师长评价、同学关系。哪怕其中一个环节出现了什么问题，都会成为压死骆驼的最后一根稻草。像电影里那个跳楼的胡小蝶，大人是无法理解她为什么会走极端的。而我理解青春期的诸多冲动中似乎总含有自杀冲动，这是很残酷的，一旦过了青春期，对生的热爱就占了上风，年纪越大的人反而越恐惧死亡。为什么在青春期更容易走向对生命的质疑？因为，这是一个不稳定的状态，有时荷尔蒙一触即发，有时瞬间心如死灰。少年并没有一个健壮的、稳固的灵魂。因为年少，他们对世界的感知那么纯粹。因为年少，他们相信世界非黑即白，活着或者死去，没有中间地带。

什么是青春期的心情？伤感懵懂，痛彻残酷，却又充满阳光，如夏日里烧荒草的味道，一种凶猛而又躁动的气息。少年的心性，清坚决绝，自尊脆弱而又怯懦无助，随便抓住哪一根稻草都当是救命的灵药，然而一旦钻了牛角尖，又绝望到要拒绝全世界，毫无回旋余地。

少年渡河，他们不知道，河那边到底是什么？这个问题，对他们来说好难。正如《少年的你》中女主人公陈念说的，"从来没有人教过我，怎么变成一个大人"。成年与少年，站在河的两岸，因为在不同的生命阶段，内心结构不会因此一致。所以，不要仅用大人的视角去揣摩少年们，有很多事情成人不会去那么做、那么想，但是，他们会，因为他们还是少年。

青少年的健康成长，是全社会都很关心的议题，《少年的你》将目光对准这个领域，把青春期那些伤口撕给人看，力图引起我们对少年内心世界的重视。整部电影的风格，是直白的，残酷的，同时是意味深长的。看完之后，让人久久难以释怀。

电影中有一句戳泪点的台词，来自郑警官对于陈念的真诚劝慰：

> "长大就像跳水，什么都别想，闭着眼往里跳就行了，那水里有石头有沙子有蚌壳，我们都是这样长大的。"

陈念身上有千千万万个被成长刺痛的孩子的身影。成长是一场冒险吗？即使是，每个人都要勇敢地试试，突破的过程也是探索和发现自我的过程。还有，固然在这个世界上，恶行从不缺席，但是，少年的你往前走，也一定会有人在你后面，默默地保护你，给你以关怀与善意。

看见一个真实的人

　　弑母三年外逃的北大学子吴谢宇于 2019 年 4 月 21 日在重庆江北机场乘机时被抓捕。这个曾经轰动一时的血案总算破案。吴谢宇为何要处心积虑地杀害相依为命的母亲？他在杀害母亲后为什么还要假借出国之名骗走亲朋 144 万？案发后的这三年他躲在哪里，历经什么？伴随案件进入司法程序，这些疑问正在一一揭开。

　　至今也没有人明白，这么一位在人人心中都是好孩子，品学兼优的北大高才生，为何会杀害自己的母亲，且一开始就丧心病狂想着用各种刀具分尸？从事情经过来看，他作案前一个月就买好了作案工具，显然是一场有预谋的杀害，而非一时口角导致的冲动杀人。网上有人从心理学、性偏差等等角度展开了各种分析，但都无法完全理解这起"连小说都不敢这么写"的弑母案。此案最诡异最恐怖的一点是：哪怕在案发后，所有认识吴谢宇的人，都无法将弑母惨案和他联系起来。因为，这是一个完美的嫌疑人，一个可怕的好孩子。

　　看见一个真实的人，是如此困难。有些人的隐秘人生，比小说更波诡云谲。你永远无法了解一个人平静的外表之下，内心冰河的汹涌。也许，高压下培养的追求过度"完美和洁净"的性格，加上超高的智商，才出现了吴谢宇这样的"危险"人格。这种"危险"，是指经不住风险事件的冲撞、随时可能自毁自伤、自暴自弃的那种危险，一种绷得太紧有失控可能的不确定性。他的内心潜藏着怎样幽暗的人性激情和秘密？这幽暗的人性激情和秘密，又怎样让他最终为了摆脱母亲谢天琴的控制欲，而实施了步步缜密、冷酷无情的高智商谋杀？到底是在哪一个临界点上，他趋向了人格的全面崩溃，压抑在心底的小宇宙突然爆发，丧心病狂，一改往日的温顺，变得凶神恶煞，干出了让人瞠目结舌、匪夷所思的事情。

看见一个真实的人，是如此困难。渡边淳一说过，许多人都过着双面人生。在身份（儿子或母亲）、面子（优秀或平庸）、幻觉（荣耀或累赘）之外，是怎样一个残缺的人，一个残缺的家庭，一段激流汹涌的青春期成长，一段琐碎唠叨的更年期枯谨。看似学业和人生都开挂的吴谢宇，怎样掉进了外人看不见的黑洞里？他也许一直在试图稳住自己的心理，让自己不要从悬在深渊之上的绳子上摔下来。那些从意识层面压抑进潜意识里的痛苦，也许一直在慢慢发芽。杀害母亲，不仅是吴谢宇蓄谋已久的念头，而且是他冷血残忍的理性暴行。他步步为营的弑母计划里面，无不藏匿着他真实扭曲的灵魂。可是，他的分裂和变态，因某种长久驯化或刻意隐藏，一直以来不被人察觉。

伴随吴谢宇的归案，更多细节将会公布于众。不管怎样，这对原本令人羡慕的母子，以这样的悲剧收场，还是让人唏嘘不已。看见一个人，一个真实的人，一个残缺的人，一个需要治愈的人，是如此困难。向深不可测的人性深渊看去，是一种危险的穿越，一种危险的路途，一种危险的回顾，一种危险的站立和停留。那些内心的痛苦埋得越深、且智力越高的人，越不愿意暴露自己内心。这对看似优秀完美、克制自律的母子，可能承受着外人无法想象的伤痛和困境。他们可能会找各种理由，去搪塞、掩饰、回避人们对其内心的窥探，封闭地活在了一个"完美"的人设里，拒绝向外人袒露自身的残缺。内心越是因敏感、敏锐，从世界上捕捉到的信息量越大。正因为捕捉到的信息太多，考虑太多，纠缠太深，所以更加矛盾焦虑，就像一场由小到大、渐成规模的雪崩。

吴谢宇，冷血的杀人犯，不仅应向生他养他、死在他手下的母亲忏罪，也应向他的一生道歉。因为，他亲手摧毁了自己的一生。他撕下了平时体面、完美、自律的好学生外衣，爆发了久被压抑的放纵，从悬在深渊之上的绳子上摔下来，面目全非，全身都是诡异的油彩。人失控的部分，往往是暴露本质的时候。他被点燃了，醒了，推开了窗子，看这满园的欲望多么美丽。光，影，声，色，都已经赤裸，痛苦着，卷曲又卷曲，却无处归依。三年惶惶逃亡路，某种深处的自我发现，转瞬即逝，是凿木取火般的瞬间，而长存的仍是黑暗，他早已沉没于黑暗。

想一想，人的生命真有点短，对于理解人的一生、表达人的一生或者说有一个正确的生活观来说。前 20 年稀里糊涂，临死的 20 年也稀里糊涂，不稀里糊涂的就是青壮年，青壮年还被眼前各种乱七八糟的贪嗔痴给扰乱了。看见一个真实的人，理出一份澄明的人生，真不容易。

《我》

穆旦

从子宫割裂，失去了温暖，

是残缺的部分渴望着救援，

永远是自己，锁在荒野里，

从静止的梦离开了群体，

痛感到时流，没有什么抓住，

不断的回忆带不回自己，

遇见部分时在一起哭喊，

是初恋的狂喜，想冲出樊篱，

伸出双手来抱住了自己，

幻化的形象，是更深的绝望，
永远是自己，锁在荒野里，
仇恨着母亲给分出了梦境。

1940 年 11 月

并没有黑白定判的世界

真正的伟大小说都具有丰富性与混沌性，不做是非黑白的评断。从《红楼梦》到《白鹿原》到《三体》都是如此，哈代、福克纳、陀思妥耶夫斯基都是如此，他们耐性多好，哪里会在书中直接现身宣扬什么道德。好的小说，必然是复杂、多义、混沌的，可以向无数个方位展开，展示多样性与可能性，就像珊瑚或者什么海生物的触角似的，抹去虚幻与现实相接的所有痕迹，使它们浑然一体，对生活本态进行还原，展现现实的原生态，将"原色原汁原味"和盘托出，达到了"毛茸茸"的程度。

直面着生存的平淡与纷纭，历史的激荡与混沌，如果文学还有存在的必要，我认为就是因为，存在着人类理性无法解决的困境——一个关于道德，另一个关于死亡。所以文学存在着，窥视着我们的混沌，刺激着我们不断省视道德和死亡。我认为这是好小说的职责。

世界本来不像公元前六世纪古希腊哲学家巴门尔德所划分的那样对立分明：光明/黑暗；优雅/粗俗；温暖/寒冷；存在/非存在；崇高/卑鄙，那不过是一种人为的概念设定，在现实中广泛呈现的，是两极之间一片广阔的灰色地带。灰色地带以其不确定性的存在，显示出二分格局的悖谬，它的意义正在于它的不可命名性和包容性。任何简单的定义都不可能涵盖它的深奥与复杂。人性的深处是暧昧，生命范围内，根本没有黑白分明的精神尺度和道德准则。但为什么有些人可以理直气壮地黑白定判世界呢？也许因为身为精英，构建理论体系，自有价值尺度，所以貌视众生，哀其不幸，怒其不争，合之则存，不合则去，你我之间分野清晰，无牵挂者有决断，而且干净利落。但另有一些人，却没有那么洒脱，没把自己看得那么高，结果和芸芸众生难免心理上牵扯不断，他们明白人类习惯于凡事分出黑与白，但很遗憾，现实都是灰的。与其说世界是清晰、透明的，还不如说处于混沌、杂乱之中，所以会对人性有诸多体谅与包容，知道生命中有很多问题是不能得到解决的，比如一些隐秘的黑暗面，其中的困境以及种种困惑，它们难以被解决，但是要有直接面对它们的勇气。

十几岁时读了许多"高大全"的读物，就和喝多了三鹿一样，智商停留在幼稚状态，还经常意淫自己高尚强大，是宇宙无敌第一道德超人。感谢上大学之后读了陀思妥耶夫斯基，多少挽救了我一下。"他把小说中的男男女女，放在万难忍受的境遇里，来试炼它们，不但剥去了表面的洁白，拷问出藏在底下的罪恶，而且还要拷问出藏在那罪恶之下的真正的洁白来。而且还不肯爽利的处死，竭力要放它们活得长久。而这陀斯妥夫斯基，则仿佛就在和罪人一同苦恼，和拷问官一同高兴着似的。这绝不是平常人做得到的事情，总而言之，就因为伟大的缘故。"这是鲁迅关于陀思妥耶夫斯基小说风格的评论。鲁迅称他是"人类灵魂的伟大的审问者"。

永远不要考验人性的黑暗面，真相远比你想象的更黑暗。因为，现实永远比电影更加离奇，黑暗面总是在看不见的地方发酵溃烂。同理，任何事物也都有光明面，哪怕云层再黑再厚，背面也银光闪闪——虽然绕到云层背面去看也够麻烦的。

我们所处的世界是定性的、逻辑的、整体的、价值观的、黑白的，但是，同时也是定量的、经验的、边际的、实际的、灰色的。价值观、理论、逻辑等，都来源于经验与实践，然后，当价值观、理论、逻辑再返回现实的时候，却必然、也应该受到经验、数量、边际的制约。仅仅通过逻辑推导得到的定性结论，往往铿锵有力、掷地有声、十足的价值观正确，但是，往往与现实相差太远。

人世是复杂的，人性深不可测，人类心灵的微妙变化犹如外在服饰上的千变万化。正如曾国藩说的"天下无一成不变之君子，无一成不变之小人，今日能知人能晓事，则为君子，明日不知人不晓事，即为小人，寅刻公正光明，则为君子，卯刻偏私晻暧，即时为小人"。如果一味强分善恶，但就像王小波嘲讽"明是非"者一样，"强分黑白，遇事激扬者，文人轻薄之习也。不察而效之，动辄区分善恶，品第高下，使优者未必加劝，而劣者几无以自处"。

美与丑看似对立，但实际生活中两者纠结在一起。苏联电影大师塔可夫斯基在《雕刻时光》中曾说："丑与美互含于彼此之中。这个巨大的矛盾，以极尽荒谬之能事渗透、发酵生命本身。"正因这样，芥川龙之介才说艺术带有难以言喻也难测深度的残酷。但如今，我们大部分的当代文艺作品，面对人生、社会、宇宙的严肃问题时，都是固有体系在说话，而字里行间，并没有一个恣肆生长、精神探险的独立灵魂在努力发声，自然界的千姿百态，常常在人这里变成了印版般的几个类型，文化变成了模式而不能随时迸发出不同人的令人讶异的异态。我不喜欢这样一个黑白定判的世界。为什么生命不说话，而逻辑滔滔不绝？那人性的焦灼、痛苦与欢乐在哪儿？为什么历史那么具有规律，而不是呈现出某种混沌的状态？

在我看来，对世界的评判，在价值观、理论、逻辑的基础上，还要再加上经验、数量、边际，这才是一种洞察世事的折中，才是人类文明演化中积累的智慧。艺术最深刻的状态是混沌，是纠结。混沌和纠结，往往才是世界的真相。

我们每一个人的重重面具

这个世界上哪有不戴面具的人，人人脸上都有一张或若干张面具。

人只有独处时才是自然的（natural），一旦进入人际关系就是文化的（cultural）了。既然是文化的人，就需要有各种类型的人格面具：教师、学者、政府机关工作人员、生意人、全职妈妈、职业女性、医生、农民、文艺青年，还有诸如什么腼腆、随性、幽默、优雅、内向、文静、开放、叛逆、雷厉风行、大大咧咧、谨慎细致、活泼开朗、成熟干练、乐观自信、林黛玉、女人味、名媛范、贵公子、邻家小妹、善于言词、有主见、有经历、有品味……这些，都是我们的面具，形形色色的面具。人的最自然的状态是独处，可以想做什么做什么，想什么时候做什么时候做，想什么样什么样，不用化妆，不用盛装以待，不用戴上面具。而在社会人际交往中，我们都会自觉不自觉地，戴着面具粉墨登场。

美国社会学家欧文戈夫曼曾提出"拟剧理论"，将社会中的人比作舞台上的演员。舞台大体分为前台和后台两个区域。大家在前台，也就是在能被别人看到的地方，利用外表和举止表演出希望被人接受的信息，后台则是演员离开前台，进行休息和缓解表演紧张的地方。我们真正的后台是独处，因为独处才是人最自然的状态。此外，良好的亲情或爱情场景，也是我们的后台。因为，亲情最接近人的自然状态的，人在幼时无法独立生存，物质上要靠亲情照料，由此在精神上产生了对亲情的依赖。爱情关系由于灵魂的接近、相互喜爱和重叠，也可以达到接近人的自然状态的程度。爱到深处，两个人竟至会有合二为一的感觉，你中有我，我中有你，你就是我，我就是你，这样的关系可以使人不再感觉负担，不用伪装自己，身心可以处于自然而然的裸呈状态。当然，这世间有许多爱情也是戴着面具的，因为，面具背后的人，因某种心理障碍而认为：你会爱上我的面具，你会厌恶我的真性情，伪装下去我失去自己，但掀开面具会失去你。

如今，在大众栖身的社交网络上，前台与后台早已边界模糊。社交网络完美地将后台搬到了前台，这下子所有人都能是全天候的演员了，无论人前人后。在离开群体的地方，社交平台上发表的文字和 po 出来的图片，都是很安全的面具，我们可以戴着它们表演自己理想的形象，就连自称女汉子的姑娘自拍前也要纠结好几个角度，有多少人一边安利着北欧风的清新家居和琳琅满目的奢侈品，一边是没有入镜之处猪圈般的脏乱差，以及未及清理的泡面辣条肥宅水。理想的自我形象经营在社交平台上是极重要的，朋友圈里生活精致又体面，现实生活中极可能是另一种模样。

我们想成为的那个人，与我们实际状态是有相当差距的，但大家所描述的那个"我"，有可能与真实的那个"我"之间也偏差很大。这是因为人们都是戴着人格面具的，每个人格面具都有自己的特点，别人识别出来的是不同的人格面具。人们在不同的场合使用不同的人格面具，可以适时切换，但切换往往不是很彻底（那种女神与女神经之间的无缝切换，往往只属于影视作品和舞台剧），有些人格面具会被带到其他场合，或在其他人格面具上留下痕迹。也可以说，人们在一个场合可能不只用一个人格面具，而是好几个人格面具同时出场，但有主次之分。

比如，当我说是一个非典型老师的时候，就是说除了我的主要人格面具"老师"之外，我还有很多别的次要的人格面具啊！比如，我还有文艺青年、少女心这些部分，甚至我自身尚未发觉的其他部分。很多时候，人的自我认知常常是滞后的，外表已经发生变化，别人都看出来了，自己还以为是老样子。一个人越是矛盾多变，恰恰越是面具丰富的表现。

人人都是戴有色眼镜看世界的，我们与这个世界的关系，其实是我们的态度与这个世界的关系。为什么即使对同一个人，不同的人也会看出不同的人格面具？这是因为，看面具的本质是投射。一个人只有内心有某个人格面具，才能看出别人的这个人格面具。如果内心没有这个人格面具，他是不可能看出别人的这个人格面具的。我们对他人的判断，常常只是我们内心的投射作用，是遇到适宜的对象或匹配的刺激，我们内在本来就具有的人格特质被激活，从而"我眼观万物，万物皆着我色"。

什么才是我们真正的"自我"呢？这个"自我"是大自然用不可越逾的器官限制所形成的，使每一个人在芸芸众生之中变成特立的、可辨识的个体。这个"自我"从出生起，便任由一生种种遭遇加以塑造：压抑的欲念，隐藏的折磨，谨守的谎言，沉默的叫喊，无声的啜泣，否认的悲伤，克制的愤怒，囫囵吞下的羞辱，被排拒的狂笑，被打断的独白，被出卖的秘密，来得太快的快感，消失得太早的意乱情迷……这个"自我"由这宇宙间最活跃、最不稳定和最难以掌握的万事万物流变所塑造，它的一张张面具不断在生成、在变化、在更新。

时代的车轰轰地往前开，我们坐在车上，仿佛有许多历史的画面一起拥挤在狭窄的车窗上，我听见外面传来了海涛般的喧哗。在列车经过的烟尘弥漫的街道上，我们在一瞥即逝的店铺的橱窗里找寻我们自己的影子——我们看见自己的脸，晃晃荡荡的，重重叠叠的，苍白，渺小，脸上有着各种各样的表情变幻，崇敬，厌恶，仇恨，喜悦，愤怒，悲伤，惊恐，恍惚，无聊——我不知道我究竟应该是哪一个，也想不出自己的脸上会有一张什么样的面具。

千姿百态的人

有些人

大千世界，众生百态。

有些人上升得快，有些人上升得慢。有些人的高光期在人生的前半段，有些人则在后半段。

有些人像草、灌木和杂树，表面长得很快，却不持久。有些人成长很慢，但却像松树，成长了就是大才。

有些非常幸运的人有着与生俱来的天赋，而有些人必须经过刻苦学习才能熟练掌握某种技能。在某种程度上说，人生而不平等，因为人人都有他的长板与短板。当然所有的天赋都需要后天磨砺才能发扬光大，而笨鸟先飞的人，也可以通过努力学习，刻意训练，慢慢缩短差距。

有些人的成功来得不费力气，人生简直是一帆风顺。而有些人，则不知要在幽暗处蛰伏多少年，默默地蓄积力量，咬定青山不放松，才终于迎来翻身之日。

对有些人来说，太强烈的情绪是一种灾难，但对有些人来说，没有强烈的情绪，他将一事无成，激情几乎是他可以拥有的最高天分。

有些人习惯于规律作息，记忆效率在早晨八九点钟最高。有的人习惯于挑灯夜战，到了夜间思维才活跃兴奋。

有些人懂得未雨绸缪，永远都在为自身的下一步盘算计划。而有些人，即使明知道那一天即将到来，却只是以拖沓的姿态随波逐流，把自己交给未来任其摆布。当然，前者也未必总能安排妥当，因为人生有些事情就如打喷嚏，虽然已经有所预感，却还是措手不及。

　　每个人都或多或少有缺陷，有些是身体上的，有些是精神上的。所谓"正常"，恰恰是世间最罕有的东西。我们所看到的旁人的"正常"，也许只是某种表象，有些人的隐秘人生，比小说更波澜壮阔。

　　有些人的休息方式是一动不动，他们觉得只有身体完全停下来，头脑才能放松。但有些人的休息方式，是读难懂的小说、做填字游戏、熬最深的夜做喜欢的事，用另一种兴奋来转移和消除此前的疲惫。

　　这个世界上呈现着迥然不同的人。我们不孤独，是因为有些人跟我们一样；我们会孤独，因为有些人跟我们不一样，且彼此隔绝。

　　有些人在你生命里屡屡划过，却留不下痕迹，是你看过便忘了的风景。而有些人，一面之缘，就嵌入大脑回路深处，在你的心里生根抽芽。那句话怎么说的？"有些人一眼便纠缠一生，有些人相伴半生都不及那一眼"。

　　有些人，只能离开；有些东西，只能放弃；有些记忆，只能埋于心底；有些过去，只能选择遗忘。不过，有些人遇在世上，总比未曾遇到过好。有些岁月知道众生里有你，总比一个人独撑着时间的分量好。

一个反射弧很长的人

我时常被人误解为高冷，其实，我只是突然看到一个人想不起要说啥要做何表情，无法及时灵敏地、恰如其分地进行社交应对。作为一个后知后觉的人，我总是在某件事情刚刚发生之时，表现得十分平静淡定，漫不经心，过了一段时间之后，一种强烈的情绪才突然涌上心头。为什么情绪反应如此滞后呢？我看到网上有一个极有意思的概括，这种现象叫"反射弧很长"。

来一个经典的场景展示一下：

某天晾衣服的时候，一个不锈钢衣架没挂稳，直直地掉下来了。此时——

脑子里这时候有个声音在说："你的衣架掉了。"

又有另一个声音在应："我知道啊！"

那个声音又在说："你的衣架真的掉了。"

另外一个继续应："我知道啊！"

这时，伴随着什么东西咣当砸到地上的声响，我的左脚被什么东西砸了一下，好痛～！我听到我在喊："天哪！我的衣架掉了！"

真的就是这样，生活中这种"反射弧很长"的事时有发生。当然，也不是事事反应慢、天然呆，也有眼观六路、耳听八方的敏捷时刻，一点点风吹草动都能捕捉得到，但一旦开始感觉慢半拍，别人对你拼命使眼色你都反应不过来，不知道话说到什么程度算适可而止，往往说了一些别人不乐意的话而自己还理直气壮、毫不在意。被人不尊重的对待了，或者被人怼、被人挖苦、被人嫌弃，或者被人当枪使了，当时只觉得不舒服或哪里有点不对劲，两三天以后想起来，甚至两三个月以后才回过神来，还有的能到两三年以后才琢磨明白。从来不是八面玲珑的人，常常不经意间，就成了没有眼色的人。可以说是情商低，情商低的人，不是"不合群"，就是"讨人嫌"，要不就是"哪壶不开提哪壶"，这就麻烦了。这种因缘种下的恶果就是，从童年到成年后的社交都非常坎坷，很多年的时光都是自己一个人，融不进周围的圈子，不是不想，而是"反射弧很长"让自己莫名其妙地被排挤了。

我想每一个反射弧长的人，可能在小时候不止一次压抑、扭曲过自己的真实感受。这一类人的内心往往都非常脆弱，为了避免触碰到真实内心，他们会产生某种"隔离心理"。他们通常选择在自身还没有感受到负面情绪时，就无意识地提前将负面情绪隔离了起来。这样的隔离，可以让他们试着不去面对接下来可能产生的一些伤害和痛苦。这种"隔离心理"其实是自欺欺人的，理性大脑已经知道了现在应该是个什么状况了，也知道现在需要作出某种"情绪"、某种"反应"了，但是你却不知道具体该怎么做，不能说完全意识不到发生了什么，而是就算意识到了，你也会迅速转移或刻意淡化，表现得十分平静淡定，一副事不关己的样子。别人看来你内心毫无波动，其实并非如此。

相信我，每一个反射弧很长的人，这些表面上显得慢半拍的人，只不过给缓冲了一下而已，他们总是会在一件事情已经过去了好久之后，或者是彻底的过去之后，突然之间，电光火石，就会来了情绪，久已压抑的情绪狂潮，排山倒海席卷而来，让他们的心一点点地遭受煎熬。而这时候，很久之前发生过的事件，早已覆水难收。

据我所知，一个做事高度专注的人，也容易反射弧很长。因为他们的注意力一直都处在极其繁忙的状态，没有多余的注意力了。人的大脑分为理性大脑和情绪大脑。情绪大脑是我们的原始大脑，是人类历经二十万年的时间留存至今的部分，它位于大脑的内部。而理性大脑，则是人类在近千百年才形成的部分，它位于较外侧的大脑皮层。我们不同的行为分别受到这两个大脑的支配。根据能量守恒定律，当一个人在深度思考的时候，也即用理性大脑去支配自己的行为的时候，大脑处于"忙碌""被占用"的状态会干扰到情绪大脑的欲望和反应。人一专注，就容易出离现实，离开社交，整个世界对他来讲，好像已消失了一样。这时候，他做出一些令人叹为观止的迷糊之事，其实都可以理解。

记得以前看过这样的故事：物理学家安培某日离开家门时，在门上写了一个便条"安培晚上才会在家"，但是那天他白天就回来了，边走边思考一个学术问题，看到了自己门上的便条，便转身离开了，因为他忘了自己就是安培！还有著名的例子是牛顿，他想要煮鸡蛋，于是取下了表，看了下时间，但是两分钟之后发现手里还拿着蛋，而手表已经在锅里煮着了。当这位伟大的物理学家书写自己的著作，他完全专注于思考，甚至忘记了穿衣吃饭。我虽然没有如牛顿那样在为全人类思考三大运动定律，但也经常用尽所有的精神能量专注于一个问题，这时候的我，就会呆呆地看着一个不锈钢衣架自由落体砸到我的脚上，我可以做到面无表情地观察全过程而纹丝不动。

一个反射弧很长的人，一个后知后觉的人，你可以把他看作不够聪明、不够敏锐的人，也可以把他看作"难得糊涂"、活得单纯洒脱的人。敏感而不动声色地觉察到关键信号和信息，并异常敏捷地给出卓有成效的应对的人，是我所羡慕的，但钝感对我未尝不是一种保护。也许正是潜意识里的自我防御机制启动，使我成为一个反射弧很长的人。现代人承受着前所未有的高压，如果过于敏感，那么人的意志与朝气将很快被消磨殆尽，而拥有一种大大咧咧不在乎的态度，才能更好地适应社会。拥有迟钝而坚强的神经，就不会因为一些琐碎小事而产生情绪的波动。

钝感虽然有时给人以木讷的负面印象，却也能让一个人排除干扰、勇往直前，拥有和坚持自己独特的行事风格。人都是需要不断成长的，后知后觉的意义，在于它是一个人反思、觉知、提升自我的途径。就算我现在总是后知后觉，那说明我的成长还需要这种经历。我理解，先知先觉的能力，建立在无数后知后觉的生活磨砺之上，正如懦弱是勇气的条件，英雄是弱者所成就的一样。

因为反射弧很长，我有反刍的思维习惯。"反刍"的形式，看起来很像"反思"或"复盘"。有时，它会以"怀旧"或"多愁善感"的方式呈现。反思是对我有益处的，因为可以从往事中总结经验，调整心态，更好地指导未来，虽然改变不了业已发生的事件，但可以改变自己的认知和心态。但是也有负面的部分，有些当时被感觉麻痹了的事件，其实是你非常在意、无比纠结的，你的反射弧可能是两公里，甚至绕地球两圈，当很多年以后，领悟突然到来，失去的早已永远失去，往事带着日暮的苍凉和霜雪的凛冽，定格在你的记忆里，供你一遍遍地反刍，一次次地午夜梦回，一番番泪流满面。你要用一颗强大的心脏才能避免过度反刍，避免心态崩塌，陷入消极情绪。这种反刍必然会加剧和延长一个人的痛苦，每次反刍都会让记忆更加鲜明，更加难忘这种痛苦的处境，成为一个不断持续的恶性循环。这就是后知后觉的后果，别人早已事过境迁、云淡风轻了，而你，当年浑然无事的你，其实身上拖带着一个世界，由你所见过、爱过的一切所组成的世界，布满了阴影和裂缝的世界，多年之后你仍然不停地要回到你身上所拖带着的那个世界去。

反射弧这么长，可以剪短吗？是不是只有通过自己不断的刻意训练才能慢慢修复，然而当你修复之时，你已茌苒了那么多年的时光……

那些有奇异知觉的人

有些艺术家，确实可以在混沌的潜意识里，对于这个世界形成一种特殊的知觉力。比如张爱玲，她就觉得音符是有颜色的，越往高音处越浅淡，越明亮，桃红这个颜色是香的，又有什么字形，看上去就脏相，不干净。张爱玲在八岁时，母亲留洋回来，像一束新奇而强烈的光，照进前朝遗老的张家，蓝椅套玫瑰红地毯的新家，让小爱玲觉得一切都是"美的顶巅"，甚至连带喜欢上英格兰，因为这三个字让她想起蓝天下的小红房子。张爱玲说"法兰西"这三个字是潮湿多雨的，"英格兰"就感觉清爽洁净。其实英国是多雨的国度，但即使多雨，偶有晴天，英国的天空也每每蓝得坦荡，蓝得让人心醉，尤其是雨后初晴的日子。为什么看到"法兰西""英格兰"就可以直接感知呢？这是一种很奇妙的直觉力，没什么道理可讲，别人很难复制模仿。

说到通灵般的奇异知觉，怎么能不提 19 世纪法国天才诗人兰波呢？

《元音》

兰波

A 黑、E 白、I 红、U 绿、O 蓝：元音们，
有一天我要泄露你们隐秘的起源：
A，苍蝇身上的毛茸茸的黑背心，
围着恶臭嗡嗡旋转，阴暗的海湾；

E，雾气和帐幕的纯真，冰川的傲峰，

白的帝王，繁星似的小白花在微颤；

I，殷红的吐出的血，美丽的朱唇边

在怒火中或忏悔的醉态中的笑容；

U，碧海的周期和神秘的振幅，

布满牲畜的牧场的和平，那炼金术

刻在勤奋的额上皱纹中的和平；

O，至上的号角，充满奇异刺耳的音波，

天体和天使们穿越其间的静默

噢，奥美加，她明亮的紫色的眼睛！

　　这首《元音》是诗歌史上最著名的迷之一，兰波将元音字母赋予颜色、味道、声响、动感、画面、情绪等一系列意义，就像一场感官和想象的盛宴，兰波用自己的方式要"看破元音字母的隐秘"。对于这首诗，直到今天依然众说纷纭，争论不休。高元音 E、I 声音明快、轻盈，低元音 A、U、O 平缓低沉，与此相对应，白色和红色明快、轻盈、耀眼，而黑、绿、蓝却平缓、低沉、柔和。白云、雾气、冰川、鲜血、朱唇作用于人的视觉器官而给人的感觉，与 E、I 作用于人的听觉器官而给人的感觉十分相似；碧海、牧草、黑苍蝇和紫眼睛给人的感觉与 A、U、O 给人的感觉也大致相同。这是将不同感觉联系起来的、使人产生幻象的文字，那种充满了炼金术、酒醉的朦胧张扬和少年浪漫不羁的文字使人进入一个全新的"灵"的世界，神秘而美丽。当然，也肯定会有人说这首诗不知所云、晦涩难懂，艺术所制造的是一些陌生的事实，习惯性的理解方式总是在艺术面前碰壁。艺术家力图使受众以非常的方式接受他所创造的陌生事实，而受众却更愿意以正常的方式把它转换为熟知事实。受众总想拒绝艺术品的非常创意而替换为正常的理解，这是艺术家和受众的一个永恒矛盾。

兰波的本质，是如同热带雨林疯长的植物般肆意妄为、疯狂而柔情的自然生命。兰波特殊的知觉能力，使他的诗句如幻觉，太过偏爱对内心幻影的描摹；使他的人生亦如幻觉，介乎象征主义和超现实主义之间，太过隐喻和超前。那个元音有着颜色（A黑，E白，I红，O蓝，U绿）、每个辅音都有特定形体和姿态的世界，当然是兰波自己的发明与个人知觉。兰波对此声明，"我确信，我看见了（这些），有时我确信感觉到这一方式，我说出它，我叙述它，因为我发现它像别的一样有趣。"可事实上，我们每个人观察到的并不是自然本身，而是自然对我们的观察方法做出的回应。我们每个人所采取的感知习惯和感受态度，可视为构建世界的一种方式。如何才能如兰波、张爱玲那样，对气味、声音、颜色，对一切感觉进行奇妙的错位和创造性的融合，以丰富的"未知"发现，去不断刷新这个世界呢？

此刻窗外，正是农历二十八的月亮，月底（三十日）月光都尽，谓之"晦"，二十八，近晦也，天空上是一弯韭菜叶似的残月。打开窗，痴痴地望，我觉得这纤薄的月，很像一个逗号。逗号不像句号，将意义锁死在它浑圆的静止里。逗号，是一个不易察觉的停顿，一种闪烁着，而又被隐藏的犹疑姿态。圆月是一个句号，启示录般严正地高悬天空，朗照大地，有一种雄辩滔滔的高昂调子。此刻，打开夜晚这本书，在无边无际的深蓝里，在春天的一个章节里，天上的月亮还只是一弯逗号，似乎有许多话没有说完，似乎有很多意义有待加添。

那些充满矛盾感的人

如果在一个人身上，可以看到非常多相互矛盾的特质，比如脆弱和强大、理性和疯狂、自律和失控、热情和冷漠、随和与固执，少年人眼底超越年龄的深邃，中年人不顾一切地任性，耄耋老者笑容中的童真……这些矛盾的集结呈现，必然构成了他或她耐人寻味的魅力内核。

想起主演过电影《沉默的羔羊》的著名演员朱迪·福斯特 17 岁时说过一句话："我想女性演员最好的特质，有时是一种疯狂，对于男性，我想最重要的是一种脆弱感。能透露出我能被伤害，我很敏感。"太过单一的性格，始终会显得肤浅和乏味。力量感在女性身上，脆弱感在男性身上，都是一种非常迷人的特质。

说到女性身上的力量感，我立刻想到了一个女子——开元盛世时唐宫第一舞人公孙大娘。杜甫曾写过一首名叫《观公孙大娘弟子舞剑器行》的长诗回忆公孙大娘的曼妙舞姿，其中一句"先帝侍女八千人，公孙剑器初第一。"肯定了公孙大娘剑舞天下无双的地位。公孙大娘舞的是什么？是剑器浑脱舞！据史书记载，浑脱舞第一次出现在中原是北周大象元年，地点是皇宫的正武殿。宫廷三宫六院和大臣穿得鼓鼓囊囊，围坐炭火旁观看舞蹈。时值寒冬腊月，在雷动的掌声中，数十名胡人登场，用水互浇身子，谓之"乞寒"，意思是向寒冷的天气打招呼与问候，可见在当时浑脱舞的形式尚较为原始。随着唐朝的兴盛，该风俗在唐朝的武后、中宗时期逐步丰富完善，日渐盛行，并逐渐与剑术结合，演变出"剑器浑脱""西河剑器"等种类。公孙大娘所舞的根本不是南朝传袭下来的柔歌曼舞，而是沿着交通大道河水似的流入中国的西域诸国的歌舞，使人嗅到大漠中旷野气息和军阵中激昂节奏的歌舞。剑器是健舞曲，舞女戎装打扮，一起舞就使人想到战争，它与狂野不羁的浑脱舞相合，我们不难想象这舞曲在一个女子身上要求怎样巨大的一种雄浑的力量。且看杜甫在诗中，如何刻画当年公孙剑器之盛：

> 昔有佳人公孙氏，一舞剑器动四方。
> 观者如山色沮丧，天地为之久低昂。
> 霍如羿射九日落，矫如群帝骖龙翔。
> 来如雷霆收震怒，罢如江海凝清光。

　　一个锦衣玉貌的女子，在激烈的金鼓声中出场，剑光璀璨夺目，舞姿矫健敏捷，人山人海似的观众看她的舞蹈都惊讶失色，整个天地好像也在随着她的剑器舞而起伏低昂，久久无法恢复平静。羿射九日、骖龙翔舞、雷霆收怒、江海凝光，这是舞者从舞蹈里创造出来的世界，但她又被自己创造出来的世界笼罩着，分明是舞者主宰着这个气氛，又好像这气氛支配着舞者。在这样的景况中，四围的人谁还有能力把握住自己，抵挡得了舞者在瞬间万变中的神采飞扬不可一世。公孙大娘舞剑那种酣畅淋漓与激昂顿挫，实在是独领时代之风骚。一曲浑脱剑器舞，挥洒出大唐盛世万千气象。在杜甫看来，公孙大娘绝对不是一般意义上的舞女。她如雷霆万钧般的艺术感染力，足以让杜甫终生难忘。不仅是杜甫，开元盛世同时代许多人，都受到公孙大娘的影响，比如张旭擅长书写草书字帖，就是因为在邺县经常观看公孙大娘《西河剑器》舞，从此草书书法大有长进，豪放激扬，放荡不羁，成就了落笔走龙蛇的绝世书法。大唐那么多横行江湖的剑客、艳冠宫廷的舞者，为何独公孙大娘剑舞名扬天下，因为这是女子穿着军装的舞蹈，舞起来有一种雄健刚劲的姿势和淋漓顿挫的节奏。在传统文化中，女性作为纤细、脆弱、感性、柔和的象征，她是太阳的反射，是天空中在夜间才出现的"月亮"，而公孙大娘以女身执剑而舞，剑光灼灼，气势雄壮，表现出一种力与美相结合的武健精神。公孙剑舞能够流传千古，因为这是打破常规的存在，异类必定稀少，而物以稀为贵。

说到男子身上的脆弱感，我立刻就想到顾城。在传统习俗中，男人总是被赋予强大的形象，可男人看上去坚强只是因为瞬间的爆发力，他们其实同样也有脆弱的时候。顾城发生悲剧不因为别的，就因为他是个极有天赋却脆弱得不堪一击的诗人。也可以说，顾城之所以能够成为诗人，正是因为他异于常人的脆弱与敏感。在顾城身上，有神的光、兽的影，也有人的迷惘和柔情。创造性和自毁欲，像双生火焰一样，在他体内同时燃烧。面对诗歌，面对艺术，顾城诚实得像一个还不知道说谎为何物的孩子，所以他的诗、他的画，天然带着孩童般的自由自在与不管不顾。他将他的一生都交付于诗，在少年抵达老成，在中年一以贯之地任性。他活得过于纯粹了，因为纯粹而透明，因为过于透明，尘世一定会给他致命的伤害，这是早晚的事。顾城自己也很清楚，他说过："贾宝玉根本不能有超过十七岁的生活。"顾城是高敏感之人，他很早就预感了自己的死亡。围绕在他身边的人也都能预感到，他们甚至在等待他如水晶般破碎。顾城的人格特质充满了矛盾性。他的诗人朋友中，有一个叫蝌蚪的，经常与顾城探讨死亡，后来蝌蚪自杀。一群诗人朋友都感到恐惧和无措的时候，平日里羞涩、胆小的顾城，主动要求为蝌蚪的遗体穿衣。顾城在人前很清洁、很秀气、很斯文，有时候甚至是拘谨，需要家人和朋友的保护，而在亲人和亲近朋友面前，顾城时不时发作，满地打滚，歇斯底里。这其实就是男性的脆弱，不是一个对抗性的人，而是习惯性逃避和容易气急、气短的人。脆弱感是一种"脆"，是崩塌的果决，维系的小心翼翼。脆弱感是一种"弱"，带着"纯净"这个要素，也有"敏感"的影子，缺乏持久力，缺乏忍耐力。脆弱就是在稳固和崩塌的微妙交界上，让人感受到一种动荡。以至我们今天谈论顾城，评价顾城，用语言诠释顾城时，依然备感困难，说法千差万别，无法统一。

鲁迅身上也有这种矛盾感。鲁迅并不是我们固有印象中那样板正严肃，只有"横眉冷对千夫指"的一面，事实上你读一读鲁迅文章，就能领略到他的嬉笑怒骂、不拘一格。文章的张力，是人格的张力；写作的维度，是人格的维度。读鲁迅之文，他的语气和风调，哪里只是峻急锋利这一路？他时而淳厚沉郁，时而辛辣顽皮，时而平实郑重，时而苍老精辟，时而温润微怅，时而油滑诙谐，以上这些反差极大的品质，在鲁迅文章中，会出人意料地杂糅在一起，难解难分。清末民初文化名人以及五四先驱们，没有一个人的人格维度如鲁迅这般复杂而富于张力。记得在北大的现当代文学课堂上，严家炎先生用"复调"这个概念来描述鲁迅，这个概括非常精准，复调本身就是人类精神丰富性和复杂性的产物，鲁迅确实具有一个分裂的灵魂，各种矛盾对立的因素在其精神世界冲突着。鲁迅正视这灵魂的冲突与分裂，并表现于他的小说艺术中，形成其小说思想的复调性。正是在这种复调性上，可以解释为什么鲁迅远远高于他的五四同志们，为什么至今没有人能够企及他，掩盖他，超越他。

我们为什么喜欢谈论那些充满了矛盾感的人？也许源于人类审美对反差感的推崇，也源于我们所共同面对的，成功与失败、幸福与苦恼、寂寥与欢乐、辉煌与悲凉等等复杂而多元化的情绪及生活状态。不管是女性的疯狂或爆发力，还是男性的脆弱感，其实在某种程度上来说，表露出的都是她或他的真实的精神内核。人类本能喜欢真实，而真实就是每个人的内心都是无序而混乱的，每个人在建造自己世界时，所用的材料都千奇百怪、千姿百态。具备矛盾的人格特质，其可贵之处正在于展示了人性最真实的一面。

理性思维的女人

今天这样的女性越来越多了，她看上去柔弱，行动起来却干脆利落，不拖泥带水；她举止淑女，却在关键的时候果断、冷静，有大将之风。在职场上，你看到的是她的沉稳娴静。经过漫漫时间的历练，她早已不再是那个初入职场时的小女孩。做事时有条不紊的是她，谈判时应对自如的是她，决策时沉着冷静的是她……看似小小的身躯，肩负着巨大的能量。在所爱之人面前她风情万种、小鸟依人，然而心里却永远警觉，从不会把自己的人生依附在别人身上。她从不认为只要征服了男人，就能征服了世界。她的逻辑是，世界是需要被征服的，但我为什么一定要选择征服男人。她始终有一种主角的姿态，不愿意让渡自己人生的主导权。

人们常以"感性动物"形容所有女人，可难道一个女人不可以轻盈地穿越活泼、沉静、职业、贤惠、冷静、温暖……等多种角色吗？难道你在生活中没有遇到过"像男人一样在战斗"的巾帼不让须眉的女性吗？不是所有的女人都容易情绪化，受到重压时，要么暴怒，要么消极泄气，内心强大的女人，会预先接受最坏的结果，然后用最积极的心态，去从容面对。她们自律，平和，理智，遇到这样那样的棘手问题，也始终做到情绪平稳，"抱最大希望，尽最大努力，做最坏打算，持最好心态"，这是她们处理各种事情、应付各种场面的原则。

从男权社会的意识来看待女性的性格，一般化的认为女性的性格大都感性、夸张、情绪化和浅层思维，一旦女性个体展现出极为突出的理性思维时，男性通常会大呼可怕。其实有什么好怕的，你怕只是因为驾驭不了她。其实，遇上一个这样的同事、朋友、伴侣不好吗？她对自己的审视格外清晰，对周围的情况了如指掌，与人交际，讲究分寸；为人处世，恪守准则。你不必担心她会想太多；甚至，她还会反过来安慰你"不要想太多"。她具有深度思考能力，通常目光都不会短浅，不会整个人昏头昏脑，迷失在一时一地的情绪中，无法冷静地面对真实处境。

记得有一个很出名的法则，叫"菲斯汀格法则"：生活中的 10% 是由发生在你身上的事情组成，而另外的 90% 则是由你对所发生的事情如何反应所决定。换言之，生活中 10% 的事情，是我们无法控制的，而另外 90% 的事情是我们可以控制的。当一件事情发生时，你是要用平和冷静的态度去面对，还是任由冲动的魔鬼去掌控。这一切的决定权在你的手上。一个理性的女人怎能不懂得这个道理呢？理性是一个人控制自己的力量源泉，缺乏理性的人，很容易被蒙蔽，最终丧失人生的主导权。高级的人生并不是通过你有多少钱、穿多昂贵的衣服决定的，高级的人生是保持理智，不随波逐流，对生活游刃有余，遇到事情能积极找到解决办法，不断前行的目标永远是解决问题！

如果性格可以选择的话，我觉得女性最理想的性格就是感性、理性都兼备最好，既有亲切、善于沟通和交流、纤细敏感、柔情似水的一面，又具严肃、冷静、专注、精准、全力以赴，以及有效率地将自己的专业发挥到极致的一面。生活艰难，一个人可以显得特别像一个战士，但与此同时，也可以是一个伤春悲秋、多愁善感的人，不必为自己的柔软感到抱歉。当需要得到工作晋升，或者现实生活中某些必须争取的利益时，可以表现得理性而冷静，但当一个人独处时，也许看一场电影，就泣不成声了，这样的真性情也很好，不必为眼泪感到抱歉。

这个世界，害怕的是冷静又疯狂、理智又冲动的人。这个世界，不怕冷静的人，因为人一冷静，骨子里的热血就会冷下来，少了勇往直前的冲劲；这个世界，不怕疯狂的人，因为人一疯狂，就会失去理智，最后自取灭亡。只有冷静又疯狂，理智又冲动，这种雌雄同体的特质才是一个人拥有的最高天分。弗吉尼亚·伍尔芙曾经说过："最好的头脑是阴性和阳性合而为一的头脑。"我想最好的角色是雌雄同体。别问我理想中的女性是什么样的？我立刻想到的是理想中的人是什么样的，不会对男性有一个标准，对于女性有另外一套标准，至少首先想到的是那些共同的标准。一个优秀的女人会有男性的特质，一个优秀的男人会有女性的特质，一个美好的人是比较中性化的。充满旺盛生命力的人，无论男女，都像雌雄同体！无论男女都应该随心所欲的脆弱敏感，无论男女都应该随心所欲地成为强者！只要个人学会培养大脑的阳刚与阴柔的两个方面，他／她就会越来越接近整体性。

那个全神贯注的人

人一专注，就会出离现实，整个世界对他来讲，好像已经消失了一样。这时候，他做出一些令人叹为观止的迷糊之事，其实都可以理解。记得以前看过这样的故事：物理学家安培某日离开家门时，在门上写了一个便条"安培晚上才会在家"，但是那天他白天就回来了，边走边思考一个学术问题，看到了自己门上的便条，便转身离开了，因为他忘了自己就是安培！还有著名的例子是牛顿，他想要煮鸡蛋，于是取下了表，看了下时间，但是两分钟之后发现手里还拿着蛋，而手表已经在锅里煮着了。当这位伟大的物理学家书写自己的著作，他完全专注于思考，甚至忘记了穿衣吃饭。

苏东坡曾有诗云"与可画竹时，见竹不见人，岂惟不见人，嗒然忘其身"。说的就是这种情形。诗中提到的"与可"即文同，字与可，宋代画家，是苏东坡画竹的老师。文同极其擅长画竹，他观察竹子时全神贯注。一次，文同为了观察雨中的竹子，站在雨里足有两三个小时，雨点打湿了衣服也没有察觉到。文同也具有持之以恒的品质，他观察竹子多年，全身心感受竹子的结构、形态、气息、神韵，甚至在春雨中抽枝长叶，生长为一丛竹子的全过程。"其身与竹化"，终于做到了画竹逼真传神。"胸有成竹"这个成语说的就是文同。

在我们的生活中，每个人都有全神贯注的时候。只不过，有些人相比于其他人，更具有专注力，制心一处，专注毫发，不容易为他事分心。这种专注有一个前提条件，就是静。何为静？万物无足以扰心者。心静乎，万物之镜也。庄子说，静则明，明则虚，虚则无，无则无为而无不为也。正因为静，在虚静明之心中，才能集中心力，全神贯注于某一物象之上，精诚所至，金石为开。

当一个人神情专注地去做事的时候，他不但不会感到疲累，反而会使气血流通得更为顺畅，这也是为什么有些人做自己喜欢的事情时总能精力充沛的原因之一，因为喜欢做，他们总能全力以赴，全神贯注，就不会觉得累。做自己喜欢做的事情，谁又会抱怨呢？而另外一些容易被人多事杂弄得身心俱疲的人，可能往往是手上做着一件，心里却着急另外一件事还没有做，这样很容易让自己心烦意乱，导致心理透支，心神紊乱。其实真正使他透支心理能量的常常并不是事情本身，而是顾此失彼、浮荡不宁的情绪。

可以为了走很远很远的路，用尽所有的精神能量去专注于一个东西，专情至致，一往而深，不受诱惑，不被干扰。人类最伟大的地方之一，正在这里。

一个粗线条的人

什么是粗线条的人？

一个不拘小节的人，随遇而安，大大咧咧，凡事不会斤斤计较，不会碎碎念，不会事儿妈，不唠叨，不挑剔，做人做事比较直爽大气。

任何性格都有得失利弊。粗线条的人，性情外向奔放，敢说敢为，比较富有开拓精神。缺点也是很显然的，用句谚语来表述，好比"大象闯进瓷器店"，因为顾不了那么多的枝枝节节，便有做事毛糙，甚至无意中得罪他人的危险。尤其在职场上，如果遇到一个细线条的上司，那就有可能会被上司百般挑剔嫌弃。但如果上司对粗线条个性有所理解，让自己麾下的这员猛将冲锋陷阵、猛冲猛杀，同时又不忘时时敲打约束，用自己绵密细致的行事风格，去纠正和提升粗线条下属的工作精细度，使其工作更趋平衡和完善，这就是非常好的搭配。作为一个做事有点冒进的粗线条星人，我一直很感激上级领导对我的耐心包容和严格督导。

一般来说，女性天生细腻敏感，大大咧咧、没心没肺的女性比较少，如果一个女性展现出粗线条的男性行事风格，就很可能遭到男性世界的抵触和女性世界的忌妒。不过，现在时代变了，我发现在我身边，和我一样粗线条的女性朋友越来越多。她们都有着一颗自尊又刚烈的灵魂，我们都是所谓的"杀破狼"征战人格。因为各种"马大哈"，她们逃脱了世俗意义上的标准生活模板，她们的个性和作风，都有悖于传统女性气质。但那又怎么样呢？人生没有标准答案，没有人有权利规定你应该活成什么样子。

　　现代人承受着前所未有的高压，如果一个人过于敏感，那么他的意志与朝气将很快被消磨殆尽，而拥有一种不在乎的态度，才能更好地适应社会。一个粗线条的女性的难能可贵，在于她战斗能力之强与满血速度之快，不会因为一些琐碎小事而产生情绪的波动，不会因为别人的负面评价而产生严重的自我怀疑、自我消耗。即使经常被批评到垂头丧气，但下一秒又迅速支棱起来，输得起，放得下。外界的评价、岁月的刀子都伤不了她，负面的东西，更甭想进入她的世界。她完全不怕事，更不惧那些流言蜚语。这样的粗线条性情，多令人愉悦啊！

　　现在，越来越多的女性，公开宣称自己具有女汉子属性。以前这种性格统称为悍妇，如今改旗易帜，意图是清扫其中的无理取闹、歇斯底里，增加特属于男人的不拘小节、豪迈气质。不管名称怎么改，中心思想始终很明确，属于这类女性的特质如果非要一个词归纳，便是粗线条。

　　生活中大抵可以分成两类人，一种是心思深沉的，一种是没心没肺的。不是说心思深沉的不好，他们也有自己的生活方式和较高的情商；当然没心没肺也不差，虽然谈不上完美，但不被别人的价值观左右，横眉冷对千夫指，根本不在乎别人的手指指在啥子地方，别人可以累死、气死，他们不在意，走出来，仍然是大大方方的一个人。这种粗线条的个性，本身自带生存技能，不管身处怎样的逆境，都有一种不退缩的坚强。泰山崩于前而色不变，他不是不怕，只是反应慢半拍。等反应过来，反正泰山塌了，自己还在，危险已经过去了，还有什么好怕的。人对于痛苦的忍受能力其实是差不多的，为什么有些人显得特别厉害，那是因为他们钝感，在其他人看来天大的事儿，他们经历过，就觉得还好吧，于是靠着这份皮实，他们就可以化解世界带来的伤害，做到排除干扰，继续勇往直前。

　　这个世界不过是一场生存游戏，所以必须要有顽强的意志。而要保持甚或加强自己的生存能力，钝感力又是必不可少的。在现代社会，无论男性或女性，都应该有一定的钝感力，也就是某种程度的粗线条个性。粗线条的人，不在乎时代的厚爱或摒弃，辉煌也罢、落寞也罢，但为了自己活了一辈子，做了自己喜欢的、擅长的、想要做的事，可不就开心了么……

多巴胺过剩的人

活在一个人口过剩、信息过剩的年代，在信息流通渠道已经往复交叉，文字、意见已经泛滥的时代，我们今生今世读不完所有的书、看不完所有的电影、听不完所有的音乐、刷不完所有的视频……这些无穷无尽的图文影音每分每秒都在被制造出来，数字海啸，资讯爆炸。如今的我们，好比从一个食品短缺的时代，进入了食品过剩的时代，我们需要的是一个好胃。

什么是过剩？供给大于需求，数量超过标准、限度或惯常界限，数量或供应太充足。我觉得过剩是一条华丽的曲线，而不是简洁的直线。想起 1600 年至 1750 年间在欧洲盛行的巴洛克艺术，豪华，激情，追求千变万化。如果把巴洛克艺术移植到当下的话，你会惊讶地发现，两个时期有着如此相似的地方：太绚丽，太注重景观和刻意营造所需要的氛围。Broque 一词，在字典的解释除了指"十七世纪欧洲的巴罗克式装饰艺术"外，还有一个紧跟着的意思是过份雕琢的艺术品，本意指的是"不圆的珠"，那就是巴洛克的弧线；巴洛克的天敌就是直线，巴洛克从诞生那天开始便开展了对直线的革命，所以它的任何线条都要圆圆的，饱满而圆润、性感而盛放，追求戏剧性、夸张、动感，如波形的墙面或不断变化的喷射状的喷泉，突出丰盈，繁复，过剩，铺张快乐。

这个信息过剩的时代，正在培育着一批批多巴胺过剩的人。"多巴胺过剩"这个概念来自于丹尼尔·利伯曼的《贪婪的多巴胺》，这本书中许多核心观点让人印象深刻。多巴胺负责让人产生欲望，让人感觉"我想要"。正是多巴胺在驱使着我们追求金钱、食物这些看得见摸得着的事物，也是它在驱使着我们去追求那些看不见的东西，比如追求知识、追求爱情、追求影响力。人类大脑中最常见的神经递质包括乙酰胆碱、GABA、血清素、多巴胺、去甲肾上腺素等，丹尼尔·利伯曼把这些神经递质分为两大类，一类让人关注的是那些已经拥有的和正在体验的事物，一类让人去渴求和追逐还没到手的东西。理想状况下，"我还想要"和"我很满意"应该要平衡一点。我们花一部分精力去追求各种事物，然后花另一部分精力享受当下，这种平衡的生活可能会带来最大的幸福感。但现实是，在外界刺激越来越供给超量、令人眼花缭乱的情况下，现代人的多巴胺回路特别活跃，我们越来越成为多巴胺过剩的人，对追求未知的热情远超享受当下。

日常表现为坐在电视机面前，按住遥控板上的换台键来回扫，哪个台都看不了几分钟。互联网的链接功能也是这样，将人带向一个层层链接的无底洞，一晚上转来转去，都浏览了什么，信息太密集，最后自己也记不清了。抖音这类短视频，正是满足了现代人多巴胺过剩的心理，如机关枪点射一样抓取注意力，以短促和破碎的内容，让人短暂停留、迅速跃迁。大众的普遍心理是："反正除了这个还有更多别的，我就随便划拉两下看看吧"，能不用倍速看剧的人都比之前少了。为什么会这样？你想想看，如果游戏机硬盘里只有一个游戏，那玩家能玩得很投入，但如果有 150 个游戏，那在玩其中 1 个的时候，就意味着放弃了另外 149 个，于是玩家就玩的心神不宁，还有太多的诱惑和选择，在鼓噪，在敲门，在分散他的注意力。

丹尼尔·利伯曼认为，那些"工作狂"企业家，显然是多巴胺过度活跃的人。多巴胺让人不安于现状，让人有过浓的欲望。而企业家的欲望之浓是异于常人的。他们嗜工作如命，除了工作什么兴趣爱好也没有，甚至对家人也不管不顾，所有精力都放在工作上。因为他们的欲望集中在追求事业的成就感，他们可以忽略甚至毁灭了生活里本应有的亲情、爱情……

伊隆·马斯克可能就是此类典型，他在 Paypal 工作的某段时间，据说曾经一天工作 23 个小时；他在工作方法上独创了 Time Boxing 时间拳击工作法，就是对需要完成的任务设定了明确的时间方糖，以 5 分钟为单位来安排行程，一天 24 小时就切成了 288 个时间方糖。经由这个时间管理方法，他一年可以完成别人 8 年的工作量。尽管已是这个星球上最富有的人之一，但马斯克却卖掉了他名下的所有房产，租住进了仅价值 5 万美元，距离其 SpaceX 工厂很近的简易活动房。有人批评他是作秀，也有人说他是在下一盘大棋，但读完《贪婪的多巴胺》这本书之后，我觉得解释可以单纯得多——马斯克无非就是多巴胺过剩而已，他对追求未知的热情远超享受当下。

我可能也是多巴胺过剩的人，走了这么长的辛苦路，还是觉得不满足现状，永远抱有期待，期待明天的到来，仿佛明天永远还有故事，还有机会。对世界总是充满了好奇心，内心永远有什么在泛滥、生长、溢满，汹涌得厉害，饱胀得厉害，得借万事万物，滔滔万言，挥洒自己那满溢爆棚的情绪和想法。

写作意味着什么？我不知道。也许我说的都是废话，我可能是速朽的，在今天文字充斥泛滥、文化产品过剩的这样一个时代，在这无数的文化产品当中，在这样一个快速消费、快速扬弃的过程当中，坚持写作究竟有什么意义，我不知道。但既然我是一个多巴胺过剩的人，内心如一个繁花盛放的春天，永不宁静，永远刺激，液汁涌溢，枝繁叶茂，充盈和洋溢着创造和表达的某种神秘冲动，那么我就接受这自然而然的流溢吧！

想起著名小说《麦田里的守望者》作者塞林格的自我证悟"跟着自

己的心写作，写什么都行，一个故事，一首诗，一棵树"，在一个文字过剩的时代，这番话同样不断地提醒着，我们每个把写作当作志业而不是职业的人。

不容易纠结的人

什么是纠结？就是陷入困惑或混乱状态，指人的复杂处境或内心思绪的纷乱状态。生活中有很多纠结的地带，人，人生，从来都不是清清楚楚的，也不可能清清楚楚。困惑、歧义、悖论、失控、不可知、选择困难，随处可见。生活中的很多问题不像打官司，能有绝对的定论、清晰的判定，所以，人陷入纠结是在所难免的。

不过，我也观察到有些人不容易纠结。

许多男人是不容易纠结的，他们能够当机立断，能够快速决定，能够把选择题转化为简答题，比如很多人每天早上纠结于出门穿什么，但是像扎克伯格、乔布斯这样的人从未为此事纠结过，他们永远只穿同样一件衣服。我见过很多赤手空拳打天下的男性企业家，几乎从不纠结。可能是时间有限，所以没空纠结。也可能是心中有大目标，所以不会纠结于眼前的小事。创业，最重要的就是执行力，执行力的来源是一个明确的态度。他们不喜欢说一些模棱两可的话，平时开会时各种和稀泥，而是务求简洁明快，果断高效。尤其创业阶段的企业家，态度必须要极端坚定，对一个方向猛攻，简单、直接、粗暴，在攻坚阶段，靠的就是那股冲劲。同时拥有两种不同的看法，在决策阶段有用，但是在执行阶段，就是致命的毒药，会让人犹犹豫豫、瞻前顾后，不仅难受而且极难成事。干事，是直接、简单的，干就是了，拿起电话就打，一脚油门就走，闭眼就睡，醒来就干。往往是这种不纠结、撸起袖子就干的人，最后能够成事。不是说他们一定能够一帆风顺，而是这样的人，无论其际遇如何，始终有着对前路的坚信，他们不留恋，不纠结，只会大步前行。

相比而言，女人要纠结的事情就太多了，比如要纠结于自己的年龄，不同阶段的情感困扰，还有外貌焦虑。会有很多文章跟你说，女孩你一定要精致。于是女人要纠结于出门的穿衣打扮，甚至自拍也要为用不同角度或滤镜而纠结一番。我觉得真的不用太把精致当一回事。你可以精致，也可以不精致。你有不精致的权利——为什么女人就要负责貌美如花？比起纠结"精致与否"更重要的是，去做那些你感兴趣的事、想全情投入的事，给生活找出更多的乐趣。

此外，女人还很难摆脱情感的纠结。她们常常纠结在一段感情里，透不过气来，如同一场牢狱之灾。亲密关系固然很重要，但是亲密关系没有成为自己重要。对一个人来说，发展自我是最重要的。建立关系是为了自我成长，而非颠倒过来。你不用只是为了维持关系本身，而要求自己待在已经束缚自己成长的关系里。你只有成为你自己，你才会获得内心的平静。而不是在某个时刻，觉得人生不是自己想要的，却又无力改变。有句话怎么说的？"成大事者不纠结"，多少聪明优秀的女子，就是在这些纠结的消耗里，白白地高开低走。因为没有太明确的人生规划，没有认真思考过自己真正的价值，虚荣心填满了三围，一点容颜经不起岁月的研磨，随着时间的流逝，能够增值的女人，真是稀少，几乎大部分都在逐年贬值。而要命的是，女人大部分对此毫无知觉。

在不容易纠结这一点上，女人真应该向男性思维学习，不能自己挖个坑把自己给埋了。我觉得，这其实都是过度反刍思维搞的鬼。反刍思维，是指一个人经常不自觉的回忆自己的消极经历，并一次次让自己沉浸在痛苦之中。很多人从没有留意自己身上这种思维习惯。因为"反刍"的形式，看起来很像"反思"或"复盘"。有时，它会以"怀旧"或"多愁善感"呈现。但不同的是，反思是对我们有益处的，因为可以从往事中总结经验，调整心态，更好地指导我们的未来。而过度反刍，则会让我们心态崩塌，陷入消极情绪，给心理造成负面影响。这种回忆加剧和延长了一个人的痛苦，而且每次回忆都会让记忆更加鲜明，难忘这种痛苦的处境，这绝对是一个不断持续的恶性循环。女人常常更倾向于采用反刍的方法来对待自己的负面经历，这样除了让自己更加折磨痛苦之外，其实并没有什么实质意义。

当然，要完全克服纠结，是不可能的。人的情感、生活和世界原本就是最丰富、最复杂和最多变数的，人类这个复杂动物，都是有时辽阔，有时明快，有时纠结。尤其我们今天，又处在当代社会物欲、竞争及因此创造的空前压力之中，无论是生活还是谋生，都面临着数量越来越多、研判起来越来越难的选择、风险和意外。所以，当下的各路媒体，依然一次次地用狄更斯的"这是最好的时代，也是最坏的时代"来套用时代和国人的纠结。

不过，在纠结的时代，我们还是可以尝试活得不那么纠结的。解决问题的方式有两种：要么遗忘，要么穿越。要有这样的"鸵鸟"本领，能专注于当下一秒钟的快乐，就不去乱想下一秒的纠结。做什么事情都秉持正念，所谓"正念"，就是"活在当下"——铲土就安心铲土，除草就安心除草，不要纠结于过去和未来。及时给自己内心的纠结画上句号，是一件从容而淡定的事情。要看透这人世间的纠结，不过是漫漫人生的小小浪花，而自己的生命之光，才是尘埃中升起的最美妙的花朵。

这样一类简单的人

我喜欢这样一类简单的人，活得自由，自在，人生里做任何事都是自己真正想要做的，做真正为自己而活的人。不在乎时代的厚爱或摒弃，辉煌也罢、落寞也罢，只为了自己活了一辈子，做了自己喜欢的、擅长的、想要做的事，可不就开心了么？一个心地简单的人，"我执"没有那么重，没有特别想出人头地的欲望，也不容易在喧嚣的时代迷失了自我。经历繁华，看透人生，但还是那么热情，拥抱所有时代，爱这繁杂世界，爱这些不争气的人类，始终抱着一种游戏的心态，真实地面对平常的生活。不拧巴，也不愤怒，也不逢迎，总之，就是自自然然地生活在这个自己必须要生活的世界，唱好自己的歌，做好自己的事，总是大大咧咧的，不太把事放在心上，有一种见过大场面的淡定，对于命运没有太多的抱怨。

这样简单的人，不是心智简单，不是头脑空白，而是他的人生力求两个简单：物质生活的简单；人际关系的简单。有了这两个简单，心灵就拥有了广阔的空间和美好的宁静。为什么在这个充满欲望的年代里，简单真成了一种奢侈？因为现代人在两个方面都复杂，物质生活上是财富的无穷追逐，人际关系上是利益的不尽纠葛，两者占满了生活的几乎全部空间，而人世间的大部分烦恼，就是源自这两种复杂。这两种复杂，就是对人生的消耗。

你看，我们的日子过得这么不一样，我们看起来都不是一种人。但是奇怪的是，我们的喜怒哀乐都是一样的——这就是人性吧？人性中最简单最不可摧的一部分，永远是和情绪有关，和自己的心灵有关。一个人如果能让自己像孩子一样心灵纯净，简单坦白的心境反映在容颜上，他一定看上去比同龄人更年轻。一个简单的人，没有那么多歪曲心肠，没有那么多心浮气躁，没有那么多的妄念贪嗔，他一定能收获更多的快乐。

我们的生活要怎样才能维持下去，简单一些还是复杂一些？我们怎样与地球、与他人维持和谐美好的互生关系，我们的生活什么时候开始变得复杂？我们真的需要这么复杂地活着吗？其实，即使那些最复杂的人生、成功背后，也是最简单的方法、规律在支撑，只不过越是简单的东西，越需要智慧和力量去实现。事物越是简单，越难按照事物本身去思考、去言说。什么是悟性？什么是智慧？悟性和智慧就是用最简单的方法来处理、看待一切事物。但一些庸人自扰的人总是把简单的事情看复杂了、做复杂了。繁和简其实是一回事，是一回事的两个方面。所谓简单生活，简单的不仅仅是生活，还有我们的灵魂。

很多时候，我们有着勃勃野心，有着无穷欲壑，总想着身前拥有的多一些，身后留下的多一些。可天空再美，鸟儿再痴情，等你飞过了，依旧长空无痕。也许天空中那一朵白云，无须采撷，漂着就好。也许远处的那一座城堡，无须安居，欣赏就好。我们曾经都拥有很简单的快乐，我们也可以，再拥有。

在这个充满了欲望的时代，有一种奢华叫朴素，有一种超越叫本真，有一种丰富叫简单。

优缺点同样突出的人

有些人的身上，缺点与优点同样突出，比如李太白，比如乔布斯，他们似乎是从世界的混乱中诞生。也许有魅力的人，总有各种瑕疵，"十宝九裂，无纹不成玉"，那些瑕疵，正证明它的真。林黛玉的种种张狂里，有一种我们熟悉的少女气质。除了宝钗这种仿佛一出生就很成熟的人，谁没有过把拧巴当个性、把尖锐当真性情的少年时代呢？

一个人若看不出什么缺点，则往往优点也不明显，表现为中庸。那些看起来似乎一身"优点"的人，基本上都活得相当腻歪。其实，每个人的长大都是一个被修剪、被改造的过程，最后，我们学会了自我人格与社会人格的兼容，学会了种种被称之为成熟的掩饰与作伪，务实，识趣，趋合时宜，随着入世渐深，越来越手爪利落。欲望和规则的循环是这样进行的：参看弹簧，你越压弹簧，反弹力越大，如果压得过久，弹簧也就失效，这种失效是以创伤作为代价的。我们中的大部分人最都是失效的弹簧——童年不让玩，后果很严重，大学生活之所以奔放不羁晃晃悠悠，是对此前应试教育的某种报复性反弹，但一般只反弹大学生活那么一下子，就不再胡蹦跶了，因为早已不是一枚毫发无损、经久耐用的弹簧。之所以在生活中，我们能看到这类缺点与优点同样突出的人，如同野生动物一样原力充沛，他们往往是非常侥幸地度过了一个有惊无险的童年。至于如何躲过了重重修剪，依然保持一种愣头愣脑、毛茸茸的质地，有时来自自由放养的父母（或者残缺的家庭，比如父权缺席），有时来自自身的天生顽强，内心有一个强大到浑蛋的小宇宙。

　　如何把孩子培养成为有独立思想的人，首先要克服的是家长自己的"家长欲"，不要太早灌输各类价值判断和词汇给孩子，让孩子保持他自由开放的动物性。人是模仿的动物，同时又是一个下载的动物。在孩子成长的关键期，给他提供充足的资源和环境就够了。尽量不要对小孩说出价值判断的词，大人说好或不好，对或不对，就是在杀小孩，当然特别顽强的小孩，你再杀他，枪林弹雨，也杀不死。这些杀不死的小孩后来长大，统统具有强烈的自我意识，他们宣称，我身上全部的毛病、所有的缺点都是天性中的东西，我绝不会把与生俱来的天性毁掉。改正了这些缺点，我就不是我自己了。不要要求我完美，我不想做完美的人，我要做我自己。

　　完美就像终极真理一样，可以无限接近，但永远不能抵达。只是一种目标而已。有时，缺点使人变得可爱和有特色，我记得余光中有一首小诗叫《小雀斑》，那么多年前读过，至今难以忘记——

如果有两个情人一样美一样的可怜

让我选有雀斑的一个

迷人全在那么一点点

你便是我的初选和末选，小褐斑

为了无端端那斑斑点点

蜷在耳背后，偎在唇角或眉尖

为妩媚添上神秘。传说

天上有一颗星管你脸上那汗斑

信不信由你，只求你

不要笑，笑得不要太厉害

厣里看你看得人花眼

凡美妙的，听我说，都该有印痕

月光一满轮也不例外

不要，啊不要笑得太厉害

我的心不是耳环，我的心

经不起你的笑声

荡过去又荡过来……

如果两个情人

一样可怜一样美

我会爱有雀斑的那一个

可爱处全在那么一点点

看来，一样的两个美人，我们也会爱有特点的一个，缺点也就是特征，让她区别于一大片看花了眼的莺莺燕燕柳眉红唇。

在《红楼梦》里晴雯堪称绝色，美得让人心生妒忌甚至让对手恐惧。曹公偏爱她，读者喜欢她，即使她口角锋芒、言辞激烈，但她表里如一，干净通透，毫无心计。晴雯是一株自由生长、天性烂漫的野花，无父无母，无人怜爱，长成了这种桀骜不驯的个性，否则早就给修剪得八面玲珑、进退合宜了。因为个性太突出，她遭到莫须有的打压与排挤，太钢易折，晴雯过早地夭折，这也是思想不成熟和修养不够的体现。曹公告诉我们人都是立体的，是优点与缺点的综合体，晴雯含苞欲放，心比天高，却命同纸薄，下场凄婉，因为她错过了成长的机会。

"非理性因素"也许是重要的吸引力，晴雯身上有一股非理性的火焰在燃烧，如此光彩熠熠，生机勃勃，她的闪光点恰恰在敢于触碰规则的力量，任性的非理性的内心。她也会深深地隐藏自己的欲望，而一旦有了出口就不可遏制，其狂热程度是一般人所不能及的，其"爆炭"脾气说出话来，常噎得人一愣一愣的，性格太得罪人，太实话实说。放到今天，像她这样傲骨铮铮的人，也何其少矣！我们从小被家教、被学校，长大了被社会、被人生磨去了太多的棱角，该出手时也往往不能出手，而只是睁睁地看；甚至是别说出手，就连像晴雯那样"出口"都已不可能。所以我怀念晴雯，一如怀念那已逝的故我，那人性中最淳朴的初始。

武侠三大家的古龙，身上也是缺点无数。做人，长得真丑，像个慈祥的杀猪的，过得稀烂，乱睡，烂喝，乱睡之后有私生子，烂喝之后闹酒炸被人砍，他的一生是吃喝嫖赌的一生。写小说，下笔风驰电掣，一不研究历史，二不考据武功，三不检点情节，虎头蛇尾，前后矛盾，逻辑混乱，浪子是当然的主角，而朋友、女人和酒则是永恒的主题。男人都是因为义气吃亏，女人都是因为珠宝背信弃义，几乎所有的小说都不适合拍电影。古龙早年生活坎坷，尝尽世间炎凉，所以小说中多有对底层社会与复杂人性的表现，因为急于换稿费谋生，所以不少小说都属于粗制滥造，让人无法卒读。对人性的探究是古龙中后期作品与以往武侠小说最大的不同，他说，"武侠小说中已不该再写神，写魔头，应该开始写人，活生生的人，有血有肉的人！武侠小说中的主角应该有人的优点，也应该有人的缺点，更应该有人的感情。"因此，古龙的小说中没有那些或真或假的历史背景，而直观地描摹社会江湖中真实的人，如《武林外史》中的沈浪固然是一位大侠，但性格懦弱。正如冯唐评说古龙，文字和人一样，很多时候比拼的不是强，是弱，是弱弱的真，是短暂的真，是嚣张的真。多少年后，我们依然想起的是古龙，而不是其他比他完美太多的人。

古龙的快节奏，蒙太奇笔法，语言简洁有力，努力求新求变，至少在今天看来，用这种手法写武侠小说，依旧当得起"前无古人，后无来者"八个字。他笔下的李寻欢、楚留香、陆小凤、沈浪、萧十一郎，早都已是读者心中不可替代的名侠。别告诉我找不到艺术家的缺点，上帝告诉我们"人都是有原罪的"，艺术家也不例外，而且坚持做真人的艺术家，往往都是优点与缺点齐飞、真实得让人无可奈何的人，身上有人性的阴暗面，又有复杂性和成长性，又带有点神经质的张扬不羁。你接受他的优点，就得接受他的缺点，必须照单全收。

当代作家野夫笔下，也有许多这种优点与缺点同样突出的人，《乡关何处》中的李如波、刘镇西、苏家桥、王七婆，《身边的江湖》中的李斯、老谭、黎爷、毛喻原，等等。这些人物，都是默默无闻，在主流眼光下活得脏乱差的草根，但他们身上有很多光辉的品质，有正气的一面，有为朋友两肋插刀的一面。在现代的法律和政治体系以外，中国的民间社会永远有其独特的生存法则，这种法则以道义、承诺、复仇等为核心，野夫所写的江湖人物，其中的不少人，甚至都坐过牢———当然，在坐牢之前，他们打破了法律为社会所立的规则。这些人，并不是什么豪杰之士，但却称得上风流人物，这些人都是我们这个民族中特别有味道的人，活得有人味，真气扑面。他可能有缺点，有毛病，但在这样的人味越来越少的时代，应该张扬这样的精神。

在日益千人一面的现代社会，人们连生活谈资都趋向同质化，过着一种本雅明所谓的"单向度的人"的生活。在假人遍地的世界上，真人难得也难遇，怪不得为了平衡，中国社会盛行酒桌文化，因为酒让人卸下假面，看到一个人的真性情，即使也看到癫狂。一场大醉之后，记忆模糊不清，人们爱上的还是面具，厌恶的还是真性情，在真实的生活中，我们都是一些平凡的人，深深懂得伪装下去会失去自己，但掀开面具会失去世人，被生活的污泥浊水裹挟着前行，遥望着也咒骂着，某些按照自己认可的价值观顽强地生活的人——"畸与人而侔于天"———他们在人世间畸零孤独，却与天道完美契合。

在现实里保持天真的人

每个人的一生，都是从"天真"迈入"现实"的过程。从什么时候起，一个少年开始学着嘲笑天真了，开始为自己的"幼稚"而鬼鬼祟祟地脸红了？"你太天真了！"——他们这样评论相信新闻报道的你。事情绝不是表面这么简单！——他们好像更知道些什么。看明白了是现实，看不明白是天真……你羞愧，你焦虑，尤其当你摔了些跤、吃了些亏之后，便有些心灰意冷，有些愤世嫉俗。这就像一只天真的羊，这只狼吃它，那只狼也吃它，羊就虚无了：我难道是你们的干粮啊？！这样的羊，一定会失去羊的天真，要么萌生做狼的愿望，要么对一切漠不关心。

若不是出于灵性的智慧和洒脱，一个成年人很难再有天真之举。"成熟的人"永远在告诉你：存在的就是合理的，而合理的就是不必追究的，不必改变的。而一身呆子气的"天真"的人，则会无穷无尽地追问关于这个世界的道理，关于自然、关于社会，问并且挺身向前、试图改变一切，他们不怕嘲笑，坚持着自己"不可能完成"的梦想，他们不相信这是一个铜墙铁壁、无法被打破的世界。

我想起一个天真的年代——民国，因为迫切地想要摆脱旧道德旧思想的束缚，民国文化人的思想和观念，无不显示出一种天地初开一样的天真而无序。他们行走世界，东奔西跑，演讲，辩论，结社，广泛考察，奋笔疾书，探索各种全新的途径，有时候面对问题，他们是非常天真的。他们的知识经验和直觉，使得他们不放弃看到的每一个不寻常的新情况，而这些新情况正是发明和创造的基础。生逢乱世，他们把当下的行动和感受提炼出纯度。不设限，不焦虑，投入而充分，活出每一刻的天真与热忱。

我想起还有另一个天真的年代——古希腊，希腊人在日常生活中所表现出来的行为与思想，是健全而明朗的享乐主义。与生活于今天的人不同，许多困惑着现代人的问题，在希腊人那里并不存在。希腊人并不一味地追求金钱、名誉和优越的生活条件，他们对生活目标的追求十分专一而且执着，正因为如此，他们对其他目标就很少旁顾。这是一个多么动人的特质，只有一直保持童心的人才能对事物有如此的高度热忱。希腊人对一切与生活有关的事情，都充满理想与热情。因此，希腊文化是一首高亢的欢乐颂歌，生命的创造力由此得到了最大限度地激发。希腊民族在艺术、思想和政治理论诸方面都取得了惊人的成就，在一千多年中，任何国家都无法与之相比。

如今，很少看到这种天真的人了！正如我的老师、北大教授钱理群先生所说，现在中国的名牌大学，更多的是在培养精致的功利主义者。校园日益染上城市的风尘，日益汇入时尚的杂色，对许多大学生来说，学习不是出于对这个世界的好奇心，而只是通往实际的功用和交换。他们去干一件事情越来越少是出于热爱，而是去为了得到。得到某种荣誉，得到某种财富，得到某些利益。其实，只有天真的人，才是天生的学习者，因为他的整个身心都是开放的，没有成见，没有固守，充满了活泼泼的灵气和敏锐。在天真的人身上，可以发现"人"的本质，"人"的本来面目，因为"生命"是由"好奇心""求知欲""审美力"掺和蛋白质之类而构成的，人类克制不住地要去和宇宙对话，想用手指嘴唇触及宇宙本体。天真的人，才是能够走得最远的人。毕竟，无论如何，心无旁骛、坚持理想，永远使人出众。

如果说天真的人如一泓清泉，在欲望横流的世界里守一方净土，这难道不应该是大学的本质吗？我相信，大学精神的本质，并不是为了让我们变得深奥，而恰恰是恢复人类的天真。大学要造就的，正是达尔文的天真，爱因斯坦的天真，黑格尔的天真，顾准的天真。也就是那些"成熟的人"所不屑一顾的"呆子气"。在文明的灿烂星空下，老师带着一群学生一起去探索古往今来，他们的眼睛犹如孩童般闪烁。

当前学校教育当前最大的问题，就是以"成事"替代了"成人"。在学校里随处可见教师为事务而操劳，关注学生考分、评比、获奖等显性成果，忽视、淡漠的恰恰是学生和教师在学校中的生存状态与生命质量的提升。而失去对智慧的挑战和好奇心的刺激，师生的生命力在学校中得不到充分发挥，精神生活趋于"沙漠化"。师生之间、生生之间，学校的科层化管理下的教师之间，都成了相互猜忌的敌人，不能无拘无束地交谈，毫无保留地做事。坏文明则往往压制天真。天真的人落了败风，于是人人信奉：人生成功的秘诀在于精明和世故，那些越来越老练的人，一个个成为精致的功利主义者，手爪利落，八面玲珑，他们拥有一切，唯独丧失了天真。

真气充沛、个性盎然、天真烂漫的人，现在越来越难遇到了。看见了社会里太多的虚伪骄矜，太多人已失本性，将套路用得风生水起，尤其怀念那种天真的人，这才是真正的"人"，如清晨一般的人。记起读过的米兰·昆德拉小说中说：人生是复杂的，一切都搅合在一起，因此我们必须有成熟的头脑；人生又是短暂的，人类的一切智力活动最终都是可笑的，因此天真的心也许可笑，却更可凭恃。我宁愿在现实里继续保持天真，也不愿意一味认同现实……

相对冷淡的人

什么叫作相对冷淡呢？

不是说什么事情都事不关己、高高挂起，不是说生性冷血、对人对物无情无义。相对冷淡的人，不会总按照别人的想法生活，总想着为别人的情绪负责，他们不会紧跟大众潮流、唯恐落后，他们不要求自己满足所有的期待，更不会对所有的事情都保持热情。反正这个时代已有太多的热情表演，台上台下点燃全场激情，每个白天都要聚焦太多的烈烈轰轰，每个夜晚都要充斥无数的如火如荼，这边声势浩大，那边风风火火，好不容易见到一个大人物，紧握双手就是不放，满脸堆笑、激动万分，各种拼命留联系方式、各种自我推销……

在这大张旗鼓的热烈时代，总有地方容得下一个相对冷淡的人吧？

不想去的场子，别人再怎么邀请也不会去；自己不想做的事，别人再怎么请求也会拒绝。便宜不贪，热闹不近，遇到不想回答或不想相处的人就赶紧找空隙溜走。相对冷淡的人，不算自私的人，只是太忠实于内心。英国诗人威廉·布莱克曾有一首诗说，"有人生来甜蜜温馨，有人生来长夜漫漫"。有的人，生来没有那种抢着敬酒夹菜、拉着人絮絮不休的热情，他有一份长夜漫漫的气质，神秘内敛，略带清冷，让人不易接近。一个习惯于与长夜相处的人，他也许色调冷淡，他也许静流暗涌。富于长夜气质的朋友，有可能是真正忠实的朋友。因为，他虽没有那种外表可见的涌动热情，但经过长夜漫漫的洗礼，将一切刻入内心的清冷和缄默，可能将人变得比忠贞更为忠贞，比可信更为可信。

　　记得一代才女张充和有一联曰："十分冷淡存知己，一曲微茫度平生"。情感与钱帛一样，省着点花，细水长流，比轰轰烈烈、大悲大喜要靠谱得多。人与人之间应该有"亲则疏，疏则亲"的原则，才会相知成为知己。长存恩，少余怨，则必地久天长。君子之交，其淡如水；小人之交，勾肩搭背。君子之间建立在道义基础上的交情，高雅纯净，清淡如水，心灵相通，不尚虚华。真正的朋友平时交往可能并不频繁，联系也可能不多，但是双方确实是交心交底的，如果一方真的需要帮助，另一方一定会两肋插刀。所谓"君子和而不同，小人同而不和"，君子可以与他周围保持和谐融洽的氛围，但他对待任何事情都该有自己的独立见解，而不是人云亦云，盲目附和；小人则没有自己独立的见解，虽然常和他人保持一致，但实际并不讲求真正的和谐贯通。君子为什么总是看起来相对冷淡？因为他不需要刻意迎合别人的想法而生活，总因别人的眼光和看法而改变自己，他们不需要那么勾肩搭背、刻意表露热情忠心。

　　在古代，老子、庄子这些人，都是相对冷淡的人。《庄子·山木》曰："且君子之交淡若水，小人之交甘若醴；君子淡以亲，小人甘以绝。"庄子一生都在追求"清静无为"的安宁与幸福，能说出这样的话来，是再本真不过了。太过功利的热情，难能长久维持。相互间淡淡的相处、默默地关注，或许更能持久、绵长。与当时追求武力统一的大一统思维相反，老子一派发出"小国寡民"的倡导。而当时，哪个诸侯不在追求更多的土地和人民呢？连售卖知识与智力的士阶级，也毫不迟疑地支持大一统，只有老子一派对此抱着嘲讽的冷淡态度。他们教导人民远离征服和奢华的宏大政治，返回到个人和人性的小政治当中去。这是一种基于更朴素的人生观、社会观的更人性化的小政治，这是在一个无秩序世界里贱弱者反抗和自存的途径。

　　在这大张旗鼓的热烈时代，总有地方容得下一个相对冷淡的人吧？

　　看他起高楼，看他宴宾客，看他楼塌了。在时代的轰轰烈烈中，选择"淡而处之"。做一个人世的旁观者好了，清清冷冷地，看人来人往，岁月变迁。洒脱做自己，不在乎别人评价，因为那与自己无关。深吸一口气，人生本来就是简简单单。

具有野性美的人

如果一个女人被称为"野玫瑰"或"野蔷薇"，那么在她身上，肯定有一种野性美的特质。或是烈酒般热烈的眼神和红唇，散发出浓郁的异域感；或是没有规律模式的身体语言，带来生猛的性感冲击；或是复杂的过往经历，引发人们各种揣测的神秘感；或是性格上的奔放不羁，勇于突破传统观念的束缚……总而言之，她不同于那些普通平凡的女孩，那些循规蹈矩的贤妻良母，她的美和诱惑，恣肆又馥郁，有一种流动的魅与欲，是极具破坏力，又让人不禁迷恋的。这样的女人，不一定是通常意义上的美人，她们长相可能潦草随意，不够精致，不够规则，但一张脸矛盾复杂，目光像猫一般抓人，长年的风吹日晒和衣着不讲究精细度，反倒滋生出一股子说不出的鲜鲜的野气。

这样的女子不够家常、不易驾驭，但是人们忍不住凝视她们，不由得想接近她们，因为这是生命力蓬勃、甚至反叛人格的美。充满了生命力的美才是自然的宠儿，你去自然里看一看，从高山到野地，从大海到沙漠，都是这样宽广、慷慨却又喜怒无常，变幻莫测而又野性难驯的美。世之奇伟、瑰丽，非常之观，常在于险远，放到人身上也是如此，那些具有致命吸引力的人，都是生命力非同寻常旺盛充沛的人，狂野正是生命力过剩、满溢的一种表现。

这样的人，很多人喜欢他们，也有很多人不喜欢他们，但他们根本不 care，依然噼里啪啦、噼里啪啦地折腾生活。他们的行为总会让人提心吊胆，不知道从哪里来的那么多精力？但是他们就是要正大光明般地折腾生活，无精打采的人生不适合他们。我们之所以如此喜爱诗仙李白，是因为李白生命力的喷射炫目而强烈，爆棚的能量感可以击中所有人的内心。他的喜和悲比我们常人的喜和悲要厉害得多，所以我们的感情在他的诗歌得到一种扩展和释放。比如："我且为君槌碎黄鹤楼，君亦为吾倒却鹦鹉洲。"还有，"我本楚狂人，凤歌笑孔丘。""长风破浪会有时，直挂云帆济沧海"。李长之先生认为，这是李白蓬勃的、野性的生命力的体现，他的爱、憎、求、愁，皆趋于极端。是的，李白的生命力是没有被压抑着、幽闭着的，他大声喊出每一个生命的所思所想所求，所以他在根本上与任何人的心灵都最接近。摇头晃脑地高声吟诵太白诗篇，就让人有一种回归野性、解放自己的奔腾感，让人在读诗的刹那中，感觉自己灿烂、饱满，就像一朵炸开的太阳花。

野性之美，在国人中间比较稀缺。不过，我们依然可以看到那些穿过枪林弹雨还活蹦乱跳的人，即使他们是极少数的人。他们那么令人侧目，那么引人非议，不被权力左右、不受利益牵制，不为荣耀迷惑，特立独行，无视世俗，裹挟着一股从林莽间窜出的野性，率性而真挚，散漫而自在。

人的本质就是野性动物，追逐野性的过程也是寻找自我的过程。为什么春天让一个人不得不面对自己真实的内心，因为春天就是野性的。春天的野性，藏在漫山遍野的烂漫花开里，藏在泼地草绿的春风春雨里，藏在一群归来的大雁从三月天空洒下的响亮鸣叫里。野性美的主要特征是洋溢的生命力，野性美是因为生命本身而燃烧着的人类属于原生态的那一面，是经过修饰、精致的美的反义词。

什么样的人具有野性美？踏入人生的丛林，遇到障碍，不被规训，依然能活出自我。并且，无论多么明枪暗箭，跌跌撞撞，却一直用自己喜欢的方式活出自己的样子，释放天性，真实大方。在生活中葆有一颗野性的心，你就活在一首伟大的诗歌中，这首诗歌不仅仅是优美和浪漫，它也是忧伤、愤怒、幽暗的，但也有喜悦、勇气、理想、良知、怜悯、热爱和激情。这是一首自然的原诗，一首生命的大诗，这是一首充满力量的真正的诗。每一个人都活在世俗的生活中，但诗有时让我们稍稍高于地面那么一点点。就是这么一点点，它让你区别于其他平庸的人生。

《力量》

沃尔科特（圣卢西亚）

飞白译

生命将不断把草叶敲入地底。

我赞叹这股暴力；

爱是钢铁。我赞叹

碎浪和岩块间野性的互动。

它们有着默契。

我甚至能够体会

奔驰的狮和惊惧的母鹿间的约定，

她眼中流露出对恐怖的认可

我永远无法了解的是

写作此诗并且

以生命核心自居的这只野兽。

那些逃离的人们

举目四顾，我看到了那么多逃离的人：

进城的农民，是乡村的叛逃者，逃离的是土地的贫瘠和劳苦。在他们一批又一批走后，曾经五谷丰盛的村庄，开始野草离离、蛛网遍布。

心比天高的小镇青年，内心深处充满漂泊，是变异的自信，还是折损的自卑，谁愿意一生困守于此，过这种一眼能望到头的低矮生活。他们也许是"逃离北上广"的一员，当年驱逐他们的是雾霾的阴影，是城市的重压。但终有一天，逆子不回头地上了车，又一次逃离家乡，再不回来。

漂洋过海的小小留学生们，低龄化的出国已愈演愈烈，他们来自所谓的高净值家庭，他们的父母不让他们输在起跑线上。在迫切的逃离感中，混沌地拥抱他们的新大陆，这些不知道还会不会回归中国的孩子们，想要一棵真正的圣诞树，上面挂满礼物，焰火、喷泉般炫耀欢乐。

距离西安市区一小时车程的终南山里，据说有五千多位来自全国各地的修行者隐居山谷，过着和一千年前一样的生活。这些现代隐士们，逃离自不同的背景、阶层、挫折、疾病和困境，来此云雾缭绕之中，带信仰修行，或无信仰山居，"但去莫复问，白云无尽时"。

夜色朦胧，在雾霾重重中戴着口罩夜跑的中年男人，伴随着网络神曲在广场起舞的中年女人，他们/她们还不想回家，不想回到那种令人压抑的婚姻窒息中。无数的矛盾和纠结，理也理不清，已经不想去弥合，又懒得去相互讨好迁就，但中国式婚姻夹杂太多的亲情和责任，没有勇气去挣脱家庭的束缚，只有以一次次短暂逃离来平衡。你有遇见过深夜不愿意回家的人吗？也许他们的借口是加班。

大学毕业多年，上过班，跳过槽，考过研，恋过爱，最后，他们／她们主动或无奈的逃离了主流社会，不找工作，也不上学，天天待在家里。他们大多啃老，和父母住在一起，有一个单独的小房间，整天死宅在里面。离群索居，沉迷游戏，作息时间紊乱，情感自闭内向。表面上看起来逃离社会，其实，他们就像能够感知地震到来的小动物，看得到别人看不到的东西。网络纵横中，他们另有一份二次元的虚拟生活，也许是挥斥方遒、指点江山的键盘侠，也许是联众世界玩家竞技中的一代枭雄。

我认识一个逃离韵律的当代诗人，他说韵律太流畅令诗歌油滑，尤其是句末押韵。所以，他写诗有时故意躲开韵脚，一旦不慎落入韵的陷阱，也要想办法逃离出来，还诗句以自然和本色，因为如果人们只把注意力放在外在的韵脚上，就会忽略诗的内在意蕴。当你的眼神充满质疑，他马上以艾青"为什么我的眼里常含泪水？因为我对这土地爱得深沉……"两句诗作证，说不信你换成押韵的试试，它还能这么汹涌而来、击中内心吗？

我认识一个千方百计想逃离下半夜的失眠者，他说下半夜的人心，更脆弱、更焦躁。他说下半夜经常跟情绪纠缠在一起，睡不着或不想睡，因为恐惧、空虚、烦闷、痛苦。他说下半夜的故事与白天不同，发生在中国的深夜故事，每一则都比深夜剧更荒诞也更真实。他说当窗外夜深如海，全世界的人都睡了，独独剩下他一个，成为被遗弃的孤儿，他是多么想逃离下半夜，躲入黑甜乡啊！他多么希望能重新成为一个——一个身心健康如初的人。

还有，还有很多各种各样的逃离。被市井生活困住手脚的世人，最向往一种逃离日常柴米油盐的生活状态，比如说走就走的旅行，比如重新坠入爱河，比如做酒中的仙。为什么人们总想寻求一种逃离现实的可能性？他们向往的生活都在别处？

因为困守，所以焦虑；因为焦虑，故而逃离。

逃离只是故事的开头，逃离的人们，后来都去了哪里？他们生活得怎样？所有种种企图逃离之物，其实会不断得以回返，那些越是逃离就越是强有力呈现出来的东西，成为离心力的那个深沉的中心，他们怎么去处理呢？

能逃离的是生活，无法选择的是命运。逃离是一种治疗方式，但人生而自由却无往不在枷锁中，生命中的孤独与宿命，不可逃离，也不可消除，对于每一个个体来说，都如此真实。

穿越人性之海

当你建立了心锚之后

“我不吃面包，麦子对我来说一点意义也没有，麦田无法让我产生联想，这实在可悲。但是，你有一头金发，如果你驯养我，那该有多么美好啊！金黄色的麦子会让我想起你，我也会喜欢听风在麦穗间吹拂的声音。”这是圣埃克苏佩里小说《小王子》中的狐狸说过的话。

小王子在沙漠见到狐狸，聪明的狐狸要求小王子驯养他，于是小王子驯养了狐狸。从此以后，狐狸看到金色的麦田就会想起小王子的金发，它也爱上了麦田的风声。狐狸渴望和小王子建立关系，它希望被驯服，这样才会彼此需要，可小王子早已被玫瑰花所驯服。他日日夜夜惦记的只有这朵玫瑰。他常常自言自语，再想着想着就痛哭起来。因为爱上了遥远星球上的一朵花，每晚睡前他只要望着天空便会觉得甜蜜，所有星星都开满了花……

麦田之于狐狸，星星之于小王子，就是所谓的“心锚”吧？当条件与反射之链接模式衔接完成后，人之心锚就建立了。对于狐狸来说，麦田就是小王子一头飘扬的金发；对于小王子来说，他的那朵玫瑰花盛开在浩瀚星海里。

心锚建立的前提是，一个人身心都处于强烈状态时，此刻有一个诱因不断地介入到这种状态里，那么这个诱因就会和这个状态结合而产生神经链。此后每当诱因一出现，这种强烈状态就会自动地产生。例如你曾在某一个难忘的夏夜，听过一首由张学友演唱的曲子《忘情冷雨夜》，以后只要你一听到那首曲子，“浓情年月再不回头，纯真的心早经蜕变”，便会自然地忆起早已飘远的从前旧片段，瞬间如同徘徊夜深、流浪街边，摇动了漫天痛哭的暴雨，深深湿透你的双肩。又如你和高中时代的闺蜜曾坐在河畔的潮湿草地上，仰观满天灿烂星辰寻找大熊星座的位置，那时你们经常头挨着头，亲密地共吃一个巧克力冰激凌，每当你想重温纯真的少年友情，只要点一客这样的甜点，就好像穿越时光，和少年朋友重新在一起，坐在河畔的潮湿草地上，为流星雨划过星际许下一个个愿望。

影响心锚的威力有一个重要的因素，那就是第一次有关联状态的强度。因为分别的那个夜晚，一轮丝毫没有缺损的圆月悬浮在空中，颜色澄黄，如同一滴巨大而混浊的眼泪，从此，不知为什么，每到月圆之夜，你总觉得好像缺了点什么，有一层薄薄的凄凉浮上心头。你不知道这薄薄的凄凉还要延续多久？那一夜分别后，是十几年天荒地老的陌路，你无法测算这个心灵事件的强度。

心锚有的深奥，有的浅显，它可能是一句话、几个字、一个动作或一个东西，让我们或看、或听、或想、或嗅、或尝，在一眨眼间改变我们内心里的感觉。最令你仓皇的，是那些深深埋藏、突然浮出水面的心锚。例如你独自一人，深冬经过街口时，买得一袋糖炒栗子，剥一个放进嘴里，却猝不及防的，被糖炒栗子勾出泪来，抬头望天，失魂落魄。你想起了当初你与谁分食过、有人给你买过热乎乎的糖炒栗子。深藏的情愫突然迸发，可当初只道是寻常，糖炒栗子还是糖炒栗子，但再也没了曾经的温暖味道。那些辗转的，无奈的，已经远去的，面目模糊的情感，在你没有防备的一瞬间明亮清晰起来。此情可待成追忆，只是当时已惘然。

心锚是一种永久性的体验，当你建立了心锚之后。有的心锚，唤起的是甜蜜的记忆，有的心锚，则是如影随形的创伤。对于创伤唤起来说，记忆力太好不是好事，有些事情忘记比较好，可是心锚已经在不经意中形成了。深情终究是一趟孤独的旅程，心锚成了永久的牵绊。爱是彼此之间至为深切的驯服与链接。谁驯服了谁，谁心锚了谁，谁又说得清。

那一团热情

人类行为中，最易后天训练的是专业知识与技术，最难训练的是热情。

热情是内在的"火花"，拥有"火花"的人一定会闪闪发光，即使没有世俗意义上的成功。而没有"火花"的人，就像失去水分的植物，失去了生命力，有点暗淡，有点萎靡，即使他的外表依然光鲜优越，但肉眼可见的缺乏精气神，眼睛里没有星星。

记得晚年齐白石感叹光阴流逝，曾说："痴思长绳系日。"明知"长绳系日"不过是一厢情愿的"痴思"，这不服老的老爷子还是日夜勤奋，以无限的精力和热情投入到创作中，力求在有限的时间内产出更多的可能。齐白石最喜欢画虾、山川、鸡鸭、鱼虫。这些东西在我们看来没有感情，但是在齐白石的画上确实有生命、有灵性。从他的画中，我们可以感受到浓厚的乡土自然气息，以及天真烂漫的童心。齐白石正是这样的人，从来不多管闲事、不爱应酬、与世无争，永远是一颗纯真的心，他将自己的一生全部投入了艺术当中。我们当下所缺少的，或许就是如齐白石这样的饱满的热情、专业的坚持，和精神上纯粹的追求。

比我们容颜衰老得更快的，是我们曾经不顾一切的热情。"一个人如果没有了梦想，那跟一条咸鱼有什么区别？"这一段话在很久以前，曾随着周星驰所自编自导自演《少林足球》的火爆，而广为人知。可是，梦想该是什么呢？当实力追赶不上欲望的时候怎么办呢？许多人反倒是认清了生活的真相，风吹日晒中成为咸鱼。咸鱼在变成咸鱼之前，也有过鲜活的人生。没有一条咸鱼不想翻身，可他被生活腌制了，当大把的盐洒在他的伤口上时，它也试图着挣扎，但奈何抗争无用，只能眼睁睁地看着自己被巨大的石块压在身上泡在盐卤中，直到变成一尾躺平的咸鱼。环顾四周，大多数人不也是一样做着朝九晚五的普通上班族，最终只是成为一条咸鱼吗？小时候，谁都觉得自己的未来闪闪发光，但是长大以后，就像王小波说的："生活就是个缓慢受锤的过程，人一天天老下去，奢望也一天天消失，最后变得像挨了锤的牛一样。"热情耗尽的人们，变得淡然而宁静：前方如一个幽深的隧道，仿佛没有尽头似的，不知道未来在哪里，生活日复一日，好像是靠惯性推着，而非希望。

我承认，时刻保持自我驱动是一件很痛苦的事情，因为它是在和一个人与生俱来的惰性和拖延不断对抗。而且，经过无数打击和挫折，要进入到无人喝彩也不会影响人生热情与兴致的阶段，不在乎别人的评说，也是极其不易做到的。滚石乐队的老头子们在 70 岁还在舞台上玩摇滚，还唱着"我无法得到满足，我就是要不停去试、去试、去试……"，不知道他们如何能一直保持那种巨大的生命热情？

其实人最重要的是他内在的精神，对周围的世界保持一种探索的欲望。如果他有这些精神，无论在哪个年龄阶段，他永远都处于一个探索过程。没有内心的"火花"，人就会失去"灵魂"。今天人们汲汲以求的户口、房子、学籍、财富，在数百年后都将时过境迁，不复存在，化为尘埃。我们真实存在过的痕迹，唯有那一团无用的热情和曾经活过、爱过的动作于天际间投下的影子而已。

因为缺乏耐心

　　现代型社会的一个特点是"快餐化"，而快餐化的一个特征就是浮躁，每一个人交往的圈子都很大，每天都在跟不同的人打交道，但对每一个人都缺乏必要的耐心，总是目标明确快速地选择交往对象，却缺乏足够能培养出感情的耐心。现在的很多人，其实已经缺乏培养一段长久关系的能力了，缺乏那种包容，那种体谅，那种觉得不管遇上什么风风雨雨，都可以一起走下去的动力。在这个时间如金钱的年代，不是每个人都愿意花费时间找你聊天，也不是每个人都有耐心听你说完。所以，如果有一个人愿意把生活分享给你，也愿意倾听你的喜怒哀乐，默默做你的情绪容器，和你一直保持情感的连结，那么，你一定要好好珍惜她或他。

　　环顾四周，这个时代之所以有那么多分分合合情感动荡的故事，是因为人们已经缺乏了解一个人的耐心，也缺乏和一个人长久下去的耐心了。这种社会心态，也在侵蚀着家庭中的亲子关系，学校中的师生关系。我觉得作为父母、作为教师，必须具有的品性和操守就是耐心。很多事情是急不来的，就如同种庄稼一样，得等待粮食按照自然规律慢慢生长，而不能拔苗助长。比如天生胆小的孩子，你不能强迫他变得大胆，对每一个孩子所有本质特性中的不足之处，首先要尊重与理解，然后才是耐心和缓慢的改善。教育应当是春风化雨的，润物无声的，充满爱心的，潜移默化的。爱是耐心，是等待意义在时间中慢慢生成。子女愿意对父母、学生愿意对老师敞开心扉，而父母老师，也愿意坐下来，做一个耐心的倾听者。亲子关系、师生关系才是自由流动的、滋养长久的。用巨大的耐心来慢慢浇灌和守护的孩子，他们的生命，才会有温暖明亮的底色，才会心底安定、步履坚定，他们的变化就从一天天成长中而来。

记得唐代柳宗元在一篇散文中，曾写过一个以种树为职业的人郭橐驼，有人问郭橐驼种树种得好的原因，他回答说是顺应树木的自然生长规律，使它的本性充分发展。要让树长得好，必须"其根欲舒，其培欲平，其土欲故，其筑欲密"。种下去了，就要放平心态，耐心等着，不要时时挖起来看，让它在春风细雨中自然生长，它自然以茂盛的果实来回报你。在这个急吼吼的效率至上时代，我们最欠缺的，就是像郭橐驼那样"顺木之天，以致其性"的种树人，平和，专注，坚持，为自己无法享用的树荫去种树。为什么难以做到？因为需要耐得住寂寞，不在意名利，需要有足够的耐心，慢慢浇灌，慢慢改变，慢慢积累。

卡夫卡曾说过："人类的两大主罪，所有其他罪恶均和其有关，那就是：缺乏耐心和漫不经心。因为漫不经心，人类被上帝驱逐出伊甸园；因为缺乏耐心，他们永远都回不去。也许只有一种主罪：缺乏耐心。由于缺乏耐心他们被驱逐，由于缺乏耐心他们回不去。"这是对人类罪愆、苦难、希望和真正的道路的观察：对别人有耐心是关爱；对自己有耐心是希望；对上帝有耐心是信仰。世上那些了不起的事，大多是由耐心堆积而成。上帝不会馈赠那些急功近利的人，因为，为功利而来不仅透露了来者的焦躁与贪婪，还有他信仰的缺失。

我们无法一天改变世界，社会进步，不是一夜造就的；人生跃升，也不是一夜可成。只能在日复一日、年复一年的坚守中，一寸一寸地进阶，进一寸有一寸的欢喜。面对这个时代，我希望我能奉上，一份真心、耐心和恒心。

今天你无聊了吗

我们这个时代的无聊之处，是所有人的命运都越来越雷同，食物越来越雷同，连脸都越来越雷同。大规模生产的工业化逻辑决定了，社会整体在趋向一种罐头式的统一生活。渐渐地，我们都成为制式生活方式和流程的执行者，在日复一日重复的时间表中慢慢失去生活热情。换另一种牌子的香烟也好，搬到一个新地方去住也好，刷别的游戏或追剧嗑新的 CP 也好，坠入爱河又脱身出来也好，人们一直在以或轻浮或深沉的方式，来对抗日常生活那无法消释的乏味成分。可是，大部分人的生活依然乏味得不值一提，根本就没有不乏味的时候。

1925 年英国诗人托马斯·艾略特创作了诗歌《空心人》（The Hollow Men），刻画了现代人的无聊、空虚、焦虑的精神生活，被认为是描写当时人的精神状态的代表作。1930 年，德国哲学家雅斯贝斯写出了《时代的精神状况》一书，特别讨论了"个体自我在当代状况中的维持""精神的衰亡与可能性"等问题。1964 年，面对西方世界进入发达工业社会之后的各种问题，哲学家马尔库塞出版了《单向度的人》一书，他阐明了西方社会中人们内心里的否定性、批判性、超越性的向度是如何被一点点侵蚀掉的，人最后如何成为"单向度的人"，即丧失了创造力，不再想象和追求与现实生活不同的另一种生活。如果说以往我们在读这些内容时还觉得都是"西方语境"，那么，现在这些问题也随着中国社会高速的变革与发展来到了我们面前。

心理学家弗洛姆（Erich Fromm）把无聊看成是现代工业化时代的

大众心理现象，他认为大多数人从事的是对人有异化作用的工作或劳动，这些工作和劳动只不过是他们的饭碗或养家糊口的手段，对他们并没有自我成长、自我实现、自我完善的意义。弗洛姆这样写道："现代资本主义的人的问题可以这样概括：它需要大规模协调合作的人，需要消费胃口越来越大的人，需要趣味标准化、容易受影响、需求容易预测的人。现代资本主义社会宣扬人应该自由和独立，不依附于任何权威，但实际上，它需要人自愿接受支配，愿意做期望他们做的事，愿意毫无摩擦地适应这个社会，毫无目的，易被煽动——它需要只想获得成就、忙碌、发挥作用和继续生活的人"。这样的基本社会结构对人的个性带来的改变是：现代社会的人，逐渐疏远真实自我，疏远真实自然，疏远真实情感，逐渐转化为商品。个人失去了个性，蜕变为机器的齿轮。每个人都把他的安全建立在附和群体的基础上，而在思想、感情或行为上不再有什么区别。每个人都尽可能靠近其他人，但仍然感到十分孤独，充满深重的不安全感和焦虑感。

日新月异的时代，我们都被越来越多、眼花缭乱的影视节目、娱乐游戏包围着，名人新闻，广告营销，以及其他一些享乐主义的琐碎事情。这些刺激和新奇，可以用来驱逐无聊吗？赫胥黎在《美丽新世界》中提出警告，人们将在汪洋如海的信息中日益变得被动和自私，人们将由于享乐而失去了自由。用于驱逐无聊的各种消极手段，唯一能做的就是阻止我们变得清醒和有意识，因此反而增加了无聊。正如为解渴去喝盐水，反而更增加了渴的程度。比如对许多人来说，用手机大概就是这样一种用无聊来排遣无聊，因而不断持续无聊的活生生例证。

不断宣言个性和自我的现代人，实际上很可能并没有真实自我。他们只是机械工作的附属物，是纯粹的消费者，唯一目标是拥有更多的东西，以及消费更多的东西。每一年、每一天、每一秒，我们的心理都会发生很多变化，但我们的表达方式却一如既往，远远落后于真实的生命体验，很多感受、情绪、思想难以被充分疏导，在每个个体的内部不断被压抑。这些说不清、道不明的重压日积月累，最终将导致内心坍塌和自我迷失。现在得抑郁症的人越来越多，可能就是这种坍塌和迷失的结果。我觉得大多数的抑郁，其实都是我们与自己真实需要太疏远的心理反应，是一个人按照虚假自我所对应的社会期待值来生活，没有任何腾挪空间，当伪装一层层退去，在看清了将真实自我吞噬掉的社会秩序后，他所陷入的空虚感与无力感。

无力地爬上山坡

我看到无力感正在社会的公共空间发生，以庸常的姿态在社会各处灰扑扑呈现。

社会变迁的机制，让人不再具有那种超越性的宏大理想，而是被还原成为世俗生活而挣扎的社会原子，深陷于影响到生活的制度结构、社会结构中，无力挣脱。再加上某种曾经想象的未来，在改革的异化、艰难中，慢慢失去预期——这种挫败感的心理冲击是非常惊人的。举目四顾，庸常生活中的大多数人，只是上班路上嘈杂人群中的一员。人流裹挟着每一个无力的个体滚滚向前，在社会主流价值观的缝隙里，艰辛地囿于厨房和信用卡账单，为孩子的升学发愁，为房价股票的涨跌而焦虑争吵。

这是一个泛娱乐的年代，一个娱乐没有边界地大行其道的年代。其实，太多的时候不是我们痴迷于娱乐的方式，只是因为无力自拔、无力捍卫和坚守，所以不得不一次次被"软娱乐"。

这是一个处处充斥着阴谋论的年代。阴谋论为什么会泛滥？互联网上的泥沙俱下，固然是阴谋论的温床，但根源在于社会信任感的进一步失落和涣散，人们在越来越强势的政治与商业——它俩已经完全合体成为双头怪兽——势力面前的无力感，很容易转化为阴谋论。

这是一个"佛系"成为流行语的年代。我觉得现在正大火的"佛系恋爱""佛系上班"，"90 后看破红尘"的背后，是对现实的无奈无力的一种自嘲：真出家不行，还不许我们过过嘴瘾么？前一天，还兴致勃勃谋划的事情，到了第二天，突然觉得毫无无意义。前一天跟别人说安慰的话，第二天就发现这些话多么无趣。最后，"有也行，没有也行，不争不抢，不求输赢，万事随缘"吧！红尘炼心，不以物喜，不以己悲，以一种事不关己的态度看待一切。连谈个恋爱，都难以唤起激情，总是不温不火，总是有气无力，这在某种意义上也是一种恋爱的"降级"。降级是无力者节省力气的活法。就这样吧，不然我还能怎么样呢？！躺平主义固然是一种消极的回避，但个中人也不过试图在内卷化社会中做一个渺小而独立的自己而已。某种程度上，躺平一族提供了一个自我放弃放下的镜像，映照出社会主流努力奋斗的幻灭感：几十年下来一直高强度的工作，无非买房买车、结婚生子，而房子不过是几十年的产权，长期来看和租住无异，至于子女，自家也没有江山可供继承，基因是否传承下去又有多大意义？

这是一个遍地"键盘侠"的年代。指点江山、激扬文字的键盘侠们，在网络空间中，无论是否具备相关知识，都可以随意对任何人、任何问题发言，在每一个新闻热点事件中表达自己的看法，嘲笑政府、官员、学者、专家和各种权威，并因此获得一种虚幻的平等的感觉。虽然离开了网络，嘲笑和讽刺的对象与他们实际上并不平等。以虚拟人格得到别人的认同，的确能增强一个人的存在感，但关了电脑，侠客们其实心里雪亮，这只不过是对在现实生活中深刻的无力感的一点虚幻的补充罢了。

权威者充满掌控力，无所畏惧；无知者横冲直撞，毫不在乎，最尴尬的是被夹在中间的人，既无力承担，也无法放下，上畏大人，下惧刁民。越这样想就越慌张着急，越使不上力气，越觉得茫然无力。心一点不踏实，是一种踩不到地面的漂浮感。日复一日干着重复无趣的工作，打卡搬砖，蹉跎岁月，甘做一颗不起眼的螺丝钉。下班回家累得快要散架了，一碰到床就浑身无力，然而，在夜里静静幽幽地躺着，却又迟迟睡不着，仍徘徊在白天的现场，对于升职加薪的期待、对于买房结婚的焦虑、对于病痛失恋的恐惧，无法把自己拽离这些现实，却又无力改变现状。

　　当人们觉得自己十分渺小、卑微、无助、无力的时候，当他们在下意识里知道，就算自己怎么努力，也注定要一事无成的时候，他们就会特别盼望出现奇迹，无论是买彩票股票，还是求神拜佛各路大师。这似乎正在成为一种普遍的生存状态。

　　关于无力感，在我脑海中，常常会浮现一幅画，那是美国画家安德鲁·怀斯 1948 年的油画作品《克里斯蒂娜的世界》。画面上，一个疲惫的、苍白的女人，蓬乱着黑发，匍匐在因为荒凉而显得美丽的黄色土地上，无力的双臂勉强支撑起上身，无助然而热切地凝视着天边的人家。画中克里斯蒂娜的原型是一名患小儿麻痹症而致残的少女，她瘫在地上，看不清她的脸，但是可以感受到她瞭望远方时的思考。克里斯蒂娜的世界，让我体验到病躯上的无力感与挫败感，画面上的形象引起我深切的恻隐之心：是什么样的罪，让她跪在地平线下，让她爬不到终点？

　　不过，少女在这满目荒凉的土地上，还是用那双发育不全的瘦削胳膊，支撑着身子，艰难地抬起了头，她看着远处，在那个遥远的地方，也许有着她向往的自由的畅想、自由的生活。克里斯蒂娜与其说是一个小儿麻痹症的患者，倒不如说是一个历尽千辛万苦的跋涉者，为了追求一种美好的愿望。这是我对这幅画的解读。

　　无力感的油然而生，这是人性和社会博弈的一个相当令人遗憾的结果。时代呼啸前进，摧枯拉朽，我们无力也无权阻挡这种变化的到来，只期待这一变化过程，能够不那么粗暴而残酷。在推动社会变革的过程中，每个人的力量都是有限的，因此这种"无力感"是普遍的，也是无比真实的。但是，也正是因为这种"无力感"，才更需要执着。许多人，之所以平静而坚定，活得从容，是因为他们看到，20 世纪做不完的事情，可以这个世纪来做；那些一天永远做不完的事，可以用一生来做；那个爬也爬不完的荒凉山坡，可以一寸一寸地匍匐前进。

居于幽暗而努力光明

中国的文化被李泽厚称为"乐感文化"，以区别于西方的"罪感文化"和东邻日本的"耻感文化"。如果说，西方的"罪感文化"依靠启发人的良知，并通过忏悔和赎罪来减轻人的内心的犯罪感，是居于幽暗而自己努力。因为我们是性善论的"乐感文化"，以儒学为骨干的中国文化的特征或精神，是一种"即世间又超世间"的"乐感"，更重视现世的快乐，企图通过在人的伦常日用的人生快乐中实现超越，而并不正视罪的存在，也即人的幽暗。

一代大儒王阳明，也可以说是作为一个芸芸众生中真实存在过的圣人，他的临终遗言是"此心光明，亦复何言？"，似乎凡世间这一切纷纷扰扰都与己无关，功名利禄都只是过眼云烟，心底里面的那一片光明，足以支撑他穿越一切黑暗，温暖他一路倍加辛苦而艰难的历程。他能将一切遭遇用最宽广清明的心情来对待，以一片澄明清莹的心性，体会到与宇宙融合为一体的自由安适，所以，回顾一生，夫复何求，又何必多言！可是，对大多数的人而言，并不能抵达这种生命最后的大圆满与大解脱。而且，又何必只言光明，不言幽暗，难道那不也是生的一部分吗？我想那是因为，人们通常选择回避幽暗问题。

人的内心难道不是一个无限幽暗的存在吗？每个人的内心深处，难道不都有一些幽暗的形象隐现其中？那些细小的漩涡在微飔中来回躁动，那些夜色中的乌鸦，如一群黑夜的使者，在真空中不断地升腾或起飞，挥之不去。记得当年读弗洛伊德的《梦的解析》，那本书打开了我一生的窄门，深渊一样的吸引，使我惊悚于人性的幽暗与诡谲，神秘与辽阔，诱我开始深入和接近文学世界也即人性世界的根基。

弘一法师离世之前，写下"悲欣交集"，四个字无意透露出来他满腔的人性风景，悲伤和欣喜，都来自那深不可测之处，时光的阴影之处，它们交织在一起。人性的本质，既有真善美，又有贪嗔痴。这一生不过是，努力萃取出夜晚的幽暗，继而渲染昼夜之间的淡淡灰雾，在洗去夜色迷离之后，不断朝向永恒光明的那一边。懂得了这幽暗复杂的人性，才能变得更加通透，豁达，慈悲，深邃。

人生很多时候是需要逆向思维的，我们要从短暂去理解长久，从幽暗去理解明亮，从邪恶去理解善良，从灾难去理解幸福。这是因为，经验领域的对立，并非是绝对的，它们含有两相比较、量和程度的可变性、有可能调解和相互转换等异质成分。什么叫生命？就是在行行复行行的每天跋涉中都不知道下一秒会发生什么事情，这就是生命，只要我们还活着，关于我们生命的问题，不是都还像树叶挡住我们的视线一样悬而未决吗？在一个距离之外，树木看上去成为风景，但模糊不清，阴影重重，谜一般地缠绕在一起。理想的阴影下，才暗藏生活的本质。无所谓光明与幽暗，但求直面真实。人的存在不仅是活着，更珍贵的是有超越的可能性，这才最大也是最终的价值。

但愿此生居于幽暗而努力，不断朝向永恒光明的那一方。

通巫般的直觉写作

写作本身就是一个巨大的谜。很多时候，作家从宽阔的门里进去，往往走到了死胡同，而从窄门里进去，反而可能窥见一个宽阔的世界。无论是从哪一道门进入，在这个世界上，各人有各人的天命和道路。

过去我一直把文学大师们分为两大类，一类是托尔斯泰、巴尔扎克等社会型作家，百科全书式的，新闻报道般的调查型写作，另一类是陀思妥耶夫斯基、普鲁斯特、卡夫卡、杜拉斯等"内省型"作家，深居于生命的洞穴中，不闻世事，只掘进心灵，通巫般的直觉写作。相比之下我当然更喜欢后者，因为后者与生命本质、艺术本体更接近。但是我注意到一个令人恐惧的现象，那就是，后者的最终命运大多与病态、疯狂或自杀有关，他们命运颠沛、在劫难逃。直觉写作不是外向型的，而是向着心灵深处的溯回，走的是窄门。在这门里，持续不断地往自我或人类意识的深层掘进。这无疑是一种耗损的写作，就好比是在刀尖上旋舞。这样一种灵魂历险的出发，不一定能够顺利地返航归来，这或者就是后一类作家中许多人非疯即死的答案吧！如尼采所言，与怪兽搏斗的时候，要谨防自己也变成怪兽。当你凝视深渊的时候，深渊也在凝视你。

通巫般的直觉写作者，并不多见，也不是训练培养出来的。李白绝种了，杜甫则有无数后裔。李白的源头是楚辞，传承的是巫鬼诗情，举杯邀月，居于海市蜃楼，高处不胜寒。而杜甫的故乡是诗经的诞生地，孔儒文教、温柔敦厚。李白与杜甫各领风骚，但杜甫可学，所以诗圣门下人丁兴旺。而诗仙李白，腾云驾雾，举世难出，发兴无端，起落无迹，神龙见首不见尾。学李白难啊，难上加难，既需要才气，又需要力气，既需要勇气，更需要运气……

在现当代写作中，通巫般的直觉写作者，比如木心和胡兰成。这两人风格迥异，但是一路人。他们都是胸中有山河岁月的文人，偌大的文坛放不下一个位置的不规则件，先知般的艺术家。他们思路怪异，不迁就任何学理，写文章像巫师作法，在你意想不到的地方发出妙手，让你惊艳。当然，大家最熟悉的一位承楚骚巫鬼传统的当代作家，就是出生于秦头楚尾之地的贾平凹。在贾平凹的创作中，神秘诡异的传说、巫术、占卜等占有很大比重。尽管贾平凹并不缺乏现实主义作家所具备的基本素质，但是，孤独、内向的心理性格，旷达、超脱的艺术气质决定了他面对现实主义的基本规范，很难做到心平气和与循规蹈矩。他在一定程度上突破了现实主义的窠臼，表现出较多的非现实主义成分。他大量运用象征、隐喻等艺术手法，对商州深邃神秘的民间信仰做了透视。使其作品充满灵异感，具有浓重的魔幻色彩。

西方作家中，我喜欢的法国作家杜拉斯，语言也天生有一种"巫"的味道，敏锐得让人吃惊，使人一下子豁然看见，本来能独自看见却偏偏没看见的东西。我们由于懒惰或习惯不能达到的那一步，她却自然而顽强地一下子就抵达了。其诡秘的逼视与穿透力，像一抹意味深长的灵猫的微笑，令人陌生和不安。杜拉斯的小说不是流畅完整的那种，相反，支离破碎。膨胀的情绪带动着它。梦呓般的倾诉，完全的口语风格，颠来倒去，远离逻辑和理性。但她就是有本事让人沉迷其中，难以自拔，在语言的高速公路上一路颠沛狂奔，不顾一切，向前向前，在腾空而起的一瞬间感受那种眩晕失重的美感。她奇特的感觉和不按牌理出牌的表达，也许正是她对文学的贡献，那就是赤裸裸的自我，生命的本来面目。她是一个自我与文字混融一体的生命，从不粉饰，从不深思熟虑后再确定。动荡不定，是因这特定的生命本身具有那么多不能确定、转瞬即逝的痛苦、喜悦、迷惘、爱欲，各种混沌暧昧，出人意料，奇险迭出。恍惚迷离，搅拌其中。

中国古代的仓颉传说中长有四目，这说明"文祖"并非实有其人，而只能视为一群人的代表。刘安的《淮南子》中记载有"昔日仓颉作书时天雨粟，鬼夜哭"，如此巫气森然的场景可视为古人的迷信，但也可分辨出另一层含义：它渲染了发明文字的神奇和不易。在最古老的意义上来讲，诗人最早的职能就是巫师。而今天，被科学所主宰的实证世界上，天路已断，上帝已死，因此，诗人也就是广义上的从事文艺者，早已身处荷尔德林（Holderlin）所谈到的贫乏时代。

其实最大的贫乏，就是内在人性的贫乏，割断了人与神秘直觉的联系。而这种联系其实从未被彻底割断过，它一直在进行着，它是一种人深处的潜流。我们一说到"神秘主义"的时候，可能就坏了。什么东西一加上"主义"，就变成了某一种可解释性的、成体系的东西，我说的不是"主义"，我说的是"神秘"，甚至连神秘都不是。而是我们生活当中必不可少的一部分，我们每天都和这样一种东西相通。精神感应是最普通的超感觉感知的形式，它可能在所谓的原始文化中广泛流传。许多部族社会的巫师能够通过精神感觉通讯。他们利用各种技术进入似乎必要的意识转换状态，不仅仅是巫师，我们所有的人似乎都有精神感觉的能力。

来自人类学的证据证实了这一点。人类学家 A.P. 伊尔金（A. P. Elkin）注意到，一个远离家乡的人，有时会突然宣布他的母亲死了，他的妻子分娩了，等等。他对自己感知到的事深信不疑，而结果证明，事实往往如此。这种情况尤其常常在双胞胎之间出现。在许多情况下，双胞胎中的一个能感觉到另一个的疼痛，即使另一个远在世界的另一边。除了这种双疼痛现象外，母亲和爱人的敏感性也同样值得注意。有数不清的事例显示，母亲知道她的儿子或女儿在什么时间遇到了大的危险，或实际涉及了某种事故。而这种情况也常常在配偶之间上演。我完全能够理解这种通巫般的直觉感应，因为我也常常能够感应到尚未到来、正在到来的许多事件轨迹。我自己就有亲身的经历。

记得那是很多年前的事情了。学校放寒假后，我一个人背了个小小行囊直奔北京，上了近三个星期的考研冲刺班，准备年后参加北京大学中文系的博士研究生考试。空气混浊的考研辅导班内，人潮汹涌，各路大牛，复习笔记，真题单词，人人都满怀梦想和热血。那时候还是一个前途茫茫然的女生，根本不知道自己要去往何方？反正书山学海，勇攀强渡，虽千万人吾往矣。人一专注，就出离现实，不问家事世事。等考研辅导班终于在除夕前一天轰然结束，我才回归正常轨道，千方百计从黄牛手里买到了回南方老家的火车票，虽然高价，但居然是卧铺的中铺！飞奔到北京南站，才想起很久时间没打电话回家了，赶紧拿起电话，拨通那个熟悉的号码，大声说爸我在北京的漫天风雪中上车回家。

上了火车就累得实在不行了，再加上列车晃晃荡荡，从北京到广州，一路南下，基本上都是在深睡和半睡眠状态。不知道是在梦境中的第几层，也不知道是在梦的第几个回合，我在恍恍惚惚中，看到了披散着一头白发的祖母，如一只风筝一样，毫无重量感地飘荡在半空，在对我喊出："阿荔，快点回来，否则就来不及了！"在梦梦重叠中滑翔，在乐声最幽微的转折处，无名之物扑面而来，我被这个说不出凄凉的苍老声音，反复地缠绕。那半空的呼喊，如一滴蕴蓄已久的檐下的雨，轰然落下，砸在午夜梦回的恍惚上。祖母的白发，皱纹，脸上凄苦的表情，都那么真真切切地呈现。然而，我总是在快要被惊醒时，说时迟那时快，又一次不战而降，堕入梦境昏沌的深洞，并不断坠落。

带着这个梦境残余的影痕，某种心底的惊悸与不安，我长途跋涉，不知所措地回到了家乡。进家才看到疲惫的父亲，告诉我因为我考研，家事对我已隐瞒半年，祖母重病住院三个月，并处在精神失常、幻听幻视的状态，但除夕前一天突然神志很清明，坚决要求出院回家，谁也挡不住。我急急奔向祖母的房间，她正躺在床上，暴瘦到颧骨高耸，脸惨白得吓人，但看到我的表情却分外安详和放松，她告诉我赶紧洗手吃早餐去。从小和祖母最亲，我抚摸着她冰凉的树皮般的双手，手上的血管都是青黑色的，我的泪大颗大颗地从眼眶里掉下来。我偎依着祖母，一刻也不想离去，闻她身上我熟悉的气味，她穿着的旧睡衣，有着过去年代的花样和质地，她静静合眼入睡的举动似乎也是过去岁月的，有着褪色而模糊的质地。我发现睡眠中的祖母，额头皱纹似乎舒张开来，她的手足越来越冰冷……就在我坐 30 多个小时的火车、在除夕夜千里归家，进家门十分钟之后，祖母在我的怀抱中安然去世。

所有的人，都说我与祖母关系好，祖母牵挂我，不等到见到我的那一刻，不肯合眼。只有我知道，其实我差一点就在路上耽搁了，连累祖母魂游四方、千里寻我回家。子不语怪力乱神，不是不想说，而是不能说，以我们人类自身的贫弱无知，根本无法谈论神秘现象。无论是一种现象、一种文化、一种思想或精神，还是一种能力或感觉，人们之所以称其为"神秘"，就是因为它们都具有共同的性质——非理性，也就是通过理性无法理解、表述、把握的性质。

神秘文化普遍存在于人类的一切文化形态之中，这也就意味着——对神秘事物的恐惧与敬畏，对一切无解之谜的困惑与浩叹——作为一种要素，一种文化基因，是人性的重要组成部分。神秘文化的源远流长，昭示着人性的脆弱：人的想像力、幻觉和人对神秘事物根深蒂固的虔信，从古到今不断提醒人正视人的渺小。面对无始无终、浩浩莽莽的时空，我们的无知永远大于所知。

在这个现代的、世俗的和科技的世界上已经毫无神秘可言，然而我经历过祖母去世的心灵感应，似乎我与祖母之间存在着一种神秘的同一性。这不是错觉或迷狂中产生的幻觉，而是心灵深处的神秘体验。冥冥中……全家那么多人，只有我托梦感应了！绵绵伤心，不能细究，夜半想起暗自惊心。我从此知道，现代人怎么可能把大自然的神秘剥落殆尽呢？怎么可能把信仰完全清扫干净呢？

我们管千百个变化不定的原因的无限运作叫作命运，其实，任何决定都不是最终的，从决定中还可以衍化出别的决定。能在这种不确定的混沌演化之中，得以窥见某种草线灰蛇、伏脉千里，得以窥见命运奔流中的种种恢宏和壮丽，这是何等令人着迷。真愿意睁大眼睛去深深凝望，在不停流逝的时光中找到轨迹，殚精竭虑、一动不动、秘密地在时间的范畴里营造无形的迷宫。

我来自岭南蛮瘴化外之地，一个遍地巫风的地方，有着自远古至今一直保存的、较为完备的文化形态，属于楚巫文化中的一个重要支流，也属于罕见于史载但深厚绵延的百越文化的核心区，岭南百越文化在治病、驱魔、婚丧时均有独特的方式，生活习俗千奇百怪，五彩缤纷，与其他区域有较大的不同。总之，有很多说不清的神秘地方，这便是巫风的具体表现。走过亚热带日日恣肆成长的蓊郁草木，我酷爱烈日暴雨一般的自由，也根本不怕"刀尖上的旋舞"，我情愿在赤足的旋舞中，回到最源头之处，寻找自己的真实面貌，也许世界形成之前它已形成。

凝视人类的深渊

在人类漫长的历史长河中，记载过多少的杀戮与战争，而千百年来，又有多少以血洗血，以仇恨唤起更大的仇恨的愚行。而随着科学技术的发展，借助科学的力量，人类相互残杀的"效率"也急遽上升。在 20 世纪，人类历史上相继爆发了两次世界大战，其战火燃遍全球，而其造成了多少人的死难，造成了多少人的流离失所，造成了多少物质和精神的创伤，那是根本无法用语言能够形容的。而在 20 世纪以来的那些战争中，除了国家与国家，民族与民族之间的冲突以外，更是交织着宗教之间、意识形态之间、党派之间、族群之间的各种冲突，其惨烈程度甚至要比世界大战更为血腥。直至今天，我们地球都没有消除过各种大大小小的局部战争，人类的彼此杀戮依然在岁月中博弈与延续。

西方哲学传统认为这个世界是有根可追、有底可问，并且可以不断地追根问底的。可是，世界事实上是无底，法国哲学家德里达称之为"无底深渊"，他说世界只有根源而没有根底。人本身就是深渊一般的，认识人自己，是根本性的哲学难题。要追问人与人之间为什么要相互残杀？怎么才能让人类对这样的行为进行反思？怎么才能让我们的下一代不再，至少是降低遭遇战祸的厄运？是多么艰难啊！在不断地追问的时候，我们不得不面对人性的深渊景象。

人类为什么会进行战争？从古老蒙昧的抵抗争食到现代"罚无道"的正义之战，人类历史的进程就是被成者为王、败者寇的战争穿连而成。有人对战争的解释是政治手段，利益需求，是一个国家的生存本能。然而这些都不足以解释希特勒对 600 万犹太人的残害，以及日本军国主义在中国进行的反文明反人类屠杀。珍珠港事件之后，在美国加州西海岸 12 万美籍日人被驱逐至荒漠中的集中营，颠沛流离的悲惨境遇，也说明了反人类的行径不仅仅发生于法西斯国家。难道作为法西斯国家的德国，在当时经济、艺术、工业各方面不是领先的文明国家吧？日本不是在亚洲最早走上民主制宪道路的先进国家吗？为什么会这样？也许最悲观的想法是，这就是人性，这就是文明，人类的征服欲和复仇欲根植于基因之中，战争和杀戮就文明的部分。从原罪的本质来讲，人类的文明本身就是一种罪孽。道德与法律不过是镣铐，当脆薄如纸的文明外衣被撕破的时候，野兽就冲破了牢笼。

年轻的华裔女作家、历史学家张纯如，用一腔最深切的正义、责任与热忱，写下世界上第一部关于南京大屠杀的纪实性英文著作《南京暴行——被遗忘的大屠杀》（The Rape of Nanking——The Forgotten Holocaust of World War II），她希望打破西方世界的沉默，强迫世界记住这段被掩埋在遗忘中的历史。然而，在这本书完成之后，张纯如在 2008 年 11 月用一把手枪在美国加州结束了自己的生命。当你与怪物搏斗时，小心自己也变成怪物；当你注视着深渊时，深渊也在注视着你。也许她无法承受历史沉浮中人的哭泣、叹息、呻吟、叫喊，也许她惊悚于人性的幽暗与诡谲，也许最真实的东西往往是最让人无法接受的，她根本无法面对那个面目丑陋的人类自身，她走到了人类的尽头，闻到了黑暗中这只猿的气味。许多媒体在报道中说她的死与她生前患有的抑郁症有很大关系，而在我看来，逝者已逝，活者戚戚，张纯如直面过人生，热爱过人生，最终了解它，然后放弃它。"唯有死者方可看到战争的结束。"柏拉图在《理想国》里做出过最悲凉的陈述。也许她死于绝望，认识到人的欲望本身就是一种罪，是扰乱这个世界的真正渊薮，而文明也就是最大的刽子手，它不仅使人类忘记了本性，还将人类带往不知名的深渊，世界终有一天会毁在人类自己手中。

南京大屠杀、奥斯维辛集中营，都是人类历史的一个黑洞，绝望蔓延其中，吞噬一切。任何回顾那个罪恶滔天、不可理喻的死亡屠宰场的人，难道不会产生面对无尽深渊的眩晕和恶心吗？在这个意义上，大屠杀是不可描绘、不可书写、不可重建的经验。张纯如背负着人类的良知，以一己微薄的心力，守护生命不绝如缕的善念，艰难地走到了极限之处，终于被摧折而倒下。

如今，从整个国际形势来看，极端主义势力还在继续蔓延，恐怖袭击还会继续发生，哪天？何时？在哪儿？天晓得！因为人类相互残杀的问题，并没有得到解决。在没有爱、没有信任、没有温暖的某些世界的角落，正在对社会积累起一种疯狂的报复心理，有比战争更可怕的东西正在酝酿，可能让未来人类坠入无妄之灾的悲惨深渊，手无寸铁的平民，可能无端端成为被泄愤的道具。极端主义威胁的不仅仅是俄罗斯、法国、英国、美国，而是整个人类文明，其他国家都要做好持久战的准备。想起鲁迅笔下的人类：于浩歌狂热之际中寒；于天上看见深渊。于一切眼中看见无所有；于无所希望中得救。怎么分析这样的悲剧现象，需要我们回到人性，因为这个世界主要由人的行为来组成的。我不高估人性之善，也不愿对人和人性彻底失去信心。谁说南京大屠杀和奥斯维辛集中营已经是过去的历史？每一个人此刻且在未来都应身负芒刺，一刻不停提醒着我们人性中最恶的部分随时有可能脱缰而出。如果我们漠视他人的苦难和绝望，没准你我就会成为下一次悲剧的道具。难道必须有人死，其他人才能更珍惜生命的价值吗？

人性是恶的，所以必须监督，必须制约；人性也是善的，所以，要去爱，去同情，去尊重每个人的生命和权利。在这个人文学科如此边缘化的时代，在这个科学、技术、工程拥有强势话语的时代，太多历史、文化、民族和宗教问题急需人文的反思与介入。

离开人的生命、生活和生命本身的价值，物质的财富、建设的成就，有何目的可言？而残暴（与之相伴随的麻木）就成了唯一真正起作用的道德。一个以残暴而不是仁爱为道德基础的人类社会是站不住的，它不可能长久存续。什么是和平？和平是仅有一次的生命，代代相传的生命，超越了人种、宗教、民族、国界、财富、性别、族群等等的隔阂，与同样宝贵的其他生命彼此尊重，彼此共存，彼此和谐交往。和平，只能依靠人类自己争取才能真正获得，但不是凭借武力，而是凭借智慧和勇气。

我们来自深渊

来学习爱，学习生

我们来自深渊

来避免重犯　过去的错

我们来自深渊

为帮扶和理解，不为杀戮

要经历许多许多一生

直到偿清

许多许多个世纪的债务

人类的乐园情结

人类是天生具有乐园情结的动物。

"伊甸园"一词至今是世界性的文学隐喻，专指那种早已逝去的人类理想中的乐园境界，可以和希腊神话中的黄金时代，以及其他民族中信仰的天堂境界，例如汉民族的桃花源，藏民族的香巴拉，类比为同样的人类梦幻之地、理想之地。这些伊甸园、理想国、世外桃源、乌托邦，都有着宽厚的大地、幽静的森林，平和的湖泊、潺潺的流水、深邃的洞穴、宁静的花园，等等。似乎共同的原型是：一个栽种着美丽的果树、长满奇花异草的仙境花园。

我觉得这体现着女性尤其是母亲形象的诸多特征：慈爱安详、宁静和平、滋养哺育、生命之本。从这些线索看、伊甸园表现了人类恋母情结的理想化。"复乐园"的永恒主题对应着人类归根反本的无意识冲动。为什么人类总是不得已要失乐园？因为被逐出乐园意味着子体与母体必须分离，从此必须自己发展自己的生命，从事生产活动，组成家庭和社会关系，完成真正意义上的顶天立地之"人"的演化。人类渴望伊甸乐境，正是一种盼望回归母体、再返子宫的无意识流露。

记得当年读弗洛伊德《梦的解释》，他将梦境里的圆形物体如苹果、梨子都解释成乳房，乳房在精神分析上成为伊甸园的象征。一度，我们徜徉于乐园中，后来却遭到放逐，被迫在没有乳房的荒漠中流浪。长大成人后，我们无止境地追求原始乳房所代表的舒适，偶尔，两性结合会带给我们同样的抚慰。不管对弗洛伊德的乳房理论有何保留意见，我们不能不承认他的成就，他将乳房历史的两股势力统合成一个强有力的心理学典范，让母性乳房与情欲乳房合而为一。母亲与爱人永远共享同一个源头，那就是乳房，虽然我们已经远离了它的原始温暖，它的光芒却一直照耀到现在。在弗洛伊德之前，从未有人如此了解乳房对人类心理的影响力。

受弗洛伊德的观念影响，我认为在《圣经》和古希腊神话传说中，之所以那么强调一只苹果改变了历史，也来自人类与生俱来的乐园情结。苹果代表着乳房的诱惑和欲望，对于幼儿来说，正是天堂中的圣殿，但一旦被迫失去或分离，未免会引发怨恨，是具有摧毁能力的诱因。因为吃了苹果，犯了原罪，亚当和夏娃被赶出了乐园；因为金苹果，美惠三女神让帕里斯拐走了美丽的海伦，引发了十年的特洛伊战争。苹果就是微缩版的伊甸园，是伊甸园的核心与禁地，当然，我们也可以用花蕊、草莓、樱桃等其他的水果花朵来代替苹果。据弥尔顿的《失乐园》描述，在那片充满诗意的乐土，"那其间土质腴肥，——百树丛生，树树都饶色、香、味，而百树之中，则有生命树挺然卓异，上生着芬芳的鲜果，黄金质地……"所有的乐园最关键的描述都是这样的，其中一定有着流着奶与蜜的大地乳房（水果或花朵），从中分明可以见出，永恒母亲或者说永恒女性所施加的影响力。

当年在母怀中吮乳的我们，无忧无虑、无知无识、浑浑噩噩、安全而幸福，正是生活在人类最初的伊甸园中。然而，散场时光一到，我们就被逐出了这个伊甸园，永不复返。那是生命的肇始之初和历史的源头，人类心灵的栖息地和精神的家园。从此，我们总是痴心妄想，要为心灵找一块栖息地，心中的理想国度未必真实存在，却永远芳草鲜美，落英缤纷，提供着一种逃离现实、颠覆常规的可能性，吸引着我们不懈地追寻和探求。

乐园，是心灵自由之地。而一个人只有在极幼小之时，在母亲的庇护与遮挡中，才会拥有那种短如绚丽晨光的自由吧？从懂得社会规则和价值差别（对与错、好与坏、荣与辱、扬与贬等等）开始，每个人的心灵都要走进枪林弹雨一般的千万种价值的审视、评判、褒贬乃至误解中去，每个人便都不得不遮挡起肉体和灵魂的羞处，于是走进隔膜与防范，走进了孤独。从那时起所有的人就都生出了一个渴望：走出孤独，回归乐园。然而，子体已不可逆地分离出母体，不断的回忆带不回最初的自己，乐园已不可复归，不可复归。岁月已将母亲的身体抓皱，头发变色，不再油黑，身为凡人，总得变老，这是难躲的命运，谁也难敌时间的灰暗，长大的我们再也无法找到当年的伊甸园了。正如诗人戴望舒在《乐园鸟》一诗中，所深情地吟诵的："自从亚当、夏娃被逐后，那天上的花园已荒芜到怎样了？"

> 清凉的泉水喃喃流过
> 芳香洋溢的果园，
> 林中的树叶发出萧萧，
> 引人恬然入眠。
> 哪儿去了，甜的苹果？
> 哪儿去了，甜的樱桃？
> 一旦逝去，永难挽回，
> 哀怨这一切，可又能怎样？

你需要个人空间吗

周国平曾在《人和永恒》一书当中写道："一切交往都有不可超越的最后界限，这界限是不清楚的，然而又是确定的。一切麻烦和冲突都起源于无意中突破了这界限。"

太认同这段话了。人人都有保护自己个人空间的本能，尤其是公共场合，我们周围存在着一个个看不见的"人际气泡"——这是我们为自己划分出的一块无形的"私人领地"。有"气泡"的保护，我们会觉得很安全；如果气泡被侵犯了，我们会感到不安，甚至有被冒犯的愤恨涌上胸口。那些开玩笑没分寸的人，把没礼貌当作心直口快的人，把窥探隐私当作关心的人，这样的人总是让人格外讨厌，因为他们没有公共场合人际交往的边界感。当然在现实生活中，更多的交往逾矩是发生在熟人中间。那些离我们比较近的人，亲人，伴侣，朋友，邻居，划不清和我们相处的界限，站在自己的角度自以为是，理所当然地入侵我们的私人空间。

有些人在界限感方面有所欠缺。历史学家孙隆基在《中国文化的深层结构》中指出：中国人对"人"的定义，是将明确的"自我"疆界铲除。而这个定义就是"仁者，人也"。"仁"是"人"字旁一个"二"字，亦即是说，只有在"二人"的对应关系中，才能对任何一方下定义。在传统中国，这类"二人"的对应关系包括：君臣、父子、夫妇、兄弟、朋友。这个对"人"的定义，到了现代，就被扩充为社群与集体关系，但在深层结构意义上则基本未变。

在中国的传统熟人社会中，"公"与"私"之间很难划出清晰的界线，人们身处一个个家族和村舍中，看似是宗族或全村的事务，又和私人生活不可分离。在古人眼里，道德的起点是人的良心，终点却是集体的"忠、孝、礼、义"，一个人必须让自己的良心，去适应和服从一个集体和秩序，去解决生存、排序和团结、协同的问题，个人主义根本无容身之地。个人也不存在一个外力完全无法介入的私生活领域。按照传统的逻辑，公私分明甚至是一种无情无义的表现。在传统农业社会中，也不存在一个独立的、与私人生活完全分离的工作空间。既然工作、生活场所交叉连接，人们的社会交往自然从来都是公私混淆的。数千年来的中国社会，公私混淆的特点在一定程度上从未消弭。因为传统文化和种种因素的影响，许多人甚至不知道界限感为何物，他们总是活在人情世故的大染缸里。

为什么个体一定需要私人空间？心理学中有一种理论认为，每个人都需要一个"空间"来把个体和外在环境分开，而个体在其中可以安然地感受自己，可以回忆、幻想和创造，也以自己的方式处理不愉快的东西。这个现象被叫作"过渡现象"，从婴儿期一直持续到成年。有了私人空间，我们才不会被过分侵入，拥有一种自我的存在感。一个人将自己的个人空间照管得越好，并从中获得快乐，就会越少地依附他人，苛求他人，具有更为健全饱满的人格。说到底，人是个体的人。一个人首先要做的是替老天安顿好自己。我甚至认为，为什么有些人疯狂地要当官、要赚钱、要社会声名、要热衷社交？因为他们心里发虚。他们一定要通过外部的风云变幻，要通过人际互动来打发时间。从某种程度上说，这源自他们自身的生态系统不完整，不能做到本自具足，不假外求。心性上依赖他人的人，将很难感受到独立支撑的人才能感受到的自足、完满与自信。

我也是一个需要巨大个人空间的人——在别人眼里也许是稍稍不合

群、略显疏离的。我认同我这样的个性，只要我不影响、不伤害和麻烦到别人，我就没有什么必要去违心改变。我的自我边界早已建立起来，内心结构已经发生了改变，我有自己价值感投注的地方，一切人生选择，是为了可以按自己的心意生活；一切动力来源，不是"我应该"而是"我乐意"。承受社会压力、引发流言蜚语，又有什么关系，因为是我想要这么做的，我想要保留我这样的个性，无论什么结果我都欣然接受。因个性带来的任何结果我都坦然接受。我喜欢猫而不是狗，因为猫有边界意识，需要自己的独立空间，但也不抗拒与周围产生联系，怕被人黏，也不想黏人。一句话，猫挺酷的。无拘无束、独立自我、自由洒脱，这就是有一个强大心灵的猫。看见猫，就像看见理想中的自己。

当然，我也能够清醒地意识到，在私人生活中不被打扰，在私人空间中不被入侵，这在中国本身就是逐渐浮现的一种新意识，是一个新的群体孜孜以求但尚未完全实现的权利，还常常不可避免地要经历新旧道德的交战，而无法讨价还价。在今日中国，对人们来说公私生活领域截然分离，个人空间的壁垒不可逾越，在很大程度上仍是一种城市里的新现象。这取决于人们如何意识到这个问题，又怎样行动。一个人能多大程度忍受焦虑、承受压力，通过完善自我建立起清晰的边界，不自怜自艾，也不过度付出，跟一个人的心理结构的完善程度有关。这是可悲的文化转型期，过去的已经过去，未来的尚未到来！我们只能从改变自己开始，一点一滴改变我们置身其中的环境。界限感不强，是一个人自我认识不充分的表现。生活是自己的，首先学会尊重自己，不允许他人随意触犯我们的底线，同时也为他人保留更多的个人空间，无论是亲人还是伴侣、朋友之间，互相理解、互相尊重，不过度的干预，不过分的指责，这就是作为一个现代中国人，需要不断自我成长的意义。

心里有匹野马

　　英国诗人萨松在《于我，过去，现在以及未来》中的这句诗，被余光中翻译为"心有猛虎，细嗅蔷薇"。老虎也会有细嗅蔷薇的时候，讲的是人性中阳刚与阴柔的两面，而两两相对的人性本质又是调和的。我喜欢这个充满了张力的诗句，但不太喜欢心怀猛虎——内心凶猛如猛兽，可能并不适合于女子。其实我要的又不是攻击和征服，只是自由如风特立独行，既有烈马的魄力，又有不失蔷薇的细腻。内心深处住着一匹野马，因而时常会有勇往直前并且坚定不移的时候，只是在野马的草原，仍有鲜花开满、芬芳弥漫。一颗女儿心原是花园，园中的野马不免会给那一片香潮醉倒。然而踏碎了的蔷薇犹能盛开，醉倒了的野马有时醒来。野马和蔷薇是两面体，若缺少了蔷薇不免莽拙而流于庸俗，缺少了野马不免怯弱而失气魄。

　　其实，每个人心里都有一匹野马，渴望自由，渴望真正的自己，做自己喜欢的事，和自己喜欢的人相处，生活才没有那么多无奈，只是大部分人选择臣服于生活，选择被驯服，同时劝说其他人这就是人生。是否我的祖辈从未有过超凡脱俗之类的愿望？战乱频仍、运动迭起的年代，他们的悲欢漫漶不清。他们总是说，这个，那个，不值得在乎。我也不清楚他们的一生是否得偿所愿。在我的记忆里，捏着酒杯面色酡然的男性长辈，手脚不停忙碌终生的女性长辈，一再说着凡事不必在乎。也许他们追求的不是什么超凡脱俗，也不是美好，他们追求的甚至不是幸福，而是对诸般不可避免的不幸的安然以对。

　　我才不要忘记自己的模样，我才不要随便放弃那匹野马，那片草原。谁说心里的野马，终将被驯服？心里有野马的人，在钢筋水泥里也能驰骋，不在乎有没有草原。因为，为心而生的野马，在哪里都是草原，永远不会被驯服。当精明干练的你独自垂泪的时候，当端庄温柔的你一怒而起的时候，当风风火火的你静匿独处的时候，正是"心怀野马，细嗅蔷薇"时刻。另一个自己，会从被你遗落的记忆深处跳出来，告诉你，他的存在。他从不曾离去，他是你的一部分，他一直在你身边，却被岁月这样忽视。这些时刻虽然微小，短暂，倏尔而过，但我们也曾跑出自己，又跑出自己，一次又一次。每一个人的脑海里，都有一万匹脱缰的马在奔跑。

　　甚至，我还觉得马不够野，它们中的绝大多数已经在漫长的历史中，被人类所驯化。有时我会想象那些大地上的最初岁月，植物的枝蔓沿着地面爬行，虫子为了爱情整日整夜地鸣叫，那时，人类才刚刚捉马、套马、驯马，初在人类身边的马儿是那样孤独，一起行走的时候，马儿常常突然撇下人，撒开四蹄狂奔，独自跑向远方，懊恼的驯马人，便甩着长长的马鞭，沿着长满青草的泥土路追赶。但是，那些马再烈也能驯服。所以，我宁愿是一匹斑马，不是白马，不是黑马，而是一只无法被驯服的斑马。为什么那只黑白条纹如一大片条形码的草原动物，一万年来都无法被人类驯服？马和斑马之中，为什么人们最终能够把马圈养起来？而不是在斑马背上冲锋杀敌呢？

　　首先，马是一种有群体观念的动物，一个马群，你很快就能找到谁是领头马。整个马群也有特定的等级结构，每一匹马都知道自己在马群里的地位是什么。所以人们只要找到一个马群，驯服领头的那匹马，那整个马群都会把那个人当成新的首领。羊群、牛群、鸡群、猴群都是这样，控制其中一只就能控制住一整群。据说，在呼伦贝尔大草原的智能化奶牛养殖场，母牛们每天会乖乖地排队（从不插队，也不会掉队）几公里，一只跟着一只，来到现代化挤奶大厅，接受目前世界先进的瑞典利拉伐现代化挤奶设备的榨奶，比多少国人都要遵守纪律，就是因为族群等级结构的"头牛效应"。

那么斑马呢？斑马虽然平时也是成群结队，这主要是为了团结在一起抵御外敌的安全考虑。但是，如果你抓住其中一匹斑马，其他斑马基本不会鸟你，抓就抓吧！而且就算你抓住其中一只想要驯化它，最后结果肯定不太好。体会一下个子娇小的它的各种倔脾气吧！在古代那个没有抗生素的年代里，被斑马咬到一口，恩，基本上就挂了！我想，我们勤劳勇敢、食物匮乏极端饥饿的先祖们，一定尝试过各种各样的办法对付动物，最终人类驯养了烈性野马，可至今拿不下傻傻的斑马，虽然从古到今确实有不少人骑上了斑马，但刚才说过了，结果就不要再问了。世间动物品种千千万，这么多年下来，人类也就只养了不到 20 种家禽家畜而已。

记得当年读沈从文自传《无从驯服的斑马》，说到他和两个同伴过河，一个被流弹打死，一个淹死，当时他想，如果被打死或淹死的不是他的同伴而是他，那他 20 多岁的人生就算终结了，这么一想，他就觉得应该去闯闯，既然生命只有一次，而每一个个体的生存又是充满了无限的可能性。他觉得自己的一生不就只见识这么一点，他得去看看外面的世界，去活一下与父母辈不一样的人生。从此，这个来自湘西的倔强男人，走出了万山重叠的故乡，开始了他的听从内心声音的独特人生，如一匹矫健的斑马驰骋在一望无际的大草原上，在 20 世纪呼啸的大风里，他恣意的蹄声是那么响亮，又那么沉重。

我想象着属于野马的草原，七月，盛夏，草肥马壮。草原开满了星星点点、争妍斗艳的格桑花。如果恰巧遇上了一场雨，到处都落满了晶莹的雨滴，把整个草原洗刷得愈发干净清新，喜欢这夏天的雨，暖暖的阳，还有如雷的马蹄声……看过波澜壮阔的大海，翻过直入云霄的高山，穿过荒无人烟的沙漠，怎能错过一碧千里的草原。壮阔粗糙的土地和秀丽无垠的天空是绝配，我想遇见湛蓝透明的天空，朵朵白云下是一片广袤无垠的绿色草原。

　　我们其实不需要逼迫自己，去证明这一生的意义和价值，在内心的旷野里，不求依附，不去投靠，如一匹离群的野马独自行走，如一万匹斑马排山倒海地奔腾而过。爱上一匹野马，草原并非一无所有，有游荡的云，有玩耍的风，有潺潺而过的溪流。来自旷野的呼唤，是生命摆脱了一切束缚之后的，自由和圆满。

每晚夜深如海

有一匹无眠的斑马

望向星星打开的窗口

眼睛被露水打湿

在那么广阔的宇宙中

有一个它要到达的地方

在翻山越岭的尽头

来自南方的火焰

不是白马　不是黑马

是无法被驯服的斑马

晚安斑马，晚安草原

七月，我又剪短了我的发

也许在某一个夜晚

我会牵出马匹

只身打马过草原

保持愚蠢

2011 年 10 月 5 日，56 岁的乔布斯走了，留给世界的是美轮美奂的苹果，还有从 20 世纪 70 年代中期起就陪伴他的座右铭：Stay hungry, Stay foolish。

生命是一场冒险，"保持饥饿，保持愚蠢"——乔帮主的这句名言怎么理解呢？在现代社会，吃饱变得很容易。人到中年，就是一个物质日益饱足的过程。消化变慢，代谢变慢，容易变得迟钝安稳，也容易变得沾沾自喜。保持饥饿，是为了让自己保持敏锐，保持清醒。不是要变得贪婪，不断的追求满足，而是要保持一种状态，一种青春的姿态。在饥饿的年纪饿，是一种常态。在不饿的年纪，要让自己有点饿，则是在保持生命的觉醒与灵敏。乔布斯一直以此自省。他深知，财富的富有、知识的富有和人脉的富有，往往窒息一个人的灵性，而唯有保持物质和精神的饥饿状态，才有着不懈的创造力。

说到保持愚蠢，又怎么深入理解呢？不知为什么，我想到了塔罗牌。塔罗牌，由"TAROT"一词音译而来，被称为"大自然的奥秘库"。它是西方古老的占卜工具，中世纪起流行于欧洲，地位相当于中国的《周易》，其起源一直是个谜。塔罗有很多流派不同体系，但都是 78 张牌，其中大阿卡纳牌 22 张，小阿卡纳牌 56 张，可分别使用进行占卜，也可将 78 张混合共同使用进行占卜。22 张大牌，大阿卡那牌，是用来解释命运的大致运势，整副牌展示的是一个人身心灵的成长发展，每一张牌都反映着人生的不同际遇。56 张小牌，小阿卡那牌，其实是 4×14，分别是风、火、水、土四元素的 1~10，再加上各元素的 4 张宫廷牌（人物牌），小阿卡那牌反映地更加细节，更加专注于特定方面。作为常见的占卜工具，我觉得塔罗并不是预知未来的，其实，塔罗像是在暗示我们更好地选择下一步，而非预示一个确切的未来。

在 22 张大牌中，有"愚者"一牌，它在 22 张大阿卡纳中并没有确切的编号，有时人们把它编号为"0"，有时则不做编号。在塔罗牌占卜或塔罗牌心理测试中，22 张大阿卡纳牌是一个人身心灵的发展，每张都代表某种品德或经验，我们必须结合这些品德或经验才能完全认识自身，从而完成个人内心世界的成长，这种成长的过程被称为"愚人之旅"。因为，"愚者"是大阿卡纳牌的第一张，这种成长是从零开始的。"愚者"的状态是流浪，"0"表示没有，就好像一无所知，又好像蕴含了比其他牌位更大的潜力。这张牌并没有特别的顺序定位，并不在 1–21 的顺序之中，是地位比较特殊的牌。之所以为 0，也可以说是一切的开端或者终结。有一说是后来扑克牌中小丑牌（大小王）的原型。

我们来看一下这张愚人牌：一个身着花哨衣服的年轻人，一手持白玫瑰，一手背行囊，快活地站在悬崖边，迈开一步，好像即将出发。天气很好，阳光照耀着。前方的路还看不太清，好像有危险，但是他昂着头看不见，有一只小狗轻轻跳起，好像是在挽留他，好像是在提醒他。

"0"号愚人牌，具有强烈的诉说感，好像能看到画面背后的故事。愚人花哨的衣服，肩上黑色的木棍，头顶的红冠，简单的背囊，手上拈的白玫瑰，前方的悬崖和冰川，后边白色的小狗，充满了可以阐释的丰富细节。画面整体用色，亮丽明艳，人物手舞足蹈，昂首阔步。这个愚人是鲁莽而无知的：他的右手拿着象征权力的权杖，挂着的包袱里装着经验，而他只是漫不经心地扛着，却不懂得运用。但他的头上的桂冠代表着成功的可能。他有着相信梦想纯真的一颗心，左手持着白玫瑰，白色象征纯洁，玫瑰象征热情。远方白雪盖顶的山脉，象征着他未来的旅程，吉凶未卜。他眼望长空，神色欢欣，沐浴在白色的耀眼阳光下。

　　愚人牌关键词是：开始、大胆、天真、旅行。愚人牌，0 号牌，刻画着一种生命状态。这个背着行囊出发去探险的愚人，是一个活在当下的人，生机勃勃，无可救药地乐观，相信生命将会支持他。正因如此，他才会无所畏惧。小孩子往往会拥有这样的天真：期待生命能一直善待他们。对他们而言，每件事情都是一个新的局面，他们也渴望去了解。而身为大人的我们，可能就失去了这种自发性。愚人义无反顾，活在当下。那些活在过去或未来的人们，可能会认为他这么执着于眼前的事物是愚蠢的，因为他们并不知道，生命当中所拥有的最伟大的力量，就是我们此刻所拥有的、所感觉及所相信的。只有背后光芒万丈的太阳，知道愚人从哪里来，以及将往何方。而愚人并不知道这点，而且他也不在乎。他无忧无虑，因单纯而大胆，因天真而无畏。他是个活在当下的乐观主义者。愚人代表的是一种听从内心、追求自我的精神，但这只是一颗等待萌芽的种子，却不是最圆满的状态。

　　在塔罗牌中，愚人以神秘的狄奥尼索斯（Dionysos，希腊神话中的狂喜之神——酒神）形象出现。从人们内在的层面来看，狄奥尼索斯—愚人这个神秘的意象，在每个人的内心驱动着我们去跃入未知的领域。我们保守、审慎和现实主义的一面不愿意接纳这种狂野的冲动，但是朝气蓬勃和渴望自由的精神是仰望天空的，它随时准备着行走于悬崖的边缘，没有一丝一毫的犹豫。狄奥尼索斯的疯狂，对于每个人内在现实性的一面都是巨大的威胁，因为它不属于理性，也没有任何逻辑和制约，但是从更深的层面上来说，它并不是疯狂，因为没有它就没有改变，人生有很多事情是不可能通过计划或理性判断达成的，酒神精神也是人生不可或缺的一部分。

记得在《西方哲学史》中，罗素有这样一段话，点出了酒神在人类文化中的意义："审慎（prudence）很容易导致生命中某些最美好的东西丧失殆尽。崇拜狄俄尼索斯，就是在对抗审慎。……如果没有酒神的部分，生活将会单调乏味，有了它，生命又变得危险。审慎与激情的冲突，贯穿着人类的历史。这场冲突中，我们不应该完全偏袒任何一边。"激情的驱动力，是人类很难去理解的，激情究竟会带着人们走向天国还是地狱，我们似乎永远无法清楚地判断。但是，如果没有内心的冲动和渴望，我们无法走向某种创造性的开始，如果人们不回应愚人的召唤，在生命终结之时，就会因为错过和压抑而空虚和悔恨。愚人站在旅程的起点，当我们站在每一个旅程起点的时候，都能在内心体验到狄奥尼索斯—愚人所象征的神秘驱动力。这些非理性的冲动有时候是毁灭性的，有时候又极具创造性，通常两者皆然。

其实，如果以对待生活的热忱程度来看的话，人人也都有一种可笑的努力，即使我们不过是愚蠢、感情用事、不断犯错的，再渺小不过的生物。记得中世纪的荷兰哲学家伊拉斯谟（Desiderius Erasmus）在《愚人颂》当中假设了一个经典的境况：人生如戏，人人都在扮演着一定角色。有人没有意识到自己在演戏，把戏演完。另一种人，发现生活原来是一出戏，就努力离开舞台。第二种人错了，因为剧院以外，什么也没有，没有另一类生活在等着你。这场戏是唯一的演出。我非常喜欢伊拉斯谟这个比喻。是的，我们必须无畏出发，必须登上舞台，要勇于和愿意踏上一条未知之路，拥抱生命中的无限可能。我们不知道到头来是喜剧还是悲剧，我们不知道踏上的是一条通往神圣之地的道路，还是最后像个傻子一样盲目地跌入黑暗，但无论走向光明或者黑暗，都将是一次意义深远的伟大探险，难道离开这种追寻与探索，还有别的生活在等着你吗？剧院以外，什么也没有。

　　保持饥饿，保持愚蠢。这意味着人们永远不要停顿，永远在路上，对事物保持好奇，这样他们就会有动机继续探索。我愿意一直用这句话让自己保持清醒，保持初心。

当众流泪的勇气

　　发现中国古代的诗人们，泪点极低，动不动就当众泪洒衣襟，不是"谁云少年别，流泪各沾衣""相顾无言，惟有泪千行"，"座中泣下谁最多？扬州司马青衫湿"，就是"今夕襄阳山太守，座中流泪听商声"，"执手相看泪眼，竟无语凝噎"……真是"多少泪，沾袖复横颐"，这些总是泪湿罗巾、泪湿阑干、当众歔欷不已的诗人们，要搁在今天，大众肯定要怀疑他们是不是患上了抑郁症和焦虑症？现在的人不像从前，情感感知力那么敏锐又细腻，一点点事物的细微变化都惊心动魄，季节变换，月华如水，大雁飞过，都伤春悲秋，牵动眼泪。现在不兴了，这样泪腺发达，会被看作是缺乏自控力，因为眼泪代表的是软弱。

　　正常人遇到难过，悲伤或者高兴的情绪时会流泪，这也是人体面对外界压力的一种防御机制，就好像水坝蓄满了水要打开闸门缓解掉水压一样。但是，我们现在讲情绪管理，不光认为男孩不应该哭，女孩也不要哭，因为女人也不能软弱。从小到大，真实的孩子在害怕，在大哭，可是我们大人从来看不到这个真实的孩子，我们看到的是"应该"中的孩子，一个名字叫"应该"的孩子。他应该不哭，他应该怎么怎么样，我们中国父母都在养那个孩子——他的名字叫"应该"，他是别人家的孩子，完美的孩子，我们中国的父母看不到真实的孩子。在这样家庭长大的孩子，渐渐地淹没了自己内心的声音，心口的盔甲长了一层又一层，于是，有了一颗很硬的心。进入社会厮杀后，心更要狠一点才能适应生存，才能杀出一条路。眼里进过太多沙子，摸爬打滚，人到中年，早就百毒不侵了。上有老下有少，作为顶梁柱的中年人，更是轻易不哭。遇着难事了，灌好一杯枸杞茶，把车开进地库猛抽一顿烟，走出电梯就又是好汉一个。不借着时不时发发酒疯，歇斯底里大哭大闹一场，一个中年男人心中那些迷惘、渴望、悲伤、颓靡、不满足、无所依托，遭遇财务危机，惊见鬓间白发，毫无准备的被裁员，突然而至的被离婚，经历一场场挫败后的信念崩塌和幻灭……这些汹涌而来的情绪，都不知怎样找到宣泄的出口？

我们这个时代，只有少数人可以无忌讳地当众流泪，比如唱《送别》、唱《我爱你，再见》时泣不成声的朴树，没人知道他哽咽崩溃时在想什么，或许他只是想起了人生中那些艰难的离别，想起了那些花儿。2021年，47岁的朴树在综艺节目《明日创作计划》中，以"朴树，又哭了"这样的标题，都能又上一次热搜。在不需要卖力表演感动滥情的场合，这个身为导师的男人当众坦然流泪，不是因为自己，而是为了《明日创作计划》节目中一位生存艰难的素人歌手在现场唱了一首《明天》，讲述追梦路上的迷惘和自救，这或许让朴树想起了多年前也曾犹疑徘徊，但最终决定把一生献给音乐的自己？于是，在面对自己的镜头前，朴树像个赤诚的孩子一般释放自己的情绪，任凭泪水倾盆而下。一个人毫无遮掩坦诚软弱，在我们今天的现实人间，真的稀缺又奢侈。大众和媒体之所以喜欢津津乐道朴树这一面，因为作为歌手、音乐制作人、艺术家的他，标签就是敏感纯粹、过于少年气、忠于自我，朴树本身还是一个从抑郁症里蹚过来的人，在不管不顾自由流泪这件事上，他似乎获得了天然的豁免权。

活成一个真的人，是需要冒险精神的，不但要有冒犯别人的勇气，还要能够承担冒犯别人的代价，以及掌握好这种冒犯的分寸。我们这些没有豁免权的凡人，哪里敢活得这么真实啊！我们得千方百计地避开一切争论，通过压抑自己、克制自己，避免冒犯到社会和他人。因为自己会软弱，所以理解人性的软弱，做不到的事就不强求了。虽然不过是软弱的凡人，不及英雄的有力，但正是凡人比英雄更能代表这时代的总量。

谦卑是最好的课堂

记得小说《了不起的盖茨比》开头，有一位很有教养的父亲，那个父亲对年轻幼稚、不谙世道的儿子说，"每逢你想要对别人评头品足的时候，要记住，世上并非所有的人，都有你那样的优越条件"。我很认同这位父亲的态度，做人要谦卑和公正，不要妄作判断。其实很多人都比我们做得好，比我们更拼、更努力，只不过，没有我们的优越条件、合适时机而已。

当一个人特别膨胀的时候，最好到图书馆里去一趟。沿着纵深无尽的长廊，一排排顶天立地的书架延伸过去，上面密密麻麻整齐地排列着各个学科的书籍，或建筑学、或心理学、或物理、或生化、或考古、或工程、或地理、或音乐、或戏剧……不一而足。在那些大型图书馆里，流连了一整个下午和晚上，徘徊于一整架一整架的人类智慧结晶之前，你会"悲哀"的发现，这个图书馆大到根本没有办法走遍每一个角落，真实的触及每一本书的气息，即使再给你十年时间。你终于知道，什么叫山外有山、天外有天。你终于知道，无论你怎么有钱，无论你有多大的权力，你仍是很渺小的，无边无境无量的人类文明智慧在每个图书馆里面，满坑满谷地堆放着、绵延着。面对浩瀚的知识海洋以及未知的广阔世界，因为人类自身的认识永远处于一种有限状态，只有蒙田式的谦虚是上佳的态度："我知道我什么都不知道"。

认知他人会让人谦卑。在这个世界上，我欣赏过那么多的人，无论男女老幼、职业出身，因为从他们身上，我总会发现自己有所不逮之处。

即使在真正的人间，意外、灾祸、无常、老病与沦落的人间，我见到过穷困的山民，街边的小贩，失意的中年男人，失婚的家庭主妇，而他们也曾有过花样的年华，月样的精神，冰雪样的聪明。大自然中孕育的每条生命，无不示人以真理。我虽多年不懈地观察、思索，也曾无数次深入了解，却始终不敢妄下论断。因为，我始终记得小说《了不起的盖茨比》开头的那段话，要学会谦逊。在写作和叙述故事时，我们进入湍急的现实之流，而只能取一瓢饮。与他人与万物共在的这个世界，是一种更高形式的"宏大存在"，我们是它不可分割的部分。天地自然不停地向我们讲话，用信息充盈我们，而我们只聆听到了其中的一点点。想凭个人之力勘破端倪，只会令你误入歧途。

你知道地球之大，永远有着与你截然不同的人、事、物，见的世面广了，也就不会把自己局限在小格局里，不再愤世嫉俗，不敢妄作判断。你更愿意坚持理智的沉静。一种深沉的沉静是一种无杂念的、更好地和无阻碍的状态，它是内心清晰和思考自由的源泉。这种沉静，是由心灵的谦虚和理智的纯洁组成的。

你知道谦卑是一个人最好的课堂，因为谦卑是无穷无尽的，当我们怀着谦卑与敬畏之心写下一行诗，会有紧接着来到的第二行、第三行，以及更多的、无限的行数。

韧性如草

　　港片《大内密探零零发》里有个场景，夫妻俩吵架正酣，刘嘉玲突然抬头问周星驰："你饿不饿，我煮碗面给你吃啊？"这是个内心强大、高包容度的妻子，不管如何争吵流泪，最后，没有什么是一碗面化解不了的。这样的婚姻是极其坚固的，即使争吵，里面也有种撕不断拉不开的柔韧。

　　这是经历烟火淬炼过的婚姻，没有韧性的婚姻，任何纽带都是不坚韧的都有可能断裂。就像没有共同战斗过的战友，没有协作过的同事，之间缺少感情的黏性和热气腾腾的底色。一旦发生冲突，那种对立与分歧，没有太多韧性，没有缓和的余地，一下就能把两人的关系，从中间断然分开。韧性，对于婚姻来说，实在太重要了。世间最坚韧、最脆弱的关系莫过于夫妻了。夫妻？有谁懂得什么是夫妻？在现实中，懂得女人的男人不多；懂得男人的女人也不多。

　　记得严歌苓说过，女人的美源于天性的温柔，而温柔出于善良。这种善良是从每根汗毛里渗出来的，是弱的，却有着疗伤的坚韧力量。想想看，小小的厨房内，女人是终身以之的祭司，比任何僧侣都虔诚，一日三举，风雨寒暑不断，如果以五十年计算，就是 54750 次在厨房的腾腾烟火中煎熬燔炙，那里面一定有些什么执着，一定有些什么令人敬畏的温柔与强韧。

　　小时候家里包粽子，绑粽子的草是到山上割的一种韧性很强的草。可以到深山割这些韧性很强的草回来，捆成一把把的高高地晾在堂屋的房梁上，需要用时把韧草取下来用水浸泡过，可以用来绑各种东西。我问过花匠父亲哪是一种什么草？父亲说是蔺草，俗称石草、席草，这种草纤维长，富有弹性，抗拉性好，绑了粽子放进大锅里煮，越煮越结实。你想，如果绳子捆得不够结实，在煮制过程中粽叶会有松开的可能，这样就前功尽弃了，用绳子环绕粽子两角数圈，将粽子紧紧裹住，并在顶端扎紧打结，此步骤非常重要。我们那里，正宗的包法都用蔺草，有一股草木的天然清香。当然，也有人家用棉绳或麻绳来绑扎粽子，棉绳和麻绳在一般的商店里都有卖。但在那时候，不论商家或家庭都应尽量使用天然材料作为包叶和绳子，这样的粽子吃着才安全放心。那年那月，菜市场里小贩绑青菜、鱼肉也都用蔺草，一条欢蹦乱跳的活鱼，鱼贩手法利落用一根草绳穿过绑住鱼嘴和尾巴，顾客就可以提在手上带回家去。每次看到这种蔺草，我会想起乐府诗《孔雀东南飞》所写的"蒲苇纫如丝，磐石无转移。"真的，捆绑东西的蔺草实在韧性太强了，扯都扯不断，还可以一分为二、一分为三，将粗一点的蔺草撕成细条丝捆扎东西。

联想到人，其命如草，不一定是弱小，古往今来，在中国有多少"蒲苇纫如丝"的女子。这样的女子，如此柔弱而强壮，像在风中被吹得低低弯腰却永不断折的蔺草。关于命运，她承接一切，在家庭中，她是好姐妹，在工作中，她是能干的职员，浩劫里她不寻死，只是苦觅一切坚壁上的缝隙，生出根叶。她卑微如尘，强大如宇宙，她就是最寻常也最能干的中国女人。男人们的不安全感，跟女人不太一样。在女人们试图以拼死抓紧一切可能的救命稻草来安抚自己时，男人们往往会选择放弃。他们用酗酒来麻醉自己，用暴躁来释放自己，甚至用放纵来迷惑自己。男人们的方式是绝望的，绝望消解不安全，随波逐流或者一了百了。所以精神分析家们都说，女性比男性有韧性，爷们比娘们更容易颓废。很多时候，男人是脆的，女人是韧的。人生如打仗，女人以女人的方式，也一直在战场，轻易不下火线。

可能因为几千年来的男权社会，女人总是在重重压力下逆风而行。习惯了阻力后，她们适应了人生马拉松的漫漫征程。是遍地荆棘赠予了她们韧性与饱满，是遍地苦难让她们执着的走向未知。

常常有人问我，是什么样的心灵支撑，让我能够日复一日地书写？其实，对我来说，生命的精进比才华重要，艺术的坚韧比灵感珍贵。在"立言"的人生目标上，必须有那种百折不挠的韧性，持之以恒，精益求精。我喜欢的是郭靖、阿甘这一类人的品质，简单、正直、质朴、没有私心与坚忍不拔。吃苦耐劳，沉着坚韧，像负重前行、穿越沙漠的骆驼一样。我宁愿命如蔺草，坚韧地活成自己的样子，在旷野中，做那独特的风景。我的人生之路，每一步都是困而求知，而勉而行，但坚韧之感，要像一把刀不假思索深深扎入木头，直没刀柄。

成年人的崩溃

　　记得有一次，我在街边一个小面馆吃饭，对面坐了个胡子拉碴的中年男人，看起来脸色阴暗，神情萎靡，他埋头吃面，但吃得很慢，很慢，好像有点难以下咽的样子。吃着吃着，桌子突然间晃了一下，他吃面的筷子，啪的一声，掉了一根到地上，店家附送的那碗面汤，也差点给碰洒了。他弯腰去捡筷子，却俯下身半天没有起来，等到再直起腰来，我好像看到他的脸微微抽搐着，积蓄的眼泪夺眶而出。成年人的崩溃，往往只是默默流泪，而不是狗血剧中的咆哮痛哭、五官乱飞。我只有装着什么也没看见，别过脸去快速吃完面，转身离开。

　　中年人的崩溃，往往是瞬间爆发的，不像春雨般随风潜入夜，而是像冬雪般一夜天地白。

　　每一年、每一天、每一秒，人的心理都会发生很多变化。随着生活中持续承受压力，或是经历漫长的负反馈，说不清、道不明的东西日积月累，但面向外界的表现和表达，却依然要保持一如既往，于是超乎言语的感受、情绪、思想难以被充分疏导，在个体的内部不断被压抑，最终可能会导致心理爆炸和崩溃。许多问题都是慢慢积累，由量变到质变的。韶华逝去，体能衰退，家庭与职场的压力，父母与儿女的重量，让每一个中年人都得如骆驼一样负重而行。中年人的崩溃，有时只差最后一根稻草。

　　我不知道那个中年男人经历了什么？没人知道他哽咽崩溃时在想什么。其实中年人是轻易不哭的。一个人从十四五岁时的青春期叛逆，到

20 几岁进入社会被"毒打"，然后逐渐成长起来。经过一年年世事沉浮，到了这把年纪，眼里进过太多沙子，心口的盔甲长过一层又一层，应该早就百毒不侵了。通常中年男人遇着难事了，灌好一杯枸杞茶，把车开进地库猛抽一顿烟，走出电梯就又是好汉一个。除非他被戳中了软肋。到底是伴侣的谎言，突然而至的离婚，不公平的职场竞争，毫无准备的被裁员，还是难以承受的沉重债务？没有人能够代入他的内心，很多伤口的确只能冷暖自知。

好在中年人崩溃的时长不会太长，我相信在我走出小面馆不久，这个中年男人当众爆哭的情绪也结束了，他会整理自己回到生活的正轨。无论受到多严重的打击，成年人都会靠一次纳米级的小型心态坍塌，完成自我消化与重启。耗尽能量的系统最终会陷于崩溃，而崩溃的系统会在混乱中产生巨大的能量，从而再塑一个系统，于是重构的系统又有了能量和动力。身为一个成年人，必须要把崩溃驯化成可控的。很多中年人可控的小型崩溃，只在晚上回家前在车里度过的独处时光中。

没有成年人不懂得，如果追求的是彻底根除问题，那当然是去寻求一个最优或次优的解决方案，陷入情绪崩溃于事无补，但是，如果仅仅是想逃避此时此刻的痛苦，这样的"直接解"未尝不是一个好的选择。这就是为什么说，成年人的崩溃往往是一瞬间，崩溃本身并不解决问题，但崩溃过了，状况总会好转一些。因为日积月累的情绪，得到了一瞬间的宣泄排解。好在，让理智决堤的情绪失控，终究是会过去的。对一个成熟的人来说，在崩溃之后，如果冷静下来了，那么是时候去寻找理性的解决方案了。做不到改变世界，也起码可以调整自己，让生活中多几个着力点：爱情、亲情、友情、工作、爱好等等，它们共同撑起生活这个面，其中任何一个点出了问题，只会让面有个小小凹陷，而非系统崩溃。或者，举目四顾，看看其他人，众生皆辛苦，其实所有的人生都是一个慢慢垮掉的过程。

外在的打击好歹还能对付几下，来自内心的打击才是冷不丁的，最具杀伤力的。远远观察那些心灵的垮掉，看上去好像乱糟糟的，我却从中看到了一个宇宙。那个宇宙图谱复杂，伴随着混乱交织的故事线，有着苦得要命的内核，却没有表达的出口。

情感在春节被放大

春节意味着团聚，也意味着成年子女与年老父母的重逢与相处，哪怕只是一段极为短暂的时光。

在急速的文化变迁时代，亲子两代的适应能力不同，对新事物的理解和吸收快慢不同。这中间必然存在着落差，甚至是巨大的鸿沟。当父母和子女处在不同的世界里，即使离家的孩子，重新回到了童年之屋，但在春节期间的朝夕相伴中，却是两种不同的生活节奏和人际相处模式在碰撞。一开始大家还因为能够控制自己，把最好的一面给对方，几天之后就会无法对抗习惯，故态萌发。观照现实，成年子女若经常与父母生活在一起，矛盾（哪怕是普通生活中的厌烦）常常会出现。短短的春节团聚也不例外。

回家的这天晚上，妈妈做了你魂牵梦萦的那道菜，你迫不及待下筷，好咸。你不知道，是父母的味觉失了灵，还是漫长的岁月美化了记忆本身。因为不知道孩子们想要什么？父母精心准备、满怀热情捧出来的，可能是过时的、记忆中孩子曾经的喜好，子女们可能会觉得莫名其妙，甚至付之一笑，可在不合时宜中，不是一种略显尴尬的、无所适从的父母之爱吗？一年一度，这是难得的团聚，在满足亲人之间情感连接的同时，父母与子女也在彼此打量中，看到了最熟悉的人身上，那些岁月所带来的与日俱增的陌生。

心理学家 Yuko 曾提出"Family Jetlag"（家庭时差综合征）的概念，描述人们在假期与家人团聚时，会出现"倒时差"一般无法适应的情况。

对于成年子女来说，与父母分开时已经有了全新的生活，但当从异乡回到故乡，父母还是会用旧方式对待自己的子女——也许在父母眼里，子女永远都是长不大的孩子，可是随着成长与成熟，子女其实早已逐渐变为"照顾者"的角色，一如当年的父母。父母与子女之间，总是隔着时差的——上天给了父母与子女注定不能缩近的几十年时光鸿沟，他们如同分隔在大河的两岸，彼此相望，虽然他们血肉相连，生物学的驱使让他们在骨子里无可奈何地深爱，但彼此的生活观念和方式总是会发生碰撞，因为长时间共同生活的时代早已一去不返。

"所谓父女母子一场，只不过意味着，你和他的缘分就是今生今世不断地在目送他的背影渐行渐远。"龙应台在《目送》这样写。道理大家都懂，但春节的团聚，却是这样一个兜兜转转的轮回。在这分秒流逝的相聚时光中，大家试图忘记长久的分离，回到逆流而上的昔时幻觉中。大家都那么真诚地投入到这种感觉，哪怕忽然一转身，回过神来，无尽感慨唏嘘。

现实中，时光如飞刀，刀刀催人老。当子女们长大，在视野、思维、生活方式上，都与他们的父辈产生了巨大的区别。现实中，子女们在异乡漂泊打拼的时间，早已超过了他们儿时在家乡生活的时间，岁月让曾经的骨肉至亲有了疏离，有了陌生。

阔别已久，当时间使父母与子女的爱，成为一种徒劳，那么荒谬，那么孤独。但是，那也是爱，爱与孤独并不冲突。即使彼此错过，即使那些心情没有说出口，也是爱。这世间又有多少回去与归来的人们，不正是在目送中体会无奈与悲情呢？还有许许多多因为各种原因、没有在春节返乡的子女，日渐衰老的父母对于他们来说，只是手里那块薄薄的屏幕，而不是可以拥抱触碰的实体。当子女与父母之间的春节问候，已有了一种用太平洋不能丈量的距离，又应该怎么去表达爱，这来自本能不可抗拒的爱？

　　春节是亲情泛滥的时间。过年是一枚放大镜，无限扩张原本藏在心里的细微情绪，快乐的人更加快乐，痛苦的人更加痛苦。一年一度春节，挥别一年的父母子女，得以悲喜重聚，得到朴素的情感满足。年后离别，子女除了叮嘱父母注意身体，也没别的话可说。而父母则用各色各样的土特产把子女的行李箱填满，面上却神色淡淡。两代人，爱都说不出口，满腹思念都沉默。相比观念传统的父母，接受现代文化观念的子女，无疑会更轻快一些，因为现代社会对家庭的定义变了，个体化的人不必也不想再镶嵌于家庭组织之中，他们习惯了"原子化的生存"，脱离父母依旧可以找到依靠、依旧活得精彩。而父母往往信奉旧有的家庭观、婚姻观，坚信家庭与婚姻的作用，认为它们是不可或缺的事物。在现代社会中，个体观念的兴起是一种无法逆转的趋势，无数的组织被冲破、弱化，只是家庭这一特殊的组织形式有着血肉与情感的联系，因而显得更痛。是的，在一切可以被现代化重构的人际关系中，亲子关系是最难以被现代化的一种，因为，它如此古老而本能，深邃而复杂。

　　这就是当代中国的无数家庭，夹杂着现代化力量与中国传统文化模式的撕裂。长大的孩子们，他们很难理解父母牵肠挂肚的痛苦，犹如不能理解一种蠢行。而日渐衰老和孤独的父母，眼睁睁看着子女们长大远去，用时间来消化，那种倍感失落的滋味，只能如此宽慰自己：这从来是古老的惩罚，当然，也是一种人生的完成。

孩子去往父母无法跟随的地方

当一个孩子来到你的生命中，为人父母的你，会经历完全不同的几个阶段。

一开始的六七年里，孩子只是需要你，那个小小的生命，柔弱无助，圆滚滚，奶香味，要吃要喝，要爱抚、要呵护，全方位各种依赖你，整个身家性命都托付给你。如果你工作缠身、无人协助，可能将度过一段极其忙乱而辛苦的日子。然后接下来的六七年，相比起来就很美好了，孩子不断了解和探索世界，慢慢变得相对独立，不用衣不解带、时刻不离地看护他了。再之后的六七年呢？孩子的青春期到来，在新获得的各种激素的影响下，各种欲望和情感被唤醒，却与他互不相容，他开始做一些奇奇怪怪的"傻"事情。比如，忽然封闭自己，迷上某个偶像，或者着装怪异，沮丧消沉，还有其他冒险和激进的行为。陪伴青春期孩子，如同陪伴一头老虎，或一只刺猬，他莫名的自尊、敏感、冲动，情绪剧烈波动到让人心惊又心碎。

你知道，这个阶段降临了：他正在去往你无法跟随的地方，你不得不眼睁睁看着他愈发陌生和独立，渐渐与你拉开距离。相处前所未有的变得艰难，你不知道哪句话就会点燃他的怒火，哪个动作就会逼得他歇斯底里。青春期的孩子，就像一个随时会被点燃的炸药。有时候只要一句讥讽的语言，一个不够善意的眼神，就足以掀起一场风暴。也许这并非他之所愿。因为敏感、危险、冲动，正是青春期大脑独有的特征。少年在和父母的日渐疏离和交战中，正在寻找属于自己的身份和边界，探索成长为真正独立的个体。

生命的快速成长，有着显著的副作用，无论父母还是子女，都对这剧烈变动产生不适应。青春期的孩子很难，他们跌跌撞撞，磕磕绊绊，急切想要自主，又敏感爱面子，活在水深火热之中，诡异多变的情绪，让他们变得暴躁而危险。做青春期孩子的父母，或许更难，因为很多时候，父母的努力似乎是无效的，他们心痛，他们不甘。然而，长大成人之前的这条路，无法替代，没有捷径。父母只能看着快速裂变之中的孩子，努力忍耐他的嘲讽、嫌弃、不耐烦，陪伴他，适应他，直到熬过去之后，留给自己一个决绝的背影。

想想看，一个十几岁的孩子，感受着自己身体的巨变和发育，一种难以言喻的、无法名状的东西在爆发，翻涌体内，不可掌握，而且能量大得不可思议。他第一次直面人生的许多问题：我应该做什么？我应该爱谁？为什么我在这里？我是谁？——这些问题通常都得不到解答。一方面开始想要参与社会，另一方面，对社会又一无所知。真实世界掀开了帷幕的一角，看到的却是一个幽暗未明的森林；人生貌似有无限的可能性，却又处处受限。身处这种状态，难免充满了压力和困惑。都说养育一个孩子，就是对自己灵魂的一次追溯。通过一个孩子，你可以看见那个久远的，曾经的自己。真的是这样，在青春期这个生命的重要过渡期，当年的我们，在面对无法确定的未来时，也是同样的惴惴不安、不知所措。所以，只能设身处地，尊重他们，就像尊重也曾青春期的自己。

每一代忧心忡忡的父母们，都觉得孩子的青春期就像一个巨大的黑洞，一团高速运转的漩涡，害怕自己的孩子会不由自主地被吸进去。危险丛生，这就是父母眼中孩子的青春期图景。其实，父母过度担心青春期，首先是父母自己的问题。因为很多父母感觉青春期的孩子像断了线的风筝要飞走了，这使他们很焦虑——他们希望孩子还像小时候一样依恋自己，但这已经不可能了。内心深处深深的焦虑，阻碍了父母与孩子在心境上的相通。因此父母对孩子的需求不敏感，察觉不到，同时，也因为此，他们更加不了解孩子的需求，不理解孩子的行为，这导致父母陷入更深的焦虑。父母带着太多的担忧与焦虑，总想让孩子拥有更好的人生。可每个人都是上苍之子，没有谁是谁的附属品，每个人都有权知道自己想要什么，想要追求什么，为人父母无权也不该为了自己的意志去剥夺和入侵孩子的人生。

父母是有"有效期"的。在孩子出生到上学之前的这段时间里，也就是人生的第一个六七年，父母就是孩子的全部世界。再往后，同伴、老师、学校渐渐占据了孩子生命的大部分，父母的作用就越来越小了。从"满世界找妈"，到"妈你别管我了"，所有父母都要接受孩子从依赖到独立的成长过程。

不要再执着地追问，儿时那个睁大清亮无邪的双眼，胖乎乎地坐在地板上努力拼搭积木的小小的孩子，到哪儿去了？生命从不倒行，孩子终将去往父母无法跟随的地方。

当然，他们大多数还会回来。但是，经历过青春期这道坎——青春期作为一个特殊阶段如同一把火，把孩子童年期的某些方面焚烧殆尽，而其他一些方面，则在火熄灭后融入了他的成年人格中。离开家自力更生的成年子女，与曾经那个依恋你的幼稚天真的孩子，远隔在岁月的两岸，已经很难重叠为同一个人了。这个过程中父母也许不舍，也许放不下，但这就是自然生命的成长，并不完全在父母的掌控之中。

怎样去直面空心病

2016 年，一则消息引发网络热议。据传北京大学的新生接受了一项心理测试，其中要求回答的一个问题是"你觉得人生有没有意义"。不曾料到的是，大多数的学生，表现出一种困惑不解的态度，甚至有40.4％的北大学生认为人生活得没有意义。北京大学副教授、临床心理学博士、精神科主治医师、北京大学心理健康教育与咨询中心副主任、总督导徐凯文，认为核心原因是北大的学生患上了一种"空心病"。所谓"空心病"，就是感觉到自己身上没有价值或意义，也可以叫作"价值观缺陷所致心理障碍。"以前可以通过学习来证明自己的价值，当忽然之间实现了梦想，到达了最高学府之后，觉得要追逐的那种价值已失去意义了。当然，徐凯文也解释说这个数据可能被误传，真正有问题的人其实不多。但比现象更重要的是：我们应当如何解决存在的问题？事实上，不仅仅只是某一所高校，某一部分学生患上了"空心病"，甚至可以说我们现在社会上大多数人都患上了"空心病"，许多人有着强烈的无意义感，不知道为什么活着，即使他们有着光鲜亮丽的社会形象，但内心还是空荡荡的，如置身荒野。

《中国少年儿童十年发展状况研究报告（1999-2010）》提供的数据显示：10 年来，我国中小学生睡眠时间持续减少，厌学、焦虑、敌对、敏感、抑郁、偏执等心理问题在中小学生中屡见不鲜。徐凯文认为"空心病"是中国的功利主义的教育导致出现的，应试教育下脱颖而出的那些卓越个体，其实许多人感受不到生命的价值、无法拥有学习的价值。

外表光鲜艳丽，内里一片苍白；外面疙疙瘩瘩似乎挺有个性，其实却经不起一点挤压。他们就像漂泊在茫茫大海上的孤岛一样，内心空洞，情绪低落，现在没有真正的喜欢上学习，未来也不会喜欢他们所从事的职业，甚至人生。

其实，关于"空心病"，我认为这是一个世界性的问题。读读村上春树的作品，就可知道日本战后一代青年的低落的情绪状态。在村上春树笔下，人活着的过程就是不断寻找不断失落的过程。村上作品的主角大多是时空和命运的囚徒，他们空空如也，在他们的路途中走着走着，不断失落，直至不再遗下什么。……他们有时也拥抱影子。但他们其实连影子也不是，他们只是影子的影子。日本影坛几乎每年都会出现至少一部病态犯罪题材的大作，而独立制片、地下电影等小成本作品，更是不胜枚举，内容也更残暴、血腥、病态。日本文化中这种对于"病态"的执迷，其背后的原因到底是什么？我觉得，这个孤岛心态、推崇壮烈樱花与武士道精神、擅长"逼自己"的民族，二战失败导致赤条条一无所有，在一片废墟中战后重建，数代日本人为了大和民族的荣誉而奋斗，一心一意为国家、为社会放弃自我，心中有再多不满也被压抑下来。这种"压抑"，导致了他们70年代经济的成功，也在某种程度上造成了"病态"审美的萌芽。接着是 20 世纪 90 年代初期，经济泡沫产生，人民精神再度被击垮，也出现了很多自杀现象。于是，日本民众某种程度上要寻求一种发泄，导致病态的文化产品一直在日本颇有市场。

一项国际调研发现，瑞士青少年自杀者中近一半使用枪支结束自己的生命。持枪自杀，是成功率最高的自杀方式之一。与之相比，割腕、服药等自杀尝试，固然是极端痛苦的征兆，但从概率上来说并不那么容易成功，选择这些方式的人，内心往往对死亡还有一丝迟疑。然而持枪自杀，则是一种非常决绝的姿态。为什么人间仙境般的高福利国家瑞士，仍然有这么高的自杀率？国外的调查发现，越是生活水平高的发达国家，抑郁症的发病率竟然越高。抑郁症患病率超过 30% 的国家分别是法国、荷兰和美国。同时，女性的发病率是男性的两倍。在英国，大约有半数的妇女曾经服用过抗抑郁药品"百忧解"，以至于媒体惊呼，英国已经变成了"百忧解国度"。

过去的 100 年时间是人类科技突飞猛进的 100 年，洗衣机、冰箱、微波炉、烤箱、全自动热水器，如此众多的发明把我们从繁重的体力劳动中解放出来，但是我们却越来越难以感觉到快乐。进化心理学对此的解释是，在人类整个进化史中，我们所面临的就是艰苦恶劣的生活环境，因此我们的心理已经被调整到去适应这种环境——即从劳动中获得心理奖赏。而现在安逸舒适的生活是从来不曾有过的，我们的心理还来不及去调整，我们长期得不到心理奖赏，于是我们就开始抑郁了。换言之，越是舒适富裕的生活环境，却让我们越来越远离快乐。进化心理学的解释是，人们会从自身的不断进步中获得幸福感，这就好像是网络游戏中的升级一样，从 11 级升到 12 级，你会感到高兴，但如果你的等级再也升不上去了呢？这时候你要想维持之前的幸福感，就只能借助药品了。如果你生活中有一大堆琐碎繁重的体力劳动需要你去做，你也没空抑郁。怕就怕你有大把的空闲时间，而且你再也无法升级，此时抑郁症就来找你了。

无法升级也许是北大学生"空心病"的一种解释原因。曾经，在那些"提高一分，干掉千人"的高中奋斗阶段，即使头悬梁、锥刺股、焚膏续晷、苦不堪言，但梦一般的北大花园中的梦一般的美好生活，在远方召唤和激励着他们前进，而一旦真正来到了博雅塔下、未名湖边，日复一日的繁琐单调生活中，需要斗争的并非是外在境遇的突围，而是要直面和处理生命本质的矛盾。或许，正是因为这超高的"幸福感"，才使他们觉察到生活的荒谬，切身体会到根本价值的缺失。位于北京市海淀区西北凤凰岭下的龙泉寺，据说"清华、北大学生扎堆"，被外界赋予了"清华北大分校""中国素质最高的寺庙"等名号。北大清华学生的出家率那么高，也许也可以用此作一解释。

我甚至不无惊恐地眺望到，当人类社会按现在的趋势发展下去，即便人人丰衣足食，接受教育，爱好和平，保护自然，最终成为一个一个delicate individuals（精致的个人），会不会继而发觉了人类的存在原来真的是没有意义的，然后以一种希腊悲剧式的姿态，以一种尼采式孤绝个人的方式，选择离开这个世界呢？或许除了核战争，资源耗竭，外星文明之外，这种自我戕残，也是一种人类可能的灭亡方式？

相对于140亿年的宇宙演化史，47亿年的地球创化史，只有一万年的人类文明史（其中不过五千多年的农业文明时代，三百多年的工业文明时代），从宏大的宇宙尺度而言，人类生命几乎可以忽略不计。但是，虽然渺小到不堪，我们还是要在这个没有意义的世界里寻找意义。生活若没有意义，则更值得人们去经历它。反抗"荒谬生活"在另一种意义上给生活赋予了"价值"。

其实，我的身边，就有不少挣扎和寻路在青春荒野的孩子，他们问我："老师，人类存在和发展，到底有多大的意义？我们的存在和打拼，到底对世界有多大的意义？人需不需要一个动力去好好生活？如果每个人都是一个独立的个体的话？"

一开始，我觉得不可理解，二十岁的年纪，正是全身心的饥饿。对爱情，对生活，对所有一切，都应该如狮搏兔，对这些年轻的生命而言，生活是一个盛宴，它应该是一个盛宴，如果它不是，那么就用丰富多彩的食物塞满它，让五彩斑斓的佳肴摆满青春的盛宴。怎么能够空心和麻木呢？如同一个蹩足而迟钝、浑浑噩噩的中年。

我告诉问我的这个迷茫的孩子，给没有意义的世界赋予意义，本身就是一种意义。

"可是，赋予一个意义，真的对世界有意义吗？"

"不要问世界，只问我们自己。只有通过我们的心，世界才敞开并具有意义，否则它只是默默寂寂。还在迷茫阶段的时候，怎么可能找得到明确意义呢？给自己一个远方好了，不要问现在做的事情，有意义还是没意义，有用还是没用，只管往前，只管奔跑，让自己缓慢而坚定的成长。"

"老师，到底什么是远方？"

"远方是一个不太明确但值得去努力的前方，走在路上就是了，人不可能什么都想清楚了再出发。"

人类需要"意义"——这或许是我们生命的高级功能。其实，当一个人真正认清生存的荒谬性后，不得不面临这么一个选择时，他才会发现，他对"人是谁"的探索直至此时才真正步入正轨，他的人生之旅直至此时才有了方向。他在此之前都是在麻木的状态下无奈的挣扎。

只管向前走去，给没有依据的生活找到依据吧！

如何穿越人生的倦怠

台湾的文艺片中，杨德昌的《一一》是值得一提的。有人认为这部影片过于冗长、琐碎，没有耐心将它看完，然而我却喜欢它进展中的每一分钟，从开头到结尾。影片中那一家人，他们生活在同一个屋檐底下，各自经历着自己情感的折磨和内心的困惑，却在隔阂中充满疲惫，活在彼此的孤独中。十年前看，对《一一》这个片名百思不得其解，"一一"，难道只因这部电影从一个婚礼开始，到一个葬礼结束吗？十年后再看，终于明白杨德昌是要告诉你：生活的本质就是重复，是周而复始。杨德昌说电影命名为《一一》，就是每一个的意思。每一个人，每一天，每一个家庭，每一份人生，生命跨越的每一个阶段……

片中的中年女人敏敏有个很木讷的丈夫，一个读书用功的女儿，一个很自闭的儿子，一个不成器的弟弟，一家人和老母亲一起生活。一切看上去并不坏，虽然敏敏每天得公司、家里两头跑，时常感觉自己要被耗空。有一天，年老的母亲中风了，陷入昏迷，敏敏必须每天都去跟她说话，说着说着她就崩溃了，"怎么跟妈讲的东西都是一样的，我一连跟她讲了几天，我每天讲的一模一样，早上做什么，下午做什么，晚上做什么，几分钟就讲完了"。怎么只有这么少？敏敏觉得自己好像白活了。每天像个傻子一样，每天在干什么啊？她大哭起来，她觉得找不到人生的意义，活了这么久到底在活些什么？朋友劝说她去山上待一段时间，为寻求精神上的解脱，敏敏上山入宿寺庙了。假如换一个地方，生活会不会不一样呢？回来的时候，敏敏说，其实山上也没什么。后来，敏敏依然不知道自己在做什么。敏敏和丈夫简南俊没有太多交流，丈夫是个很有原则的生意人，讨厌生意场里的尔虞我诈，又不得不深陷其中。其实简南俊心里还住着一个人，他的初恋女友阿瑞。后来简南俊遇见了阿瑞，想起初恋的过往，心里从来就没有爱过另一个人，只有她。可是简南俊明明有机会，却最终拒绝了她。简南俊告诉下山归来的妻子："你不在的时候，我有个机会去过了，一段年轻时候的日子。本来以为我再活一次的话，也许会有什么不一样，结果还是差不多，没什么不同，只是突然觉得再活一次的话，好像真的没那个必要，真的没那个必要"。过去了就是过去了，已经回不来了。多年之后，怎么还可能幻想复制当年的心情？一生已经过去大半了，就不要折腾着试图修改剧情了。

　　这是一对倦怠的中年夫妻，在他们身边的人，儿女，邻居，朋友，同事，好像也都差不多，人人都有自己的烦恼。学业的倦怠，职业的倦怠，婚姻的倦怠，生活的倦怠，无所不在。一家人里，似乎只有年仅 8 岁的小儿子洋洋没有烦恼，他平静地用照相机拍着各种人的背面，帮他们长出另一双眼睛。他发现人人只能知道一半的事情，因为人们只能看到前面，看不到后面。然而，片中洋洋简简单单的一句话，道出更深的悲凉。在婆婆的葬礼上，洋洋念了一段自己写的话送给外婆："婆婆，我好想你，尤其是我看到那个还没有名字的小表弟，就会想起你常跟我说：你老了。我很想跟他说：我觉得……我也老了。"洋洋是一个瘦小寡言的小男生，充满着生命最本真、最新鲜的活力。可是，也许生活不断制造的困境，最终也会悲哀地消耗掉这股天然的生命力。

　　这部影片勾画出一幅完整的台湾中产家庭生存状态的画卷。父亲的企业遭到挑战，遇见初恋情人；母亲依靠修行来医治病理性精神萎靡；姥姥在昏迷中倾听众人的述说；女儿邂逅初恋；儿子以为照相机可以让他见到事物的背面。从开篇到结束，影片贯穿了婚礼、婴儿满月和葬礼三个仪式，把人生中各个阶段的苦恼都淡淡地罗列了出来。年华一帧一帧地逝去，光影里的事物延伸出银幕，流到生活中。全片只是一百七十三分钟而已，可是在片尾淡淡的曲子和缓缓的字幕慢慢流淌的时候，你却好像整个一生，都在这三个小时里过完了。跟着电影走过了儿童的懵懂，青春期的疑惑，青年时期的茫然，中年的无奈，直至老年将死的安然。整个故事有一层淡淡的阴郁。杨德昌不无忧伤地告诉我们人们的困惑，生活的琐屑。面对银幕，我们好像都看到了自己。好像片中人物的迷茫，正是我们的迷茫；片中人物的倦怠，正是我们的倦怠。那些相似的人生悲欢，总是能从电影中走出来。

人非机械，血肉造物总有倦怠之时。人们都太自以为是，其实只看到了一半。每一个人看似光鲜的背后，都是如人饮水的冷暖自知。想起很多年前，我在读书时代认识的一些朋友，那时校园中的他们，青涩、腼腆，朝气蓬勃，热爱钻研一切新鲜的事物。若干年后，有些人获得了世俗意义上的巨大成功，身居高位，身家千万，志得意满却流露出幻灭绝望的眼神，疲惫、沧桑，无力去承担随着财富到来的诱惑、欺骗和空虚，以及面对一直在继续的高处不胜寒的人生。他们也许需要某种意义上的精神支撑，支撑他们继续像打了鸡血一样经营自己的商业帝国或者艰险政途，支撑他们永远对金钱、权力等欲望保持着超于常人的强烈渴念，保持着过去那样的旺盛好奇心。可是，被众星捧月、名利环绕的他们，却已被人生的倦怠深深困住。

生活的本质是重复，在漫长的一生，我们都难以避免经历倦怠期。当人生的倦怠到来之时，会觉得自己每天都在重复做一样的事情，荷尔蒙不再奔泻，肾上腺素不再提升，脑子里只有厌倦，只有无聊，只有没劲，只有那种被困住的无力感。如何去应对这种倦怠感呢？记得有一次看到报道，台湾歌手蔡依林出道 21 年了，在这么漫长的工作时期，她也同样经历过倦怠期，直到她把恐惧变成自己的动力，把每一次演出，都看作是最后一次跟粉丝见面，这种自我打气，让她的一直保持能量满格的工作状态。"每场演出都像最后一次"，这真是哲学家海德格尔"向死而生"理念的实际践行。

海德格尔对"向死而生"的解释是：死和亡是两种不同的存在概念。死，可以指一个过程，就好比人从一出生就在走向死的边缘，我们过的每一年、每一天、每一小时，甚至每一分钟，都是走向死的过程，在这个意义上人的存在就是向死的过程。用这种"倒计时"法的死亡哲学去生活，一个人会战胜生命中的种种虚妄，以最长的触角伸向世界，伸向自己不曾发现的内部，开启所有平时麻木的感官，超越积年累月的倦怠，剥掉一层层世俗的老茧，成为一个精神觉醒的人，激发出内在"生"的欲望，激发出内在的生命活力。即使还是要面对各式各样来自生活的问题，还是要继续去经历一切琐碎，压抑，彷徨，无奈，和缺憾，但是心态已有所不同。

我怀疑杨德昌的《一一》也受到海德格尔"向死而生"理念的影响，"一一"就是我们过的每一年、每一天、每一小时、每一分钟，我们活着是为了什么呢？就为了这每一分钟、每一小时、每一天、每一年。人生没有白走的路，每一步都算数，即使一步又一步，看似单调又重复。在《一一》中，只有两个人没有说过一句话。一个是新生的孩子，那个还没有名字的小表弟，一个是陷入昏迷最终去世的外婆，他们一个是生，一个是死，分处人生旅程的两端。从生到死，从婚礼到葬礼，人的一生倏尔远逝。目睹这些，你的爱反而会更加坚定，因为一切转瞬就要辞你溘然长往。

做一个单纯的人有多难

少年时期，我们都曾经单纯不谙世事，后来，我们多数人都是在 24 岁到 30 岁之间经历了一次全部推倒的人生观幻灭过程，只不过每个人的勾兑比例略有不同：有的人保留的单纯和美好多一些，有的人则欢快地迎向最世俗庸常的新天地；有的人还坚持有所为有所不为，有的人倒觉得无所不用其极也不是什么坏事。在欲望横流的滚滚红尘，只有很少很少的人，是成人世界里逆流而上的孩子，抱守着单纯和天真，诉说永远不愿长大的愿望。

单纯有什么害处？被过度保护成长起来的人，就像在过于干净的环境中长大的婴孩，容易成为过敏体质一样，当他或她接触真实世界的复杂规则，就会玩不起甚至崩溃。但是，要是从童年的教育开始，就充满了诡计和暗黑人世，那一生未免太凄惶了，就算能更早成功——所以我们从小接受的教育，我们的课本，我们的长辈们教给我们的人生哲理，大都是一张不完整的地图，这张地图只标记了世界的光明面。没法抱怨我们天真的父母们，谁愿意让孩子一生出来就只看到黑暗。

记得《小王子》里面说过："一个人可以简单而天真地活下去，必是身边无数人用更大的代价守护而来的。"诗人顾城就是如此。顾城称自己是"被幻想妈妈宠坏的任性的孩子"。他早熟，当别的孩子还是拖着鼻涕、懵然无知的年龄，他已经开始了用诗构筑自己的童话王国。但他又是一个永远长不大的孩子，用舒婷的话说"是一个不肯长大的孩子"，只相信自己编织的童话，相信自己的心灵与天地万物的同一，甚至坚信诗人应该如上帝一样，"具有造物的力量"。拒绝长大的诗人所愿意面对的，是那个诗境中天地万物与我同一的世界，他只有自我放逐，将自己与世俗世界隔离，全身心地逃避于抽象的彼岸世界。顾城想守护他的金苹果，他的单纯的梦幻岛，他的理想女儿国，如果没有妻子谢烨为他屏蔽各种世俗的打扰，他的世界早就分崩离析、鸡飞狗跳、一地鸡毛了。顾城的衣食住行全靠妻子谢烨打理。谢烨不仅是他的妻子，也是他的保姆，他的母亲，他的助手。最后的激流岛悲剧，顾城举起斧头的残忍和他孩童般的美好形成了巨大反差。也许他想带着谢烨重生，一起去寻找他们的光明——但这只是顾城一厢情愿的美好愿望吧？对于谢烨确实过于残酷了。

我不喜欢复杂的人，既包括心灵复杂，工于利益的算计，也包括头脑复杂，热衷于腹黑一切，不惮以最坏的恶意来揣摩他人。思虑过多，常常把人生复杂化了。这样的人，一点儿也不可爱！但我也知道，任何一个人都不是单面向的，我们所处的环境也并非如同真空实验室那么单纯。这个世界上没有绝对单纯的人，即使最单纯的人也有其深不可测的一面。

这个世界太复杂了。有些人，在含着金调羹出世；有些人，会被双色球砸中；有些人一夜暴富；有些人一贫如洗；有些人是游泳健将；有些人少了手臂；有些人懂鲁迅；有些人睡在路边；有人用酗酒来逃避他的人生困境，有些人用暴饮暴食来缓解各种情绪问题。我们永远不可能猜透生活的模样。人类的黑暗面要比我们想象的黑暗得多。无条件的单纯和善良，可能会让我们举步维艰、代价沉重。但在内心深处，我们还是要有单纯美好的向往，要有一点天真，对自己喜欢的人与事，聚精会神、专注毫发。单纯地以皮肤感受天气的变化，单纯地以鼻腔品尝雨后的青草香，单纯地以眼睛统摄远山近景如一幅画。单纯地活在当下，保持天性的鲜活状态。有自己的判断，有自己的完整，有属于自己的与旁人无干的天地。

我希望常存单纯之心，并且要深味这复杂的人世间。清醒地站在这个充满戾气的世界面前，还能坚信，爱的本质一如生命的单纯与温柔，坚信一切光与影的反射和相投，终究要去到光明绮丽的可爱所在。

做一个有自身辨识度的人

社会生活是对人的原初生命力进行规整的训练营。人只有在非常自信的情况下，才会有强烈动机，去保留自身的辨识度。而缺乏安全感的人，会倾向于改造自己成为一个更可能被大家所喜欢的样子。

那些保留了自身辨别度的人，都有一种显而易见的生命活力，即使世界反馈给他们的是不安与挫折，他们仍然将身体注满能量去抵抗，用各种方式去化解遇到的问题。他们的强烈自信到底从何而来？我认为起码有以下三点：

一是他们保留了自己的来处。故乡是一个人的起源地。对食物的口味，对风景的喜好，对人的理解，基本都是在故乡形成的。这些不是不可以改变，但终其一生，人的起源都会保留在身体里。比如，一个人外出再久，也会残留一星半点方言口音，而方言，就是一个人与童年的不断对话。坦坦荡荡地保留自己的来处，不炫耀夸大，也不遮掩美化，记得自己所来之处的人，才能秉持一颗真实的心，在频频回首中，看得到自身的变化，从而保持前后一贯的自我形象。翻山越岭，漂泊千里，他们都记得当初的自己，记得自己的本来面目。

二是他们保留了内在的小孩。孩子的世界才是真的，可惜这样的真极其短暂，而且难以保留。人无法去挽留本来挽留不了的孩子的纯真世界，但总可以从这不可挽留的孩子世界中领悟到一些什么，来确定自己的人生态度，来争取活得更真、更有意义些。有些人就是带着孩子气的，而且大多数会一直保持到白发苍苍时。他们身上有勃勃生气和自由自在，有孩子式地对世界的好奇。探索未知，是生物的本性，越是幼小的动物，就越好奇，是因为他健康，能量充足，活力四射，有动力去探索。好奇是一种生命力的张扬，到了一定的年纪之后，不再好奇，不再勇于探索，本质上是生命力的衰竭。保留勃勃生气和自由自在，意味着永远不要失去内心那个小孩。为什么只有极少数的人，在自己成年之后还能顽强地留驻童年？

三是他们保留了自己的个性。每个人的个性，都是在成长过程中慢慢发掘的，一开始并不知道自己确切是什么样，而在这个过程中，许多人被慢慢修剪得规规整整的，不再有恣意生长的野性了，只有特别顽强的小孩，才可以穿越枪林弹雨，保留自己鲜活的个性。这当然是有代价的，但所有保留个性的人，都甘愿支付一定代价，因为是他想要这么做的，无论什么结果他都坦然接受、欣然接受。这不等于脱离现实、不通世务，因为这个过程中也有种种的妥协。随着入世渐深，想要保留的东西——价值观、生活方式、心理与经验，与无忧无虑的少年时代相比，已经剩下越来越少了，又那么渺茫，但欲图保留那些东西，便显得与众不同。就像远处飘来的音乐，原来很单纯的调子，混入了大地与季节的鼻息，但是，还是能依稀听到那支歌。

凭最初出发的起点，凭孩子时代的信念，凭为保持个性而付出的代价，无论如何，都要保留人性中最后一点自由，那就是在任何已经给定的环境下，决定自己的生活态度，决定自己的生存方式，做一个有自身辨识度的人，而不是一股脑儿地把自己的生活交给现存的生活模式。

后记
人类的配方

发现不管是上帝还是女娲，中西方有关造人的传说，都附带阐述了一个悲哀的事实：人类是神的手随意捏弄的产物，因为，同为造物，人与人之间的区别实在太大了。造物主不是使用工业流水线造人的，他/她保留着神圣的手工传统，残次品偶有发生，常常敷衍了事，兴头上来的时候，也总能使一些人天赋异禀。

也许连上帝或女娲也不能保证成品的稳定水准，因为，这个过程就像窑变或酿酒一样，有一系列复杂的综合因素会导致不确定性自然变化。我读过《纽约时报》上的一篇文章，说是有自由倾向的人，基因有特定的构造。我还知道，人们患上抑郁症，常常是因为脑子里一种叫serotonin的物质太少。这样的信息总叫我捏一把汗，不知道当初上帝在制作我的一二三四五六七等 N 个步骤中，有没有某个化学方程式计算有误，或者创作时手略微颤抖了一下。

当然，我不能苛求上帝，而只能感恩。上帝创造人是不完美的，如果上帝希望人完美，上帝就会创造上帝，而不是创造人。他之所以创造人，就是因为你没有办法和他一样完美。而且，上帝他老人家那么忙，除了人类还要顾及天地万物。上帝在造人时与造小狗相比，也许配方只是更复杂了一点而已。

上帝造人的时候，只造了人的一半，另一半靠后天习得。我们每个人之所以都是独特的，因为不只由基因组成，由遗传决定，更重要的是我们的大脑会随时间发生变化。每个特定经历引起的变化，在每个个体的大脑都有所差异，涉及上千上百万甚至整个大脑的神经元。你与我的差别，就在于所有 860 亿神经元和它们之间 100 万亿连接的瞬时状态，以及这些连接的强度和连接点内 1000 多种蛋白质的状态，也就是大脑每时每刻的活动可以对体系整体发生影响。这些大脑神经元的有机的连接活动，让我们成为独一无二的自己。

在这种图景里，生命的各种动态过程就像一个自我运动的机器，将其中的各种分子调动起来各司其职地运动着。在不同的人身上，大脑褶皱的形状基本一致，但大脑褶皱在更精妙的细节上对你来自何处、你现在是什么样的人做了个性化的独特反映。我们所经历的一切，都改变了大脑的生理结构，从基因的表达到分子的位置，再到神经元的架构。我们的出身、文化、朋友、工作、看过的每一部电影、进行的每一场谈话，这些全都在神经系统里留下了痕迹。这些不可磨灭的、微小的印象积累起来，造就了你是什么人，也限定了你能够成为什么人。

当自我突然意识到"啊！这个是现在的独一无二的我"，你所拥有的这颗灵魂的构建，不是集体农场饲养槽整桶整桶倾倒进去的化工配方，你不由感到了难以言喻的生命的恩赐。

我们无法解释这个独一无二的自我的形成，正如我们无法回答"花儿为什么这样红"？当然，蹩脚的生物科学家会解释是由于温度、阳光、色素、基因等一系列原因导致的，但他无法来解释一个浑然一体的现象，即为什么在这一系列原因下会如此。

每一个深刻思考过这世界本质问题的人，都会在本质面前沉默。如同爱因斯坦所说，世界的本质是无法诉说的，是不可知的。